閒婦好逑

1

文創風 319

花月薰 著

目錄

序

花月薰

大家好，我是花月薰，我們又見面了。

這本書是一本穿越題材的故事，女主蔣夢瑤自現代病故穿越到了一個未出世的嬰兒身上，帶著現代的記憶自母體出生，如果你認為這是一本普通的穿越文，那就錯了——首先女主角的父母是一對比較「特殊」的人，因為女主角的出生，讓他們一點一點擺脫了尷尬，樹立起自信，成為女主角堅強而有力的後盾，比較勵志。

再說故事的女主角，她是一個聰明、熱情、俠氣的女孩，精靈可愛，總能在最關鍵的時候，給身邊的人至關重要的建議和幫助；她也是一個比較慢熱的女孩，對於喜歡的男孩會有一點連自己都不知道的小小挑剔，其實內心早就已經淪陷，偏偏自己還沒有自覺，總是習慣性抗拒著。不過，一旦男主角遭受磨難，她卻第一時間站出來相挺追隨，在最後一刻，她終於認清了自己的感情，決定為愛付出，而她認定了的事情，總會盡一切可能將之做好，哪怕刀山火海，萬劫不復；就算那個男孩失勢了，身邊人都對他敬而遠之的時候，只有我們的女主角對他不離不棄，不遠萬里，隨他而行，只為心中那一點悸動。

而我們的男主角，這本書中的設定是一個擋箭牌皇子，他暴躁、殘忍、凶惡，給人一種無情無義的印象，可是，只有他自己心裡知道，自己的立場到底有多麼無助。他的存在，就是替長兄擋去一切災難，保護長兄到成功被冊封太子的那一日，從小到大他將自己擋在長兄身前，替他剷除異己，將所有朝臣的怨恨與不滿全都吸收到自己身上，從來沒有一個人理解他、關懷他，直到遇見了那個與所有人都不一樣，有著明媚笑容、倔強眼神的純淨女孩。他第一眼就看出她和其他姑娘的不同，並很快為之心動，她身上的另類跟俠氣叫他著迷，一次次遇險，讓他逐步淪陷，下定了決心，哪怕最後他的下場是叛離京城，他也要把她帶走。而在事實發生之後，他一無所有，身邊人對他避如蛇蠍，他以為她也會如此；可是她沒有，不僅沒有逃離他，反而在這關鍵時刻，給了他最堅實的鼓勵，願意拋下一切，只願隨他一起離開。那一刻，他的內心掀起了滔天巨浪，他知道，這個女孩，他今生都無法再拋下。

這本書所講的愛情宗旨是「唯一」，不管是古代還是現代，「唯一」就是愛情中最基礎的要求，若是沒有以此作為基礎，那麼任何愛情都是站不住腳的。書中的女主角對男主角是全心全意的，自然也希望得到同樣全心全意的愛情，哪怕在這愛情面前，有著這世上種種可怕的考驗，只要兩人心中有愛，一定可以排除萬難，攜手走向最美好的未來。

所有的讀者都是我前進的動力，我要在這裡謝謝大家，我們約好了，下回再見。

第一章

爸爸姓沈，媽媽姓楊，所以她叫沈楊，出生小康，父母雙全，有弟有妹，她的一生都很順，連逝世時都很順。

因為是娘胎裡帶出來的先天病，醫生斷言她活不過五歲，卻讓她苟活了二十四年，以為一輩子就能這樣混過去了，可剛剛畢業準備報效社會，為國家出一分綿薄之力時，病發了，去得很快，沒有痛苦，沒有遺憾。

再醒來之時，她就陷入了混沌，總覺得自己像無根浮萍般，漂浮在無境之地，過了不知道多久，她似乎看見了一絲暈黃的光，溫柔地包裹著她，很舒服，自己徜徉在其中，十足安心。

難道這就是傳說中的天堂嗎？那不是西方世界才會有的地方嗎？不管怎麼樣，這個地方讓她感覺很好。

又過了一段時間，她似乎還能聽見一點聲音，雖然嗡嗡的，卻也夾雜著讓她安心的韻律，在這虛無的世界裡，她可以隨意翻滾，可以自由翺翔，感覺自己一天比一天強壯。

可是，這樣的日子過了一段時間之後，她就不那麼高興了，因為她曾經以為的無邊之境，竟然是有限的，她開始束手束腳，有的時候翻了個身過去，就要努力好久才能再翻回來，而且這樣的情況，與日俱增，到最後，竟然連伸腿伸手都不能了。

她被緊緊地包裹著，就像是蠶蛹一般，也許蝴蝶在破繭之前也是這番感受吧。頓時又有了一種新的想法，莫不是她托生成一隻蝴蝶嗎？

如今就等著破繭而出的日子了。

又過了幾天，她終於等到了那個日子，不過，不是破繭而出，而是經過了一番幾乎讓她窒息的擠壓之後，她終於大聲啼哭著破水而出。

帶著前世的記憶，她投生到一個嬰兒身上，體驗了一把在母親羊水中的幸福。

響亮的哭聲傳遍了混亂的產房，產房裡溫而不熱，環境還算舒適，她試圖將眼睛睜開看一看周邊，可是睜眼後只看得到一些光，並不能看清眼前的事物。

只聽見有人在耳邊說：「哎，睜眼睛了。大姑娘睜眼了，快，快抱去給大少奶奶看看。」

她努力分辨眼前的人物，卻始終不得其法，眼睛睜得怪累的，就乾脆又閉上了。

抱著她的那名婦人發出一聲失落的聲音。「哎，又閉上了。」

耳旁又響起一個好聽的聲音。「無事，她生得可真好看。」

感覺似乎有一隻手指在她臉上輕刮了幾下，彷彿羽毛般輕盈，讓她覺得癢癢的，又不想它離開，就下意識用嘴去挨，卻是沒挨到。

「大姑娘這是餓了，找吃的呢。」

她只覺得自己被放在一團軟軟的東西上面，沒過一會兒，就覺得嘴裡被塞進了什麼，似乎有甘甜的汁液滴下，儘管她知道自己被餵奶，還是抵不住那美味的誘惑，順其自然吃了起來。

吃飽喝足之後，她又抵不住生理反應，沈沈地睡了過去。

接下來好幾天，她都是在這種吃了睡、睡了吃的狀態下度過，只覺得自己若是醒著，就會被放在一團特別特別軟的東西上趴著，然後肚子餓了，只要咕噥兩聲，鮮美的奶水就會送到嘴裡來。她和這個餵奶的女人，似乎有著天生的默契，她只要動一動，女人就知道她想幹什麼。

她心裡對這位新媽媽產生了十足的好奇，可是，每次順著聲源去找，努力睜大了眼睛想要看，卻終究只能看到一些模糊的影子。雖然外表看不清，聲音卻是極其清楚的，她不知道該如何形容這聲音，總覺得比前世聽過的任何一個人的聲音都要好聽；她漸漸對這種聲音有了依賴，只要醒來聽不到這個聲音，就會四處尋找，說不出話來，就只能張嘴哭了。

幸好，每回只要哭那麼兩聲，她又會被抱上那軟軟的東西，然後，母親的溫柔聲音就會傳來，一下子就能把她安撫過來了。

「阿囡乖乖，娘在呢。」

每當這個時候，她就特別享受母親在身邊陪伴的日子，略有遺憾的是，這麼些天過去了，在她的印象中，幾乎全都是女人的聲音，有的時候忙碌，有的時候清閒，就是沒聽到過一回男子的聲音——她的爸爸從她出生到現在，還沒有出現過呢。

而從新媽媽和旁人的言語中，也沒聽見有人提起過爸爸這個字眼來，她心下不禁覺得奇怪。

漸漸的，她聽見的話也越來越真切，時間也有明顯延長，出生二十多天的嬰兒，已經能夠睜著眼睛玩一會兒了，雖然新媽媽的樣子還很模糊，但她知道這個經常抱著她的女人就是生母，她身上有奶香呢，被她抱在懷裡就像是掉進棉花堆裡，可舒服了。

這日，來了一個不速之客。

「大少奶奶，這是老太君和二房兩位少奶奶們送來的賀禮，雖然大姑娘是個女娃，但也是府裡的頭一個孩兒，圖個吉祥，滿月酒還是要操辦的，這是剛擬下宴請大少奶奶那頭的賓客名單，請過目。」

她沒聽過這女人的聲音，只覺得這聲音硬得很，一點都不如她媽媽的聲音好聽。

等女人說完之後，她媽媽就用好聽的聲音開口說話了。

「嗯，我知道了，替我謝過老太君和二房的少奶奶們，有她們操辦自然一切都是好的，名單就這樣吧，不用看了。」

那個女人又說：「哎，奴婢替大少奶奶轉達，請問大少奶奶可還有什麼特別要吩咐的嗎？」

過了好一會兒，她隱約看見媽媽搖了搖頭，在她額頭上親了一口後，才說道：「沒什麼要吩咐的，一切全聽老太君和少奶奶們的主張。」

那女人離去之後，她才突然意識到，她媽媽和旁人對話時，說了「大少奶奶」和「老太君」什麼的……這些不都是電視劇裡才會有的稱呼嗎？

腦中靈光一閃，難道她是……穿越了？穿到古代來了？

「少奶奶莫氣，這還在月子裡呢，哭了對身子不好。」

從婦人的話裡，她才知道媽媽竟然哭了……呃，好吧，這裡似乎是叫「娘」的。

她扭頭看了看，正好隱約看見娘親一個抹眼淚的動作。

「蔣家枉為世家，竟這般欺負人！少爺也是不好，大姑娘這已生了二十多天，他都沒有露過面，更別說給大姑娘取名了。奴婢也為少奶奶感到委屈，若不是因少奶奶沒有戚家當靠山，蔣家才敢這般輕怠，少奶奶與大姑娘都是可憐，為了大姑娘，少奶奶也要忍著些，既然入了這門，委屈什麼的就只能往肚裡嚥了，嚥多了，也就淡了。」

「……」

她的娘親——戚氏沒有說話，只是幽幽地嘆了口氣。

從這口氣中，她敏銳地察覺出，自家娘親是一個在婆家不受歡迎，在娘家不受疼愛的可憐女人。只可惜她現在還小，最多也就是兩隻手晃晃，憑著模糊影像的位置摸一摸媽媽，算是安慰了。

不管現在她身處什麼環境，她永遠都記得是這個女人孕育了自己，養育了自己，從出生到現在，幾乎時時刻刻都陪在她的身邊，就憑這些，在她心裡，新媽媽戚氏就是好女人。

畢竟她不是一個真正的嬰兒，將所聽到的話前後整合一下，也就能明白她娘為什麼難過了。一來肯定是因為那個從她出生都沒露過面的爹，二來是她娘在婆家不受重視，以至於覺得自己連累了孩子。

其實，辦不辦滿月酒，她是真的不在乎的。她最在乎的是在滿月的那一天，她終於看見她娘的樣子了。

一早睜開雙眼，覺得比之前都要清明了許多，左看看右看看，天花吊頂變成了復古橫樑，玻璃窗子變成了雕花木窗，席夢思變成了四四方方的大帳床，各種擺設比她從前在電視劇裡看到的可要精緻細膩多了呢。

帶著這種期盼的心情，她開始找尋娘親的蹤跡，發出了幾聲啼哭，果然，只哼哼了兩聲之後，就有個身影向她走過來，然後她就被一團東西給抱了起來。

是的，一團。

軟綿綿，白胖胖的……一團！

她娘……竟然是個明眼人都看得出來的大胖子，這跟說好的不一樣！

明明聲音那麼溫柔纖細……這畫風明顯不對啊！

「咦，大姑娘盯著少奶奶看呢。」

一聲召喚，屋裡另外幾個婆子、丫鬟也都湊了上來，一下子將她小小的身子團團圍住。

她還未從自家娘親是大胖子的衝擊中回過神來，就見到另一撥陌生的面孔，一下子沒能控制住，哇的哭了出來。

她這一哭，可讓戚氏亂了方寸，趕忙站起來，抱著她在房間裡走，一路哄騙著。

前些時候她一哭，戚氏只要這樣抱著走兩圈，和她說兩句話，也就能止住哭聲了，可是今天她卻哭鬧不休，直到戚氏將她放在小小的精緻搖籃裡，可憐兮兮地趴在搖籃邊上，溫柔地問：「阿囡是不是嫌娘不好看？那娘不抱妳了，好不好？」

「……」

她一開始就說什麼來著？她娘和她真的很有默契，就連此刻她流露出來的情緒，娘親都能很敏銳地感覺出來。

慢慢停止了哭泣，她又把頭轉向戚氏，看到她的臉幾乎都有搖籃一半大小了，皮膚倒是水嫩白透，就是這肉也忒多了些吧。

「阿囡果然是嫌娘嗎？唉。」

戚氏的一聲嘆息，讓她心裡七上八下的，好不容易才調整過來。

人都說子不嫌母醜，狗不嫌家窮，這個女人生她養她，從出生到現在就沒有離開過她，顯然是個合格的好母親；如果就因為娘親長得胖，自己就嫌棄她，那她豈不是連狗都不如嗎？

呼了口氣，她才伸出自己的小手，按在戚氏胖得都看不見眼睛的臉頰上。怎知這一碰就再也不想撒開，撇開模樣不好看，她娘肉肉的摸起來還真是舒服啊，就像是糯米糰子，還是水糯粉的，滑到不行。

見女兒願意與自己親近了，戚氏胖胖的臉上終於又露出了笑容，這才再次把她抱在懷中。

直到今天她才知道，原來她感覺自己被擺在一個軟軟的東西上，而這個軟軟的東西就是——她娘挺著的肚子啊。

在這個衝擊之下，她的滿月過得並不是很歡騰。

雖說是她的滿月，其實她並沒有被抱出去，只有零星的幾個女客進來看了看她，還有中午開席之時，前頭才派人來問她的名字。

「譚家娘子，大姑娘的名字，如何要我家少奶奶來取？這……」

說話者正是她娘戚氏的乳母趙嬤嬤，人家女兒出嫁陪嫁的是大丫頭，唯有她娘出嫁陪嫁的是個婦人，看著年紀也不大。

現在正進來說話的譚家娘子是個三十多歲的女人，雖然身形圓潤，但比她娘苗條不止一點，只見她揚著笑彎了的眼睛，說：「哎喲，趙姊姊說這什麼話，這兒女的名字自然都是由父母定的，如今大公子多日不曾回府，咱就是想詢問姑娘的姓名也問不到，想著大少奶奶也是精通文墨的才女，這才稟了老太君和少奶奶們，來尋娘子詢問一番。」

譚家娘子的話說得不算多規矩，卻也叫人說不出不好來，趙嬤嬤有些為難地看了看戚氏。「這……」

只見戚氏低頭看了看正在啃手腕的女兒，將她的手拉開之後，在她臉上摸了摸，臉上露出無奈之色，說道：「姑娘的大名，我自知才疏學淺，不敢逾越，取名之事應當慎重，正如少奶奶們所言，這雖說是個姑娘，但好歹是蔣家的頭一胎，若是被我壞了名諱上的輩分，那柔娘便是蔣家的罪人了。」

說完這番話之後，戚氏便用她聚光的小眼睛看著女兒彎了彎嘴角，說道：「小名由我來定倒是可行，便叫阿夢吧。阿夢，妳說可好？」

她想了想，她爹姓蔣，她小名叫阿夢，再不濟將來的名字也就是蔣夢，倒也不難聽，便發出一聲咿啞，倒真像是在配合她娘的問話了。

趙嬤嬤在旁聽了也是連連點頭。「阿夢，大姑娘的乳名就叫阿夢了。」

戚氏點點頭。

譚家娘子聽了之後，便斂眉退了出去。「是，我這便去回少奶奶們。」

果然，出去沒有多久，譚家娘子又回來了，跟戚氏說道：「先前我將大少奶奶的話說與老太君、少奶奶們聽了，她們正猶豫時，二老爺進了門，當即就給大姑娘定下了名字，叫蔣夢瑤，夢字是大少奶奶取的，瑤字便是蔣家將來小一輩姑娘的字了。」

「蔣夢瑤。」戚氏將女兒的這個名字重複了一遍後，便點點頭，說道：「叔父的文采自是高深，那今後姑娘便叫蔣夢瑤了。麻煩譚家娘子替我與阿夢多謝叔父賜名。」

說完這些，戚氏便看了一眼趙嬤嬤，趙嬤嬤會意之後，雖有不願，卻還是去內間取了一塊紅綢，包了些東西塞到譚家娘子的衣袖中，至此譚家娘子才又恭敬地退了出去。

「少奶奶，您幹麼還要打點那不知好歹的譚家娘子呀，您入門至今都打點給她多少銀錢了，她可曾在心中尊重您半分嗎？」原來趙嬤嬤先前的不願是真的，此時便忍不住倒了出來；幸好她是戚氏的乳母，說話上也不怕得罪了戚氏。

只見戚氏只是彎了彎嘴角。「有些事情打點了未必是對，可若不打點那便是錯了。算了。」

戚氏的話顯然趙嬤嬤也是認同的，只是又忍不住嘆了口氣，說道：「唉，道理我也不是不懂，就是覺得虧得慌，少奶奶陪嫁來的本就是自己的私房，如今都貼用得差不多，還要來打點這些攔路小鬼。」

聽了趙嬤嬤的話，戚氏也沒有再發聲，只是一味地低著頭，伸出手指讓女兒抓著玩。蔣夢瑤則是一邊跟她娘玩抓手，一邊聽著趙嬤嬤說話。

「她們心裡根本就沒有把您當作是這家的長孫媳婦，老太君和二房少奶奶們房裡的丫鬟都更得她們看重些。今兒這事兒她們就擺明了欺負咱們，大姑娘的名兒，豈能夠這般由她們婆子口中這般傳遞得來的？若不是少奶奶們有心，那就是姓譚的有意，若是大少奶奶真的取了，也得讓她打回來，到時候又白白地被她下了臉面。」

戚氏也只是聽著，卻是不說話，托著女兒的手在襁褓下面有一下沒一下地輕拍，這是要讓閨女把趙嬤嬤的話當作催眠曲聽了。

「這家人真是太欺負人了，得多狠的心，才會對我們少奶奶這樣呀！我這……我這想想就心疼啊！雖說少奶奶從小沒了娘，可也是老婆子我疼在心尖長大的，卻白白遭了這分罪。」

趙嬤嬤越說越激動，越說越心疼，到最後，乾脆抹起了眼淚，再說不下去，躲到一旁偷偷哭泣去了。

戚氏看著她離去的背影，也不禁嘆了口氣。

蔣夢瑤聽到這裡，心裡也是五味雜陳，聽起來她娘的處境真是不好啊！不過，容不得她繼續想，一個哈欠就不由自主地打了出來。

戚氏見狀，就將女兒放到裡床，然後，自己扶著床前一根特意綁在房樑上垂下來的繩子，慢慢地躺在外床，她艱難地翻了個身，就像是一座山一樣擋在蔣夢瑤身旁，看得蔣夢瑤心中一陣膽寒。

我的天吶！雖然這張床出奇的大，可要是這親娘在她睡著的時候壓過來，那她可就真完了。

不過，想歸想，嬰兒的體力可是真撐不下去了，兩隻眼睛一開一合間，竟然就快要睡著了。

戚氏安靜地看著女兒犯睏的小臉，幽幽地嘆了口氣，說道：「好孩子，妳怎麼偏生投到娘肚子裡了呢？妳若是投在二房弟妹的肚子裡，她們就定然不敢怠慢妳了。」

「……」

接下來戚氏說什麼，蔣夢瑤就真的沒有聽見了，因為她已經連生死攸關的大事都拋到腦後，吹著泡泡睡過去了。

這一覺可睡得香甜，蔣夢瑤吧唧著嘴，肚子餓了，按照以往的慣例，娘肯定睡在旁邊，她只要舞動一下小手，把臉往她那邊湊一湊，就該有奶吃了。

可是今天她往旁邊扭了好幾下，娘親都沒有及時把奶送上來，睜開眼睛一看，正要哭一番，提醒一下，可是，當她看見眼前的人時，卻又生生地把眼淚給逼回去了。

「呀，大姑娘醒了，知道她親爹來看她了呢。」

趙嬤嬤似乎已經整理好情緒，不再那麼怨氣滿腹了。

蔣夢瑤看著眼前這一座比她娘還要大的山，頓時就呆住了，這是……她爹？

這圓得簡直像是顆超大保齡球的球體，是她爹？

「哇……」

跟他相比，她娘簡直還算是苗條了。這胖子五百斤有沒有？人家秤是以斤計，他秤得用噸計了。

這叫什麼事兒啊！

人家穿越親爹高富帥，親娘白富美，怎麼輪到她穿越，爹娘就是兩個姥姥不疼、奶奶不愛的大胖子呢？前途堪憂哇！

一想到這裡，蔣夢瑤就哭得更加賣力了。

眼瞅著閨女越哭越厲害，蔣源整個人都亂了，原本他是趴在床邊看著這雪人兒般的小丫頭睡覺呢，誰知道她一醒來看見他，就哭得不成樣子了，那小模樣看了可招人心疼。

蔣源鼓起勇氣，把閨女給抱了起來，可是笨手笨腳地把她的襁褓給弄掉了，只好用一隻手托著她，另一隻手去抓襁褓；可是他肚子太大，襁褓掉下去，他就看不見了，更別說是抓住了，他哪彎得下腰呀！看著閨女還沒他一條手臂粗細的小身子骨兒，怕她凍著，就趕緊拉開自己的衣服，將閨女貼身抱著，用自己的外衣兜著她。

蔣夢瑤被他這麼一番驚天動地的折騰，也不願意哭了，父女倆就那麼大眼瞪小眼地乾瞪著，還是蔣源率先投降，對她咧開了嘴，露出一抹討好、僵硬的笑來。

「……」

你別笑了好不好，眼睛都成一條線了，現在她算是知道，她娘戚氏怎麼說都是一個秀氣的胖子，五官可見，她爹才是真包子啊，這一笑，露出一口白牙，眼睛瞇成一條縫，她簡直懷疑，他這麼一笑，到底還看不看得見……

「嘿嘿，給爹笑一個。」

她的親爹用帶著稚氣又特別符合他形象的憨厚聲音說了這麼一句話，蔣夢瑤的小嘴又不自覺地嘟了起來。

蔣源以為閨女又要哭了，就趕忙討好地說：「哦哦哦，好了好了，不笑就不笑，妳可千萬莫哭了，啊。」

蔣夢瑤這才收回要哭的架勢，蔣源見這閨女好像能聽懂他說話般，說不哭就不哭了，於是又傻笑起來。

父女倆正四目相對，戚氏從門外走了進來，蔣夢瑤就覺得她爹的手彷彿抖了幾下，然後手忙腳亂地把她放回床上，吃力地撿起襁褓蓋在她身上，再轉了個身、大呼一口氣後，向戚氏做了個揖，就低著腦袋地動山搖地跑了出去。

戚氏沒說什麼，也是低著頭，自己退了好幾步，站到一邊，讓蔣源順利離開，甚至是希望他越快離開越好的模樣。

趙嬤嬤見蔣源走了，這才迎了上來。戚氏房裡也沒幾個人伺候，幾個丫鬟都跟著她去前院招呼了一會兒娘家來的人，說是招呼，其實也就是去露個面，娘家只派了一位表嬸來，戚氏去謝過之後就回來了。

「先前大少奶奶去了前邊，大公子就過來了，守著大姑娘好一會兒，大姑娘才醒過來，父女倆似乎還有些親近呢。」趙嬤嬤一面接過戚氏身後丫頭手裡拎著的禮，一面跟戚氏說道。

戚氏圓圓的臉上露出一抹若有還無的笑，沒有接著趙嬤嬤的話往下說，趙嬤嬤看著她家少奶奶這樣，也明白他倆之間的緣由苦衷，便識趣地不再多說，拿著禮盒走入內間。

蔣夢瑤覺得這胖爹胖娘之間似乎隔著一條天塹，你不看我，我不看你，那麼問題來了，她是從哪裡來的呢？

趙嬤嬤從裡頭出來，看見戚氏正在帳子裡餵奶，就拿了針線籃子，坐到帳子外頭，和戚氏說起話來。

「少奶奶，先前去前面可見著戚家的人了？」

戚氏溫柔似水的聲音自帳子裡傳來。「嗯，來的是雲表嫂。」

趙嬤嬤停下了翻找線料的動作，有些訝然。「就來了雲娘子嗎？哼，可真是沒有比她們更敷衍的了，唉。」

帳子裡沒傳來動靜，趙嬤嬤又偷偷搖了搖頭，憋下心裡頭的不平，生怕說多了又讓少奶奶徒增傷心。

「哦，對了，把先前準備的回禮都撤了吧。雲表嫂說，大伯母過些天要帶著眾姊妹出城上香，恐怕沒有人在府中接待我們。」

帳中戚氏的聲音沈靜得聽不出喜怒，趙嬤嬤卻再忍不住了，將針線籃子放了下來，氣憤難平地說道：「她們欺人太甚。想當初三朝回門之日，您和姑爺的車馬都走到路口了，她們才派人來說免禮，將你們生生又趕了回來；這回大姑娘都出生了，她們卻還是這般，不管您在府中受不受寵，您好歹也是戚家的長女，縱然沒了親娘，也不該被這樣作踐。我去與雲娘子說，若是戚家連大姑娘出生都如此，讓少奶奶今後在蔣家如何立腳？蔣家人原本就對少奶奶輕怠，這樣一來，他們就更加有恃無恐了，橫豎娘家人都是這般輕怠少奶奶，蔣家又何必高抬？」

趙嬤嬤倒竹筒般說出了這些話，說完了就要往外走，被戚氏喊住了腳步，說道：「回來！縱然妳去說，她們也不會看重我們分毫，不過是自取其辱罷了。」

趙嬤嬤都走到門口了，跨出去的腳步還是給收回來，大大地嘆了口氣之後，這才搖著頭坐回帳子外頭，坐著坐著，又哭了。

「我可憐的少奶奶啊，這種日子可什麼時候是個頭兒啊。」

「……」

蔣夢瑤一邊吃奶一邊想，這戚家也真是過分，就算她娘比較胖，但也不能這麼搞歧視啊。她停下正在吃奶的嘴，抬頭看了一眼默默垂淚的戚氏。

親娘啊，哭著餵奶可是不健康的呀。

自從滿月那日偷偷來看過一次女兒之後，蔣源便會經常溜過來，卻總是趁戚氏不在的時候，看了就走，絕不與戚氏打照面。不過離開之後，他會讓人送來一些東西。

趙嬤嬤一開始還對蔣源來偷看孩子的行徑感到無奈，後來見蔣源來一次，就送一次東西，對蔣源的態度也不那麼排斥，反而還日日盼著。

蔣夢瑤轉眼就三個月大了，之前她只知道自己是穿越過來了，卻不清楚這裡的具體情況，不過三個月的時間足夠讓她瞭解一些基本訊息。

她爹叫蔣源，人如其名真的很圓；她娘叫戚柔，名字纖細，奈何名不符實，而她穿越的這個地方是南平朝的都城安京。

蔣家是南平朝的公侯世家，國公爺蔣顏正是從一個小兵做到將軍，跟著先皇一起拓土開疆、收復山河，被封國公的英雄典範。

蔣國公膝下有兩個兒子，長子名蔣易，是蔣源的親爹，不過已經仙逝了；次子叫蔣修，就是替蔣夢瑤取名字的二房老爺，他與蔣國公不同，在朝做的是文官。

二房蔣修有好幾房妻妾，庶出的子孫暫且不計，就嫡出而言，他的已故妻子給他生了兩個兒子、四個女兒；如今女兒們全都出嫁了，詩書通達、身負功名的兩個兒子也都娶妻成家，長子蔣舫娶的是禹州太守之女吳氏，次子蔣昭娶的是兵部尚書之女孔氏。

眼下大房式微，反觀二房意氣風發，而吳氏穩重，孔氏精明，在小一輩的媳婦裡，將來當家作主的定然是從這兩個媳婦中選定，幾番較量之後，還是出身更高、手段更好的孔氏占了上風，從老太君秦氏手裡分得了一些權力，協理管家之事。

其實整個大家族的關係，蔣夢瑤還沒有完全弄明白，想她一個現代人，剛剛來到這裡，又是一個嬰兒的身分，要說很快弄清楚這七大姑、八大姨的關係，確實有點難度，不過，她還是從一些對話中得出了些結論。

此時蔣家大房的情況，簡言之，蔣夢瑤的祖母駱氏在生蔣源的時候，難產死了，祖父蔣易傷心欲絕跟著過世了，蔣源就成了大房的一支獨苗，被老太君秦氏養在身邊，養得是膘肥膀壯、橫向發展，一發不可收拾，如今蔣源這副圓滾滾的模樣，老太君功不可沒。

這種情況，在她這個現代人眼裡，她爹應該是很受寵才對，不受寵的話，怎麼會給你吃那麼多東西，養得胖墩墩的呢？其實不然，她爹雖然養得很好，從不短缺吃食，可是在蔣家就只是個吃貨的存在，沒有半點話語權。

老太君雖然疼他，不過也只能算是一個合格的飼養員，至於怎麼培養……呵呵呵，聽說她這個曾祖母是村婦出身，培養這個詞兒，她可能還不知道是什麼意思。再說蔣家大房也沒個家長，二房倒是有個在朝為官的頂樑柱二老爺，這誰輕誰重，不是明擺在檯面上的事兒嗎？

又比如說她娘戚氏，外家也是南平朝的詩書世家、書香門第，出來的子弟個個才學風流、人品端正，養出的閨女精緻水靈、色藝雙全，只可惜，基因突變，養出了她娘這樣患有肥胖症的女兒。雖然經過三個月的相處，蔣夢瑤明白她娘其實骨子裡也是很清靈毓秀，說話溫柔似水，目光慈愛云云，但是旁人可不會像她這個親閨女，剝開她娘炮仗般的外表發現她纖細的內在啊。大家都很忙，看的都是你的外表，以貌取人這種事情自古以來就不是什麼新鮮事。

不過，在明白戚家如今是誰在當家之後，蔣夢瑤也能理解，她娘為啥發胖的原因了——這是在自救哇！

如今戚家的當家主母是成安郡王的長女平安郡主，這郡主年輕的時候可是幹過一件驚天動地的大事。

她當年看上戚家大公子戚昀——也就是戚氏的親爹，說什麼也要嫁給他，不管人家是不是已經有了正妻，她都要嫁，這分執著和蠻不講理成功地在她身上打上一個標籤：不好惹。

很快地，她就證明了這個標籤的正確性，她做了一件讓眾人都驚呆的事情。

平安郡主得不到戚昀的愛，就把當時剛生完孩子、血衣都還沒來得及換的戚大公子原配夫人容氏硬生生地從產房裡拖出來，扔在雪地裡，逼迫她自請休離，否則就凍死她。戚昀要去護他妻子，可惜是個文弱書生，戚家也是書香門第，手裡沒兵沒人，就算去告官，可人家是郡主，她爹是郡王，衙門的兵還得靠郡王發配，你讓他們去跟她老子請兵抓他閨女嗎？

戚大公子在京城轉了半圈都沒搬到救兵，就算回府把府裡的人都聚集起來也無濟於事。容氏不畏強權，寧願凍死也不遂平安郡主的意，就那麼死在雪地裡，給他留下個閨女——蔣夢瑤的親娘戚柔。

平安郡主以這麼一手高調的逼婚戲碼成功「征服」戚家上下，雖然後來這件事情鬧大了，各界輿論都指向平安郡主此舉凶殘無德，皇上也親自下旨責罰平安郡主，褫奪封號，並追封了容氏，給戚家厚賞加以安撫，不過最後戚昀還是被綁著拜堂，這事兒才算完。

有了這個事蹟，蔣夢瑤也不難想像，她娘戚氏為什麼會變成這樣了。

求自保哇！平安郡主還沒進門就搞死了容氏，如今成了當家主母，要拿捏戚氏這個小女娃還不是一根小指頭的事嗎？

蔣夢瑤覺得她外公戚昀也是個能屈能伸的人，為了讓女兒成功活下來，乾脆一不做、二不休，也不顧什麼形象了，餵吧！吃得像顆球，總能降低一些風險吧！於是，就有了如今的戚氏。

胖爹、胖娘身上都有著叫人唏噓的往事，這兩家如今在安京都是首屈一指的大戶人家，蔣家自不用說，有個在邊關拋頭顱灑熱血、為國為民的國公爺，蔣國公府自然算得上是安京的名門；而戚家原本是普通的書香門第，但自從跟郡王府結了親，這二十年來，在當家主母不遺餘力的帶領之下，也爬到了上流貴圈，兩相結合也算是門當戶對了。

倒不是說這兩家有多好的關係，或者有多大的利益牽扯，事實上，兩家從以前到現在都未必融洽，畢竟蔣國公在朝掌著南平朝三分之一的兵權，而郡王只掌著安京的部分兵權。好幾次成安郡王都自動請纓上戰場，為的就是瓜分蔣國公手裡的兵權，可蔣國公也不是傻子，他辛辛苦苦了一輩子，怎肯被不知所謂的愣頭青給頂了，說什麼都不交，甚至連在戰場上提攜成安郡王都不願意。平安郡主嫁入戚家之後，能反了她老子，跟蔣家交好嗎？

至於為什麼這樣關係的兩家人會結親呢？這件事又得從兩家的當家主母說起了。

戚家的當家主母是平安郡主，她二十年前幹了那番大事之後，就成功嫁入了戚家，無論是威逼還是利誘，婚後又成功地跟戚大公子生了四個兒女，奠定了當家主母的終極基礎。她討厭戚柔那是長眼睛和長心眼的人都知道的事情，可是眼看著戚柔長到十四、五歲，也該許配人家了，但將她許個好人家，平安郡主不甘心；將她許給不好的對象，人家又會指戳，當年她害死了人家親娘，被輿論抨擊了十幾年，這幾年才有些消停，如果在戚柔的婚事上面做得太過分，說不定又會引起新一輪的指戳浪潮。正在頭疼的時候，平安郡主發現蔣家正好有這麼一個公認被養廢的嫡長孫，在蔣家沒爹沒娘沒靠山，若是把戚柔嫁給這個廢物，那旁人總不好指戳她什麼。她找的可也是名門！但是在安京誰都知道，這個名門嫡長孫是個扶不起的阿斗，四歲才會走，七、八歲才會開口說話，活到十四歲只粗淺地認識幾個字，今後想要有前途，除非天下紅雪，日出西方，所以把戚柔嫁給蔣源，讓這兩廢柴湊成堆，豈不是皆大歡喜嗎？

也巧了，與平安郡主存了一樣心思的人，還有蔣家如今的當家主母——二房媳婦孔氏。對於蔣源這個大房的嫡長孫，也只能厭煩在心裡，不能說出來，真要給他說一門好親事，那今後要是大房崛起了，她豈不是搬起石頭砸自己的腳嗎？乾脆，也找個廢的，戚柔在她看來就是最好的人選，親娘被搞死，娘家還有個虎視眈眈、恨不得啃她骨頭的後母，這樣的媳婦兒娶進門，那大房今後可就再無翻身之力了。

得，一拍即合，蔣源和戚柔成親吧！更難得的是，兩人不僅身世屬性相似，身材也十分合適，成了！

文定，下聘，迎娶……一系列的事情，蔣、戚兩家拿出友誼競賽的精神，群策群力，花了不過短短十日就全都辦完了。

兩人拜完高堂，就被送入洞房，戚氏哭得滿臉淚光，蔣源也是委屈到不行，說什麼兩人都不肯同床。

蔣源直往外衝，戚氏直往裡躲，最後沒辦法，還是平安郡主想了個高招，說是既然新郎、新娘身材太過臃腫，不能獨自完成行房，那就叫人幫幫他們，她一聲令下，孔氏也樂得配合。於是乎，蔣源和戚氏的洞房是在十幾個嬤嬤的「伺候」之下完成的，怪不得如今這兩個人看見對方時，都是那副恨不得鑽到地下去的模樣。

將這些情況全部都梳理清楚之後，蔣夢瑤對於這對胖爹、胖娘的遭遇，從內心表示憤怒與同情，怪不得趙嬤嬤常說他們欺負人呢。這樣的行為，已經完全超出「欺負」的範圍，可以算是虐待了！精神虐待！

戚氏餵完了奶，將蔣夢瑤放在床上，自己拉著床邊的繩索坐起來穿衣服，然後又仔仔細細地給女兒擦了臉和手，把她包裹起來，只留兩隻白嫩嫩的小手放在外面。

各種動作都很細緻，蔣夢瑤躺在床上看著她，只覺得現在娘親這張臉是越看越順眼。其實胖一點又怎麼樣呢？她娘溫柔，摸起來也好舒服，身上總是清清爽爽、香香的，最重要的是她對女兒真的很好，好到不像是一個十五歲的女孩，有時候蔣夢瑤也會回想，她還是沈楊的時候，十五歲在幹什麼呢？帶孩子什麼的，簡直想都不曾想過，可是戚氏卻把她帶得相當好。

蔣夢瑤越看她越喜歡，小手就越發舞得歡快。

戚氏讓趙嬤嬤看著蔣夢瑤玩一會兒，說道：「二房的弟妹今日生產，先前就聽說差不多要生了，我去前頭看一看有沒有要幫忙的。」

趙嬤嬤坐到了床邊，點頭道：「少奶奶放心，大姑娘我看著，去露個面就回來，反正她們也不會記得妳的好。」

戚氏對趙嬤嬤欲言又止地搖搖頭，然後又看了一眼蔣夢瑤，便由一個丫鬟攙扶著走出了房間。

趙嬤嬤是個忠心的人，卻不怎麼有趣。讓她看著蔣夢瑤，她就真的只會看著，拿著針線籃子坐在一旁，卻是一句話都不說。

蔣夢瑤兀自玩著自己的手指，正昏昏欲睡，就覺得床鋪震動起來，心裡有數，她不用回頭就知道，一定是她爹蔣源來了。

果然一隻油光發亮的大雞腿被湊到了她面前，蔣夢瑤忍不住滿頭黑線。

你帶隻雞腿來給一個剛滿三個月的嬰兒吃合適嗎？儘管雞腿看起來真的很誘人……

「哎喲，可使不得，大姑娘還沒長牙，哪會吃這個呀。」趙嬤嬤趕忙放下針線，來阻止蔣源的舉動。

蔣源不好意思地看看她，然後才吃力地爬上了石踏——別人床前放木製腳踏，她爹娘床前得用石踏。

蔣源笨拙地坐在床邊，彎下身子，讓自己跟女兒靠近一些，用帶著稚氣的聲音說道：

「閨女，爹爹給妳帶雞腿來了，妳想吃嗎？想吃就眨一眨眼。」

「……」

蔣夢瑤真的很想對這個不靠譜的爹翻個白眼，不過看著他手裡舉的東西，香噴噴的味道已經把她勾得開始流口水了，當即猶豫了一下，就乖巧地眨了好幾下眼睛，可把她爹給樂壞了。

「嘿嘿，真的眨了，真是好閨女。」

蔣源樂得很，抓著閨女的手不斷地揮著，就是不把雞腿拿過來給她吃；蔣夢瑤不會說話，就咿咿啞啞地出了幾聲，蔣源卻逗得更加開心了，乾脆把雞腿交給一旁的趙嬤嬤，然後把手往自己身上一擦，就把蔣夢瑤抱了起來，和她臉貼臉親熱。

父女倆正其樂融融地交流感情，不知道外面誰喊了一聲「大少奶奶回來了」。

蔣源整個人又僵了僵，將蔣夢瑤放在床上，自己提著衣襬就如來時一般，「蹬蹬蹬」地動山搖地跑了出去，卻不走正門，而是往右邊廊下跑去。

第二章

從正門進來的戚氏，倒是沒看見蔣源，卻瞧見趙嬤嬤手中拿著一隻雞腿。

趙嬤嬤為表清白，趕忙將雞腿扔在一旁，戚氏這就明白先前是誰來過了，也沒說什麼，走到床邊坐下，看了看閨女，這才說道：「二房弟妹生了個姑娘，名字定了，叫蔣璐瑤，和咱們阿夢相差三個月，卻是同歲。」

趙嬤嬤面上一喜，湊過來問道：「哦？二房生的也是個姑娘啊。」

戚氏點頭，趙嬤嬤就忍不住拍起手來，說道：「我早就覺得二房二少奶奶那肚子忒圓，就不像個小子，還有她顯身時總愛吃甜食，可不就是個姑娘嗎？」戚氏在蔣夢瑤的小臉蛋上摸了摸，才說道：「姑娘不是挺好嘛。」

趙嬤嬤已經樂得找不著北了，連連點頭。「好，好，挺好的！哈哈哈哈。」

蔣夢瑤和戚氏都明白趙嬤嬤為何這麼高興。畢竟大房頭胎生的是個姑娘，若是二房生了個小子，那大房今後的日子可不就越發難過了嗎？現在大家生的都是姑娘，最起碼表面上還不能有太大差異才行。

由於國公爺常年征戰在外，若是遇上戰事吃緊，幾年都不回來一趟也是有的，所以國公府的大小事宜，大多還是由老太君和二房蔣修定奪。

原本國公府的一切都是大房蔣易的，可惜他死了，親弟弟蔣修就頂上大哥的位置，成了國公府唯一的兒子，朝廷的俸祿分例全都撥給了二房，大房每年就只能得一些撫恤。

自從那日蔣源從戚氏的房裡跑出來，正好在轉角撞上了老太君。秦氏如今已經快要六十歲了，腿腳雖然還算靈敏，但也禁不起一個人肉導彈的衝撞，當即她的隊伍就像是保齡球瓶般，由她向後一倒就倒了一大片，足見蔣源的殺傷力之強；別說秦氏了，就是他自己給衝力反彈過來也摔倒在地，竟然爬不起來了。

下面的人手忙腳亂地把老太君扶了起來，然後，就看見大公子像個烏龜一樣仰躺在地上，老太君看見是他，嘆了口氣。大兒子剛死的時候，她生怕這個小子吃不飽、穿不暖，就接到身邊養著，好吃好喝地供著，沒想到不過幾年，這小子就成功地把自己吃成了顆球，並且有越演越烈的趨勢，終於吃成了如今這一發不可收拾的局面。

老太君嘆了口氣，讓幾個人上前去把他給扶了起來。

蔣源起來之後，就抱著肚子大口喘氣，卻還不忘上前來跟老太君行禮，舉手投足皆是地動山搖，又笨拙不堪。

饒是這大胖子由老太君親手飼養出來的，此時在她看來，也未必能喜歡得起來，當即沈下臉，一拄枴杖道：「莽莽撞撞的。」

蔣源剛要張口行禮，就被老太君的呵責給逼了回來，拘謹地站在一側低頭不語。

老太君見他這樣，越看心越煩，就問道：「你這是從哪裡出來，這樣慌張，不知道的還以為你剛做了賊，偷了人家什麼東西呢。」

這些重話若是對其他孫子，老太君是不敢講出來的，可是對蔣源，她卻是什麼都敢講，蔣國公一生最討厭的就是愚鈍之輩，她對夫君有著天然的崇拜，連帶她也開始討厭愚鈍的人了，雖然這個人還是她親手養大的。

蔣源滿面羞紅，口齒越發不伶俐。「回老太君，孫子沒有偷東西。」

他越是這樣，老太君就越覺得來氣，口氣也越發不好了。

「沒偷東西，這麼鬼鬼祟祟的做什麼！」

老太君的話讓蔣源百口莫辯，他一緊張，原本到嘴邊的話，就又說不出來了，支支吾吾了好半天，才憋出一句。「我……我，我看、看閨女……去。」

「看閨女你不好好待在你房裡看，跑來跑去的成何體統！」

老太君的這番話說出來之後，就有旁邊的人湊上來跟她解釋，說的不過就是大公子成親之後就再未回房的事。雖然這件事，老太君也不是第一次聽說了，只是一直沒理會，今天這小子不巧撞上她，老太君的氣就不打一處來。

「既成了親，哪有分房的道理，去將大公子書房裡的東西收拾了，送回大房屋裡，從今往後，派人給我在房外守著，若是哪天大公子不在房裡睡，就來告訴我，看我怎麼敲打他！哼。」

就這樣，老太君一錘定音，敲得蔣源和戚氏兩眼發昏，卻又無可奈何。

蔣夢瑤躺在床中央吃手，一會兒看看左邊，一會兒看看右邊，兩座大山一左一右，此起彼伏。

老太君一聲令下，府裡的人執行起來也是不遺餘力，到晚上睡覺的時候，把蔣源和戚氏一同趕到床上，然後封起床帳，為了防止他半夜偷溜下床，那些人突發奇想，竟然在帳子外頭捆了一圈的鈴鐺……

太凶殘了！蔣夢瑤心想。可是看到裡床那個好像是過動症兒童一般的親爹，她又覺得外面那些人辦事太周到了。

戚氏無奈地將蔣夢瑤抱到自己肚子上，對蔣源小聲說了一句。「你別動來動去了，讓風驚著阿夢。」

蔣源這才停了坐立不安的動作，可憐兮兮地坐在裡床，眼巴巴地看著妻子肚腹上的閨女，良久之後，才小聲地問了一句。「能讓我抱抱嗎？」

戚氏先是一愣，然後才用那種「這是我心愛的寶貝，才不願意借給你看，卻又無可奈何，不借不行」的眼神看了看蔣夢瑤，然後才將她遞過去。

蔣源見妻子肯了，趕忙吃力地直起身子過來接，就像是得到一件稀世珍寶般，傻傻地笑了出來。

戚氏見他這般，心中似乎有點異樣的感覺，卻又及時壓了下去，轉身將枕頭邊上的針線籃子拿到面前，似乎有意不去看旁邊那對玩得正開心的父女倆。

蔣源躺了下來，把蔣夢瑤舉得高高的，讓她踩在自己的肚子上玩。

蔣夢瑤一開始不大高興，不過踩了兩下之後就來了興趣，軟軟的肚子踩起來真是好玩，玩得高興了，她也不吝嗇笑聲，咯咯咯像隻小公雞。

戚氏怕她笑岔氣了，讓他們玩一會兒，就出聲提醒道：「別玩得太瘋，待會兒夜裡要作夢的。」

聽了妻子的話，蔣源連連點頭，十分聽話地將蔣夢瑤放下來，讓她改坐在自己肚子上，父女倆大眼瞪小眼。

蔣夢瑤低頭看著這個胖爹，笑起來嘴角還有一個小梨渦，這樣的包子臉上，還能看得清梨渦，可見若是他瘦下來，這梨渦該有多深。

見女兒一眨不眨地盯著自己，蔣源高興極了，抓著她的小腳丫說道：「阿夢喜歡爹嗎？爹爹可喜歡阿夢了。」

「啞……啞……啞……」蔣夢瑤發出嬰兒特有的音調，意思是說：我才不喜歡你呢。

可是蔣源將女兒這稚嫩的聲音聽在耳中，頓時心花怒放，托著蔣夢瑤的腋下就把她舉高高了，歡呼道：「阿夢喜歡爹，是不是？阿夢最喜歡爹爹了，是不是？嘿嘿，爹爹也喜歡妳！」

「……」

喂，你少自作多情了好不好？誰說喜歡你了，我說不喜歡！

「啊，咿啞……」

「呵呵呵，多說點，再多說點，爹的阿夢會說話了呢。咿啞咿啞……」

「……」

蔣夢瑤不願意跟這個白癡說話了，扭頭看了看自己的娘，對她伸了伸手，戚氏立刻放下針線，將她接了過去。

一下子投入娘親的懷抱，蔣夢瑤趴在娘親的肚子上，這才回頭向有些失落的蔣源露出甜甜一笑，又把這個爹的小心肝兒給萌顫了，若不是她此刻正趴在戚氏身上，他不好意思湊得太近，要不然，肯定又要把閨女抱起來舉高高了。

還是娘的身上香，又香又軟。

蔣夢瑤也抬頭對戚氏說了兩句話。「咿啞，啞，啞！」

戚氏也被逗笑了，見她們母女倆在笑，蔣源也在一旁傻兮兮地笑了起來。還別說，在這個封閉的床帳間，似乎還有那麼些一家人團聚後其樂融融的味道。

戚氏與蔣源不經意地對上了一眼，雖然兩人依舊滿面緋紅，但似乎先前的尷尬稍微減弱了一些。人就是這樣，你不面對的時候，想東想西，想什麼都怕，一旦被逼著面對了，其實也就那麼一回事，沒什麼好怕也沒什麼好尷尬的。

兩個人被逼著洞房又怎麼樣了？反正就算別人不逼，他們早晚也是要洞房的，如今孩子都生出來了，他們又被逼到一張床上，尷尬到了極點，也就沒什麼好尷尬的。

因為老太君的橫加插手，終於讓蔣夢瑤一家團聚了，有了一次不錯的天倫體驗。

其實，蔣源和戚氏身世差不多，應該很能產生那種惺惺相惜的感覺，如果不是因為成親時搞的那些事，說不定兩人婚後也會琴瑟和鳴。

蔣夢瑤睡在兩人中間，雖然感覺像是躺在兩座大山之間，讓自己感到極端不安全，但是，她明白這親爹、親娘對她是疼到骨子裡，生怕她哪兒不舒服或者碰到哪裡，平時無論是抱她還是跟她玩都是極其小心，縱使大房如今的情況比較尷尬，但是有這樣一對處處為她著想的親爹、親娘，她的穿越生活也不那麼苦逼了。

嬰兒的生活很單調，聲音和骨骼都沒有發育完全，每天除了吃就是睡，戚氏在做母親這一點上真的是很到位，照顧蔣夢瑤的事情從不假手於人，總要自己料理才放心；而蔣源也是護閨女護到了極點，含在嘴裡怕化了，捧在手心怕摔了，謹小慎微，照顧周全。

有這樣一對爹娘在身邊，就算他們在國公府的身分比較尷尬，大房也是仰人鼻息過活，但是整體來說，蔣夢瑤的嬰兒時期還是過得很舒心。

春去秋來，眼看一年就這麼過去了。

蔣夢瑤長成一個健康活潑的大寶寶，在生辰的前幾天自己就「學會」走路了。

當她搖搖晃晃地走到門邊時，讓在院子裡曬花乾的戚氏嚇了一跳，趙嬤嬤也是驚得喊了出來。「大姑娘會走路了！」

隨著她的一聲驚喊，院子裡三、四個丫鬟也紛紛轉頭看向蔣夢瑤。

戚氏怕她摔著，趕忙往門邊跑來，只是她動作不靈活，一邊往這裡跑，一邊對趙嬤嬤說道：「快去扶著她，別摔著了。」

蔣夢瑤當然不會讓自己摔著，就那麼扶著門邊，對戚氏甜甜一笑。「娘。」

軟糯的聲音，就連蔣夢瑤自己都給萌化了，她說話要比走路早一些，大概十個月的時候，在一次戚氏鍥而不捨的教學之下，她就再也忍不住開口了，當時可把戚氏高興壞了，摟著她在懷裡，半天都不肯鬆開。

她爹蔣源很是吃味，當即就把她抱上自己的肚子，然後不遺餘力地開始教她說爹；但蔣夢瑤明白，若是這個時候，她再叫一聲爹出來，那可就真是妖異了，所以當晚無論蔣源怎麼教，她都只是對著他一味的笑，然後做出一副「以為爹爹在跟自己玩的」樣子，在他肚子上蹦了一晚。

不過，十幾天之後，她還是「學會」了。

趙嬤嬤來到蔣夢瑤身邊張開手要抱她，蔣夢瑤卻指著戚氏求抱抱，戚氏在丫鬟的協助下走上石階，來到門邊，將她抱了起來，開心地在她臉上親了一下，說道：「哎呀，我的阿夢會走路了呢。」

看著親娘開心，蔣夢瑤也覺得開心。

蔣源原本在書房看書，聽到院子裡有動靜也走了出來，幾個丫鬟告訴他，大姑娘會走路了，蔣源也湊了過來，從戚氏手裡抱過蔣夢瑤，將她放在地上，說道：「乖女兒，給爹走一步看看。」

蔣夢瑤看著她爹這樣子，真心覺得他傻得可愛，僅是站在地上仰頭看著他，不願意挪動尊腳一步。

蔣源看得乾著急。「閨女，快走呀。」

在蔣源千呼萬喚之下，蔣夢瑤才往前挪了一小步，這就把蔣源高興壞了，一把撈起蔣夢瑤，讓她坐在自己的肩膀上，帶著她轉圈。蔣夢瑤看著她爹那雙肥手，感覺似乎有點不安全，趕忙自己抱住蔣源圓滾滾的腦袋，一時間，大房院子裡歡聲笑語不斷。

前院二房長子蔣舫的屋裡，吳氏正挺著肚子看著乳母抱來的大女兒蔣璐瑤，聽了下面婆子彙報，也奇道：「大房那個會走路了？」

吳氏的大女兒與蔣夢瑤相差兩個多月，此時正是十個月大的小娃娃，別說是走路了，就連開口說一個像樣的詞都沒有，不過她不急，大房那劣種都能這樣聰穎，她和郎君的孩子總不會比大房的要差吧！

水清是吳氏的陪嫁丫鬟，從小伺候吳氏，對吳氏的想法瞭若指掌，立刻接著說道：「會走路就會走路吧，咱們姑娘若是再過兩個月，那也必定能下地走路，說不定還會跑呢！奴婢昨兒還見姑娘伸腿兒，有勁兒著。」

吳氏臉上顯出優越之色，又低頭看了看自己的肚子，好整以暇地說道：「就算生得再聰穎，也不過是個丫頭，要成事，還得是小子。」

水清連聲附和，專揀吳氏愛聽的話說：「是啊，少奶奶，姑娘自是貼心，可要能徹底拴住男人的心，還得生出個公子來，這樣將來才有依靠。」見吳氏露出滿意的笑，水清又湊上去說道：「少奶奶，前兒宮裡的太醫來把脈，奴婢見他言語間透著料，總覺得少奶奶這一胎啊，就是位精靈可愛的小公子。」

吳氏聽了一喜，問道：「可是真的？那老太醫怎麼說的？」

水清想了想後，說道：「那老太醫說孩子活潑得很，女孩兒一般都是文靜的，這要是活潑的，可不就是位哥兒嗎？」

吳氏見水清說得活靈活現，也是高興，在她能說會道的小嘴上掐了一下，才裝作不介意地說道：「哎呀，管他是哥兒還是姊兒，都是我肚子裡出來的心肝肉，大爺也說男孩、女孩隨便，總是寬慰我。」

抱著蔣璐瑤的乳母也跟著上來說道：「少奶奶好福氣，年頭一個，年尾一個，這可是旁人盼都盼不來的事呢。」

水清也是機靈的人，知道說什麼話吳氏會高興，當即接話。「就是，少奶奶您看二爺的少奶奶到今天也沒傳出什麼動靜來，她搶了少奶奶當家的活兒，卻失了子孫福氣，何苦來著？」

提起二房的三少奶奶孔氏，吳氏也是氣不打一處來，孔氏就仗著自己出身好一點，手段高一些，就處處不把她這個嫂子放在眼裡，看她成親都一年多了，肚子連個響兒都沒聽見；不比她，剛生了一個，如今肚裡又懷了一個，除非那孔氏能一次懷個雙胞胎，要不然，他們長房的人丁妥妥地就能壓她一頭，吳氏哪有不解氣的道理。

「有些女人啊，總是覺得自己比男人要強，其實這個世道，哪裡有女人能強過男人去，還是守好自己的本分，生兒育女，為夫家添丁才是大事。」吳氏又看了一眼乳母懷裡的蔣璐瑤，刮了刮她的小臉蛋，然後就讓乳母抱下去了。

水清扶著大腹便便的吳氏站起身，往庭院裡遛彎兒去了。

蔣夢瑤沒想到自己「會」走路讓胖爹、胖娘這麼高興，幾日後，一時沒剎住腳步，一路跑了起來，這下可驚動大房了，還未滿周的娃娃，剛學會走路竟然就能跑了！

戚氏提著裙襬，吃力地跟在蔣夢瑤身後追著。「阿夢莫跑，別摔著了。」

蔣夢瑤覺得自己有使不完的力氣，更加確定自己學會走路是多麼正確，要不然每天被人抱著，她自己累得慌不說，總覺得雙腳離地不得勁兒，現在她的腳既然沾了地，那就斷沒有再讓人抱回去的道理。

反正她娘身子重，也追不上她，蔣夢瑤就停下來等一等氣喘吁吁的娘親，還發出稚言稚語。「娘，來，來，追追。」

雖然蔣夢瑤知道話是怎麼說，卻由於條件限制，還未發育完全，連續的話說不了，只能這麼一個一個音節發出來，頂多比尋常孩子的發音要準一些，意思也到位一些罷了。

戚氏喘著氣，再也跑不動了，搖著手讓趙嬤嬤和丫鬟們繼續追，轉頭一看蔣源，就見他和自己一樣，也是扶著一棵樹、滿頭大汗的模樣。

兩個胖子惺惺相惜，戚氏抿了抿嘴，這才低著頭走到蔣源身旁，抽出自己襟旁的帕子，給他擦了擦汗。

蔣源對她露出一記胖子特有的憨傻笑容。兩人經過這段時間的床帳磨合，已經克服新婚時的尷尬，感情漸漸步入正軌了。

蔣夢瑤最終被一個手腳靈活的丫鬟給截住了。

戚氏從丫鬟手裡接過她，佯裝生氣般在她額頭上點了點。「讓妳跑呀！小丫頭片子，要是摔著就有得妳哭了，下次不許這樣了，知道嗎？」

蔣夢瑤當然知道親娘不會跟自己生這種氣，當即賴皮地摟住娘親的脖子，用足以萌化自己的軟糯聲音喊了一聲。「娘。」

這一聲娘讓戚氏再也繃不住臉，蔣源充分做出一個二十四孝老爹該有的表情，替女兒打圓場。「哎呀，沒事沒事，這不沒摔著嗎？咱們阿夢腳上有勁兒，剛會走就會跑了，好事，好事兒！」

戚氏埋怨地看了他一眼，蔣源立刻收聲閉嘴，然後自己接過孩子，不讓妻子辛苦抱著。

戚氏被這父女倆的行為給逗笑了，不想還未說話，外頭就有人來傳話了。

老太君聽說重孫女會走路，特意派人來給戚氏傳話，帶過去給她老人家瞧瞧。

蔣源和戚氏夫婦對看一眼，原本老太君只喚了戚氏和蔣夢瑤過去，蔣源卻怕妻女去了受委屈，打著「要受委屈，咱們一家人一起受」的算盤，硬是跟著一起去了。

這是蔣夢瑤第一次拜見這位傳說中兒孫滿堂的曾祖母。說起這位祖奶奶，也算是個傳奇人物了，出身一般，只是與國公爺相識於微時，讓她糊裡糊塗就嫁給了一支超級無敵巨無霸的潛力股。國公爺從一個沒落的名門之後，硬是為全家拚殺出一條前途光明的康莊大道，三年兩封，直升機一般坐到國公的位置上；並且超長待機，熬死了兩代帝王和無數將相，他都活得好好的，依舊手握兵權，穩坐他國公的位置，吃香喝辣，至今依然活蹦亂跳地替國家鎮守邊關，偶爾還能從邊關傳來他痛扁敵軍的各路捷報，彰顯老爺子屹立不搖的英雄氣概。

秦氏不是名門，身上卻有著一項古代傳統女人的美德——在家從父，出嫁從夫。她把這句話執行得分毫不差，反正國公爺的事，她絕不插手，說一就是一，事事以夫為尊，本分地替他生兒育女，老實地在家裡等他歸來，從不抱怨一句。因此，即便國公封爵之後，對秦氏依舊敬重，光這分磐石不轉移的堅守，她國公夫人的位置也是不可動搖。

秦氏和蔣顏正一共就生了兩個兒子，國公爺年輕的時候，曾經納過一、兩個侍妾，不過沒留下一子半女。

秦氏的長子雖然沒了，但好歹留了一條血脈在，而那條血脈如今正帶著妻女，占據了老太君院子的大半邊，笨拙地給她行禮問安。

「孫兒參見老太君。」

「孫媳參見老太君。」

老太君看著大房這兩座會移動的肉山，心裡別提多彆扭了，蔣源是她親手餵胖的也就算了，可他媳婦兒戚氏卻是從別人家接手過來的大胖妞，總感覺是娶了個次貨進門；不過，再看看自己孫子那樣子，也知道，除了這樣的次貨，其他好貨根本不會嫁給他，才稍稍有點釋懷。

她將目光放在跪在她爹娘中間的蔣夢瑤身上，眼前一亮，對蔣夢瑤招招手，說道：「不是說夢姊兒會走路了嗎？來，到我這裡來，走兩步。」

「……」

蔣夢瑤轉頭看了一眼她娘，想起剛在來的路上時，戚氏抱著她，也不管她聽不聽得懂，就一直在她耳朵旁念叨。「別太聰明，千萬別太聰明。」

哪有人嫌棄自家閨女太聰明？不過，聰明的蔣夢瑤一下子就想到她娘這麼說的意思，稚子無罪，懷璧其罪，她若是生在一個受寵的地方，越聰明會越受寵，可偏偏她生在這個不受寵的大房，若是太聰明，肯定會招來很多不必要的麻煩。

老太君已經不耐煩地第二次催促了，戚氏也在蔣夢瑤的背後稍稍拍了拍，然後蔣夢瑤才裝作有點吃力，扶著她親娘從地上站起來，搖搖晃晃地走到老太君身前，剛站定後，一個不穩便坐了下來，她瞪大眼睛看著老太君，做出害怕的樣子來。

老太君的眉頭不自覺蹙了蹙，讓站在她身旁的丫鬟錦翠上前去把蔣夢瑤抱了起來，這才說道：「既然還未走穩，那就別走得太快了。」

這老太君已經在心裡認定是大房在譁眾取寵，消費大家的熱情，故意用女兒會走路這件事，吸引大家的注意。

蔣源和戚氏暗自對看了一眼，十分有默契地低頭稱是。

老太君越看他們越生氣，搖搖頭，將目光放到蔣夢瑤身上，看了好一會兒後，才對錦翠招了招手。

錦翠會意，將蔣夢瑤放到老太君身上，老太君在蔣夢瑤臉上看了好一會兒後，才說道：「夢姊兒這張臉長得好，精靈可愛。錦翠，去把那套翡翠兔子拿過來。」

錦翠離開了一會兒，回來的時候，手裡就多了一只精巧的捧盒，大概一個成年人手掌那麼大。錦翠走到老太君跟前，把盒子打開，露出內裡四隻通體碧綠、形態各異的小兔子來，看著頗有趣味。

老太君讓錦翠把東西送到戚氏手中，說道：「夢姊兒出生後，頭一回來我這兒，這便是見面禮了。苗子我看著很不錯，你們可得好好養著，多教教規矩，將來看能不能靠她這張臉，博一個好人家了。」

喂，老太太有沒有搞錯啊！她一周歲還不到，現在就想著讓她找人家是不是太快了？

蔣源和戚氏又是一陣恭謹地磕頭，戚氏謝過老太君賞，老太君這才讓錦翠把孩子送回戚氏手裡。

「過兩天就是蓼姊兒的周歲，我這人老了，腦子也糊塗了，記不了什麼事兒，家裡的事大多都交給修兒媳婦那兒辦，蓼姊兒周歲的事，你們若要辦，就去找修兒媳婦，要什麼跟她說就好。我也累了，你們退吧。」

老太君說完這些話之後，不等蔣源和戚氏給她行完磕頭禮，就讓錦翠扶著她走入內堂。

蔣源和戚氏相互扶持著站了起來，蔣源把蔣蓼瑤抱起，讓她坐在自己的肚子上，一家三口才地動山搖地離開老太君的院子。

戚氏走出之際不禁鬆了口氣，蔣源看在眼裡，直到走出了院子才跟著嘆了口氣。

他當然知道戚氏鬆口氣是為什麼，只怪他沒用，讓妻女跟著一同受氣。在這個家裡，他知道自己沒有地位，兄弟姊妹雖不多，可他卻是最不成器的那個，文不成，武不就，渾渾噩噩過了十幾年，如今有了妻子，還給他生了個聰明漂亮的閨女，可是，就連這分聰明，他都沒辦法支持著讓她顯現出來。

老太君對大房不喜那是寫在臉上的，且看她送給女兒的東西便可窺知一二。二房的長子也生了個閨女，老太君在孩子出生的那幾天就親自去看過她，送的是一對金鳳鑲玉鐲子，一對南海珊瑚玉如意，兩顆夜明珠和五、六件金銀項圈飾品，每一件拿出來都是價值不菲；可是反觀老太君送給女兒的這耍玩物件，雖然聽起來也是翡翠，但是做成這副耍玩模樣，又會是什麼好料？

戚氏當然也知道這東西的價值，所以收下之後，就一直沒有提，心裡想來也是不滿意。

夫妻兩人抱著孩子回到自己的院子裡，兩人全都若有所思，表情凝重得很，只有蔣夢瑤最輕鬆，拿著她的第一件禮物去玩了。

老太君的院子。

老太君橫臥在軟榻上，由兩個丫鬟替她捏肩捶腿。她失望地嘆了口氣，說道：「真是越看大房越來氣，兩個人都是一身的肥膘，源兒沒出息也就算了，想著他媳婦兒能是個知事懂禮、會在房裡提攜他一二的人，可妳看看戚家這個，笨手笨腳，一臉的呆樣。」

錦翠從小伺候老太君，是老太君最親的心腹，知道該怎麼說話。

「老太君，奴婢瞧著大姑娘甚是不錯，那張小臉長得可真水靈，漂亮著呢。」

老太君一聽，坐直了身子，不耐地嘆了口氣，說道：「漂亮頂什麼用？將來能靠那張臉嫁個好人家嗎？長得漂亮的女娃兒多得是，人家一看她親爹、親娘就倒了胃口，大房能教出什麼樣的大家閨秀來？她娘戚氏本就不是什麼閨秀，生得那般笨拙，嫁女看母，看她就知道大姑娘將來也就只能嫁個尋常人家，運氣好碰個沒落的公侯家，還不一定能嫁做正房呢。」

錦翠聽了老太君的話，怕她氣著自己，又道：「既然這般，老太君何不將大姑娘帶到身邊來親自教養？將來到了擇嫁之時，也好相看。」

老太君冷哼一聲，說道：「哼，我可不攬這閒事了，將來她能如何都是她的造化和命，我養著個孫子在身邊就吃盡了苦，孫子還不爭氣，長成那副殘樣，他要有舫兒和昭兒一半的出息，我作夢都該笑醒了，如今大房就這出息了，他的女兒能有多好？看著漂亮有什麼用，金玉其外，敗絮其中，我何必沾這手呢？將來教成人，結成怨，我反倒兩面不是人了。」

錦翠這便就探明老太君的意思，不再對這件事多言，打了個圓場，說道：「是，橫豎也是大姑娘沒福氣。」

老太君讓捏肩敲腿的丫鬟退了下去，由錦翠扶著她去了花園，一路走，一路說：「也不知舫兒媳婦肚子裡這胎怎麼樣，要是個小子，那就是蔣家的頭胎少爺了，得好好教養才行；若還是個閨女，那就讓他們再生，非要生出個小子來不可。」

錦翠領命稱是，扶著老太君往花園深處走去。

吳氏挺著個肚子，在房裡笑得花枝亂顫。

「哎喲，不行了，我笑得肚子疼。大房真是獻寶了這回，我就說嘛，不滿周的孩子都會走，聽他們說恨不得能跑起來，那滿周歲，豈不是要會飛了嗎？走了幾步摔了，哈哈哈……」

貼身婢女水清替吳氏在後面順氣，看她肚子都笑得一起一伏的，好怕她把孩子給笑出來。

「大少奶奶，您快別笑了，仔細小公子啊。」

吳氏這才捧著肚子收斂了大笑，卻還是忍不住彎著嘴角。

水清見她止住了笑，這才繼續彙報。「大房讓老太君白白高興了一場，別說是老太君了，就是奴婢初聽這消息時也不敢相信，大房那樣……笨拙，如何能生出聰明伶俐的姑娘來，就去老太君那兒打聽，誰知道老太君院裡都快笑瘋了，都在說大房不知所謂，想爭寵想到孩子身上去了。」

吳氏連連點頭。「可不就是鬼迷心竅嘛！大房想出風頭，這回的風頭可出得夠有水準的啊。」

緊跟著吳氏便對水清打探之事表示贊許，只聽水清又道：「錦翠姑姑還跟我說，老太君對少奶奶您肚子裡的這胎可上心了，也斷言是位公子，還說公子生下來便是蔣家的大公子，得好好培養，寄予厚望呢！這地位可不是大房那三腳貓的炫耀可比得來。」

吳氏聽了水清的話，摸著肚子，像是自言自語地道：「兒子啊兒子，你可要爭氣呀！勢必要出來個哥兒，壓得那大房再不敢作亂。」

水清見吳氏笑得不那麼誇張，又給吳氏倒了一杯棗茶，說道：「奴婢說句僭越的話，老太君對咱們二房可真是比大房好多了，少奶奶您知道老太君送什麼給大房的大姑娘嗎？只不過是榮寶齋裡出來的一件普通耍貨，翡翠兔子，就這麼小小的四隻，也只能給孩子當個小玩意兒，絕不超過這個數。」

說著水清就對吳氏比了比一根手指，吳氏眼前一亮，主僕兩人再次掩唇笑了。

吳氏再度升起一股優越感來，說道：「是嘛，老太君可真是偏心啊！大房……豈不是又要嘔死？」

她記得生女兒的時候，老太君送的那些雖不說是頂富貴的東西，卻是比大房要好太多，想著那兩張胖臉上尷尬的表情，吳氏就覺得他們可憐。

「可不是要嘔死嘛！沒準兒，大房現在正躲在被窩裡哭呢。」

水清說完這話之後，吳氏又是笑得一陣花枝亂顫，心情大好，喚來了乳母，說道：「今兒給姑娘做些好吃的吧，一定要告訴她，讓她聽明白這是我賞的，讓她吃完了，就學著叫娘，知道了嗎？」

乳母領命，又多嘴問了一句。「少奶奶，上回您不是說，不多餵姑娘，怕她生得太壯，失了女孩兒的儀態，怎麼今日……」

雖然乳母當時也覺得讓一個不會走路的小女娃注意儀態有點可笑，但想著自己多問一句總是沒錯，於是就問了。

吳氏臉上閃過不悅，水清見狀就趕忙上前呵斥。「讓妳去就去，今兒少奶奶心情好，想給姑娘多放點吃食還輪到妳這奴婢多言？快去！」

乳母平白被水清打了一下臉，尷尬地退了下去，主僕這才又得意地相視一笑。

第三章

晚上，蔣夢瑤在爹娘中間沈沈睡了過去，戚氏和蔣源卻是不怎麼睡得著。

戚氏幽幽嘆了口氣，蔣源扭頭看了看她，說道：「娘子可是有什麼心事？」

戚氏點點頭，如今他們已是惺惺相惜，各自都接納了對方，有話自然也可與對方說。

「我在想，若是阿夢在這裡長大，將來肯定沒有自信，你我都是這副被人壓制的模樣，必會連累她受人白眼和欺負的。」

蔣源盯著她看了一會兒，然後才問道：「娘子待如何，說與為夫聽一聽，可好？」

戚氏艱難地翻了個身，面對著蔣源，說道：「你也看到我們如今雖身在國公府，可是國公府卻始終將我們隔閡在外，與其這樣寄人籬下，住在富麗堂皇的國公府裡，不如在鄉間築間小屋，一家人和樂融融要好。」

蔣源也轉過身子面對她。「娘子是說，想搬離國公府嗎？」

戚氏又是一嘆。「唉，我也只是說說，你畢竟是府裡的大房一脈，出府另住怕是行不通的。算了，就當我是異想天開了，睡吧。」

「……」

蔣源沈默了，戚氏已經閉上眼睛，但她的話似乎給他打開了一扇新世界的大門，令他寢不能寐。

蔣夢瑤會走路之後，德智體就開始飛速發展，在大房院子裡，經常能看見她小小的身子滿院跑的情形。

上一世的沈楊是個病秧子，娘胎裡帶出的先天病讓她不敢跑、不敢跳，生怕自己一個興奮，就提前去見祖宗了；可這一世卻不一樣，蔣夢瑤只覺得自己身上有使不完的力氣，無論怎麼跑、怎麼跳、怎麼瘋，晚上睡一覺，第二天照舊生龍活虎。

戚氏每天把她照顧得很好，卻也不嬌養，雖然趙嬤嬤曾勸過戚氏，讓她收一收大姑娘的野性，讓她像個大家閨秀，戚氏卻不願扼殺女兒的天性，便說自己也不是什麼大家閨秀，只要大姑娘將來在大是大非的道德上不出岔子，就讓她玩一玩又有什麼關係呢？

有了親娘的支持，蔣夢瑤就玩得更野了。蔣源看在眼裡，也是高興的，偶爾擔心將來女兒不認識字，受人歧視，他便每天抽出一個時辰來，讓女兒跟著他識字，雖說他自己也沒什麼文采，但是教教女兒識字、背背千字文什麼的還是可以的。

蔣夢瑤也爭氣，無論蔣源教什麼，她都是一遍就會，讓蔣源直呼女兒是文曲星轉世，每每都把戚氏逗得笑出來；不過對於女兒的聰慧，戚氏自然也是看在眼裡，想著待她再大一些，再教她在人前的規矩，此時就放任她玩也沒什麼。

蔣夢瑤一周歲的時候，戚氏沒有在大房院子裡宴請賓客，而是讓趙嬤嬤在房間裡擺了一桌好菜，他們一家三口，吃吃喝喝、說說笑笑也就過去了。

蔣源剛開始還有些覺得對不起女兒，說了些怪自己沒本事，給不了女兒排場之類的渾話，讓戚氏挾了一隻雞腿堵住了嘴。

蔣夢瑤開心地看著爹娘之間親密的互動，心情別提多好了，根本不在意自己的周歲是不是有排場，是不是有人道賀。對她來說，在這個世界上，最親密的人就是爹娘，從一開始有些嫌棄他們胖，到現在對他們完全依賴、越看越順眼，這段心路歷程也是頗為艱辛的，所以她很珍惜現在一家人坐在一起的美好時光，哪裡會去想其他的。

一家人吃過周歲酒，飯後，戚氏象徵性地拿了十幾件東西，讓蔣夢瑤去試周，別人家的孩子是爬著去的，蔣夢瑤會走，就直接自己走去拿，首先就挑了一把刀，然後又拿了一本書，最後還拿了一顆果子，然後樂顛顛地跑了回來。

戚氏看著她手裡拿的東西，哭笑不得，轉頭看蔣源，蔣源也是丈二金剛摸不著頭腦，冥思苦想一番後，才牽強地扯出個理由。「刀為武，書為文，果子是……前程。這丫頭是想文武雙全拚出一個前程來，哎呀，好志氣啊，姑娘好志氣啊。」

「……」

戚氏對這個解釋表示有些懷疑。

蔣夢瑤則滿頭黑線了。

爹啊，她只是想一邊看書一邊拿刀削果子吃啊，要不要昇華到前程這麼有水準的話題上去啊？

當然了，蔣夢瑤此時還不會說，其實自己就是個吃貨，看著她爹娘歡樂的模樣，算了，昇華就昇華吧，反正又不會少塊肉。

這廂蔣夢瑤在大房私底下試周，沒過幾天，吳氏那兒就有動靜了，一大早國公府都沸騰了，說二房的二少奶奶要生了，每個人都忙碌起來了。

吳氏原本是生過頭胎的，第二胎生起來應該會順暢許多，可是她這第二胎的個頭較大，硬生生折磨了她一天一夜才生出來，所有人都翹首引頸，老太君也親自到吳氏的產房外候了一會兒，直念叨著。「看來是個小子了，個兒大，難生啊。」

一天一夜之後，第二天凌晨，老太君終於聽到了消息，吳氏又生了個姑娘，跌破大家的眼鏡！

老太君懸著的一顆心變得不上不下，頗不是滋味，怎麼又是個丫頭呢？可真是愁死人了！

這股氣憋了好幾天，本來是想等吳氏出了月子再去說的，可終究還是沒憋住，讓錦翠親自跑了一趟二房的院子，傳達了她的最新旨意。「生，還得再生！定要給她生出個小子來不可！」

吳氏頭上裹著額帶，也是嘟著嘴看著躺在身旁的大胖丫頭，幽幽地嘆了口氣。「妳個小丫頭，好端端的長這麼大做什麼！唉。」

吳氏給二房長子又添了一名閨女，名字叫蔣織瑤。

二房對這胎寄予厚望，做好了是個小子的準備，誰知一出來是個丫頭，原本的那種喜悅也被失望取代。旁人還好，吳氏最氣，尤其是搶了她當家主母身分的三少奶奶孔氏送來了四、五套女娃用的衣服鞋襪，還說是早就準備好了，那不就成心告訴吳氏，她就料定她這胎是個女娃嗎？

這一說，可把吳氏給氣壞了，當即就讓水清把孔氏送來的小衣服、小鞋子全都扔了出去，大罵道：「她這是笑我只會生閨女。哼，就算我只會生閨女，也比她田地乾涸什麼都長不出來的要好。」

幸好吳氏還在坐月子，如果不在月子裡，沒準兒還真的會拿著小衣服讓孔氏丟臉面，五十步笑百步，好歹她有兩個閨女，孔氏有什麼？就算她出身好，手段高，可生不出孩子，還有什麼臉面在夫家指手畫腳？

相對於吳氏的暴怒，孔氏聽到吳氏的那番言論之後，反應倒是平淡，只是冷哼了一聲，卻是什麼都沒說。

吳氏生的是男孩還是女孩，對大房這邊倒是沒什麼影響，反正不管她生男生女，他們大房都沒地位，用句吳氏自己的話來說，就是大房連個爭寵的資格都沒有，所以當吳氏被孔氏氣得不可開交的時候，大房這裡還是很平靜。

戚氏讓蔣夢瑤坐在小凳子上，親自替女兒梳頭髮，蔣夢瑤的髮質很黑很軟，雖不若水銀流瀉那麼誇張，但也是很順滑，她如今才一歲兩個月，頭髮還沒長得太長，只長到耳朵下方，蓋住了耳朵。

這麼短的頭髮肯定是不能梳辮，戚氏就用小夾子別上粉粉嫩嫩的絹花，再替她梳劉海，一個粉嫩可愛的寶寶就打扮好了。孩子就是這樣，不用多麼華貴的裝飾，簡簡單單就很美好。

蔣夢瑤梳完頭髮，還很臭美地拿著一把明亮的黃銅鏡子左照右照，橫看豎看，她這輩子的這張臉真是不錯，雖然還沒長開，但是看這模子，長大以後總不會太慘就是了。扭頭看了一眼戚氏，心想：她娘瘦下來的話，會是什麼樣子呢？瞧她的基因，爹娘定然不會生得太差才對。

蔣源從外頭回來，滿頭大汗，戚氏見狀趕忙讓趙嬤嬤去倒杯茶來，自己則迎了上去，抽出帕子給蔣源擦拭。

「相公去哪裡了，怎麼這般模樣？」

蔣源喝了一口趙嬤嬤端出來的茶，對戚氏傻兮兮笑了笑，說道：「嘿嘿，沒去哪裡，就是在城裡和幾個朋友跑了會兒馬。」

戚氏了然地點頭，蔣夢瑤卻大為吃驚。

爹，你騎馬，有沒有考慮過馬兒的感受？那得是多壯的馬才載得動你呀！一定是一匹千里良駒，好馬呀！

蔣源的話並沒有讓戚氏感到奇怪，點點頭，說了一句。「相公要不要去浴房洗澡，洗完了去房裡瞇一會兒，起來就可以吃飯了。」

「嗯，多謝娘子。」

蔣源和戚氏說完話，看見被戚氏梳理完畢的女兒，覺得說不出的可愛，他蹲不下身子，就直接跪在地上和蔣夢瑤說話，張開雙臂讓蔣夢瑤坐在他的手臂上，然後才將她抱起來，問道：「爹一天不在家，阿夢有沒有聽話呀？」

蔣夢瑤在心裡對這胖爹翻了個白眼，心想：爹啊，你在家和不在家有什麼區別呢？她嘴上卻說：「聽話。爹不在家，想我嗎？」

蔣源開心地用額頭碰了碰蔣夢瑤的臉頰，親暱地點頭說道：「想，爹可想阿夢了。阿夢有沒有想爹呀？」

蔣夢瑤故作萌態。「嗯，想。」

蔣源更加開心地抱著蔣夢瑤轉圈，蔣夢瑤被他抓著腋下拋來拋去，倒不覺得好玩，只是覺得這胖子的離心力太大，若是一鬆手，沒準兒她就直接被拋到前院去了。

戚氏見女兒露出害怕的神色，趕緊叫蔣源停下，說道：「好了好了，別嚇著孩子。」

蔣源這才停手，將女兒安全地交到戚氏手中，蔣夢瑤順勢摟住了娘親的脖子，只覺得娘親身上好香好香，就不禁多聞了幾下，戚氏被她這小狗的行徑給逗笑了，在她鼻子上刮了一下，才肯將她放下。

又過了幾個月，清明到了。

大房從十幾天前就開始忙碌起來，因為大房的長輩都不在，清明便須祭祀，因蔣國公與老太君尚在，祭拜已逝的蔣易和容氏就只能以兒孫輩的禮來操辦，也就是說，這是大房自己的事情，不能勞動府裡；當然如果大房有能耐設宴請客也是可以，但是，自從蔣易和容氏雙雙離世之後，大房也就此沒落了。

人人都道大房沒有大人，只有孩子在，一般世家官人不可能來與大房交好，因此，從前蔣易的朋友也漸漸遠離，再加上蔣源又是這般讓人失望，那些故交老友縱然有心提拔故人之子，可在看見蔣源的模樣之後，也是無從下手相幫，就這樣失去與外界交流機會的大房就越來越沒落，越來越式微了。所以設宴請客肯定是沒有的，不過，在院裡祭祀一番卻是應該的，到了祭祀的正日，若是二房有心也會來大房這裡磕頭上香，畢竟大房和二房之前分了家，雖然並未分府，但分家就意味著各理生活，大房有事，二房來幫腔是二房客氣，若是不來，也只能說是生分，並不是什麼錯。

戚氏今年是第一次操辦祭祀的事情，去年因為懷有身孕，精神不佳，並沒有親自動手，現在孩子生了，她總要擔起大房長媳的責任一一操辦起來才行。

光是供品戚氏就準備了三十六樣，除了備好三牲瓜果，祠堂也是裝點一新，幾天前她就親自去了一趟法華寺，替公婆記了緣簿。因為今年並不是公婆故去的整年，所以不須請得道高僧唸往生超渡經文，戚氏請了寺裡的緣簿回家，供奉在牌位前，並帶回寺廟回贈的緣禮，這分功德便就算記下了。

祭祀當天，蔣夢瑤也穿上一身素色的衣衫，戚氏執香，蔣源上香，大房眾人都在外頭跪拜。

二老爺蔣修派人傳了話，說是公務繁忙，今日便不出面祭拜了，又讓二房出了一份祭禮，命人送過來。

原本以為二老爺會差遣一個下人前來送禮，沒想到卻是他的二媳孔氏親自帶著祭禮，她穿著一身絹白的衣服，禮數周全地給牌位行了禮，上了香，戚氏這才將她請出祠堂，安排在花廳會面。

孔氏是個生得十分豔麗的女子，與吳氏的溫婉不同，孔氏就像是帶著刺的玫瑰，好看雖好看，卻是又刺又扎手。

「大嫂多日不見，清瘦了不少，可是這段日子忙的？」

普通的寒暄話語，若是用在一般人身上那倒也沒什麼，只是用在問候戚氏身上，就讓人頗覺得不是味道了。

戚氏彎唇笑了笑，說道：「多謝弟妹掛念，這段日子事情的確比較多，我又比較笨拙，不似弟妹這般能幹，處理起事情來還是有些手忙腳亂的。」

孔氏被戚氏這幾句話說得笑彎了眼，銀鈴般的笑聲傳遍了花廳。孔氏對戚氏還算不錯，只覺得戚氏雖然笨拙，但總比吳氏要省心多了，最起碼戚氏知道自己的斤兩，做事說話總是畏縮；可是吳氏就不同，明明沒什麼本事，還成天淨想著跟她挑事攀比，她若不壓她幾頭，吳氏就不知道她的厲害！

而對戚氏，孔氏是壓根兒沒有把她當作對手，最起碼看在蔣夢瑤眼裡是這樣的，孔氏看著十分精明，屬於心高氣傲的那種，就好像是王熙鳳，能幹潑辣，而她對她娘的態度，就好像是王熙鳳對劉姥姥，拿妳當個消遣的人兒，但絕不會把這樣的人當作對手，根本不在一個段位上啊。

「大嫂真是會說話。原本大伯公的忌辰我們小輩就該出一分力，奈何府裡事太多，我有心來幫忙卻實在抽不出身來，倒叫嫂子受累了。」

戚氏溫溫一笑。「談不上受累，弟妹有心了。請喝些茶吧。」

孔氏又是一陣笑，看了一眼戚氏遞來的茶水，端在手裡卻是沒喝，而是掂了掂就放下來，指著戚氏身旁的蔣夢瑤說道：「這便是大姑娘夢瑤兒吧，生得可真好看，來，到嬸子這兒來，讓嬸子好好瞧一瞧。」

蔣夢瑤抬頭看了一眼自家娘親，看出了戚氏眼裡的擔憂，想起之前去老太君院裡的時候，戚氏讓她扮拙，想必戚氏是不願意過早讓別人知道她早慧這件事。

蔣夢瑤心裡有數，在孔氏第二次召喚她的時候，才畏畏縮縮地走到孔氏身前，卻也不知道行禮，就那麼呆呆地看著她。

孔氏眼中閃過一絲冷笑，對待蔣夢瑤卻是越發熱情，將她摟入了懷中，說道：「哎喲，真是漂亮得像個瓷娃娃，畫兒裡出來的小人兒般，瞧這眼睛，倒比那天上的星星還要亮些呢。」

蔣夢瑤聽得直想發笑，這位大嬸泡妞的功力可以啊。

孔氏雖然說得有些誇張，但是蔣夢瑤這張臉確實長得很好，眉眼開闊，眼睛大而有神，鼻子、嘴巴都是對稱的小巧，整張臉組在一起就是有一種和旁人不同的美貌。

不過，這些美貌看在孔氏眼中，也就只是美貌了，她和老太君的想法是一樣的，女孩子雖不說要才高八斗，但是，最起碼的涵養和氣質卻是很重要的，尤其像她們這樣出身的女孩，若只是空有漂亮外表的花瓶，那將來也未必能找個好人家，若是有幸被貴人看中美貌，頂多是個擺在房裡看看的貴妾，主母到底還是要找有才幹的才行。

在她看來，戚氏就是糊不上牆的稀泥，出身、外形、能力、夫君……每一樣對她來說都是硬傷，縱然再給她搬兩把梯子來，她也難爬上去，這輩子也就這樣了。如果說她生了個特別聰慧的女兒，也許事情還有些微轉機，可如今看來，不僅她自己笨拙，就連生的女兒也是如出一轍的平庸，所以她話中的誇讚就越發誇張起來了，這便是她待人處世不同的地方。別人在明面上踩低捧高，對弱者說盡刻薄話，平白惹來旁人非議，被說不近人情、高傲自居；可是她就不同了，對於翻不了身的弱者，她向來不吝好言好語，因為她知道，縱然她說話把這些人捧上了天，他們也成不了什麼事，還可能會一輩子記著她說的捧話，以為那就是她真實的想法，不明白她輕蔑的內心，被她耍弄於股掌仍不自知，這樣才能讓她體驗到那種高高在上的優越感。

孔氏在蔣夢瑤的臉上輕捏了兩下，才讓她回到戚氏身邊，繼續說道：「這樣漂亮的娃娃，可不能委屈她，待會兒嫂子就去庫房給我這姪女兒裁幾尺好布料來，做上幾身漂亮的衣裳，庫房的人若有阻攔，就說是我說的，讓他們來問我便是。」

戚氏將女兒抱在懷裡，聽孔氏這麼說了，連忙搖手，說道：「這可使不得，庫房的東西都是府裡共用的，如何能給我們用作私房，閨女有衣服穿就行了，也不是什麼富貴命，何必穿得花俏呢。」

孔氏對戚氏遞去一眼埋怨的眼神，原也只是隨口說說，並不是真的想送戚氏衣料子，既然她拒絕，自己也就不再多勸，順勢下臺階說道：「我這嫂子當真見外。得，既然妳看不上那些布料，改明兒我去給姪女兒打兩套頭面來，那時嫂子可不能不收啊。」

戚氏又是一陣感謝。「多謝弟妹掛心了，孩子還小，真用不著。」

孔氏便不再說話，端起茶杯，卻還是不喝，又放在手裡掂了兩下，便就放下杯子，站了起來，說道：「天兒也不早了，為了來拜一拜大伯公，我可是推了好些事宜，現下卻是不得不去處理了，嫂子且放寬心，有事兒便派個人去前院尋我，我定不耽擱，立刻前來支應。」

說完這些，孔氏便走出了花廳。

戚氏將蔣夢瑤交到趙嬤嬤手上，自己親自送孔氏出門。

蔣夢瑤看著她們並肩而走的兩道背影，一胖一瘦，她娘的個頭比孔氏還要略高一些，卻因為體型，看起來敦實厚碩，笨拙到不行。而她對孔氏也有了些初步認識，只覺得這個女人表裡不一，笑裡藏刀，雖說話裡充滿了對大房的同情，對她和她娘的愛惜，可實際上卻沒有為她們做些什麼，沒有特別關照，所有的同情和愛惜都是流於表面，用句現代導演的話來說：「就是嘴裡有戲，眼裡沒戲，演得不到位啊！」

清明過後，各房的祭祀事宜也告一段落。

就在這個時候，二房又傳來了一個消息——吳氏，又懷上了！

我去！這個女人是開掛了吧，也太能生了。短短一年半的時間，都懷三個了！照這麼生下去，她是打算組個足球隊嗎？

吳氏又懷孕的消息不僅震驚了大房，簡直把整個國公府都驚動了。最開心的當數老太君了，她這輩子最希望的就是兒孫滿堂，聽聞這個消息之後，當天就命人送了好多補品去二房長子的院裡，又把吳氏誇獎一番，直言她是蔣家最好的孫媳婦。

這個評價應該可以算是老太君對小輩們說出的最好評價了，大房戚氏這裡倒還好，反正她也沒指望老太君會喜歡她；但孔氏就不一樣了，她一直覺得自己才應該是秦氏眼裡最出色的孫媳婦才對，因為她出身好、本事大，給府裡料理上上下下，兢兢業業，從無一句怨言，可是如今看來，無論她怎麼努力，都比不上一個只會生孩子的蠢婦了。

在聽到這個評價之後，孔氏當天就託病，將府裡的事宜全都推還給秦氏，一副「既然妳喜歡她，那我還替妳做什麼事」的樣子，直把老太君氣得鼻孔冒煙，卻又對她無可奈何。

畢竟孔氏接手國公府之後，將內外所有事宜全都安排得妥妥貼貼，根本不用老太君操心，憑良心講，孔氏管家比秦氏要好得多，孔氏年輕、有想法，又雷厲風行。這些年老太君推掉了府裡的諸多繁瑣事宜，早就過慣了無事一身輕的日子，沒想到如今卻因為自己的一句話，孔氏就拿喬了，雖然表面上老太君還是去安撫孔氏，內心卻也對這個孫媳婦多了幾分怨言。

國公府二房為了這麼一件小事鬧得不可開交，大房這邊卻是風平浪靜，除了一開始的震驚，更多的是對吳氏身體構造的驚奇，沒有其他利益糾葛夾雜在裡面。

戚氏自從生了蔣夢瑤之後，為人就越發清淡穩重不少，對於趙嬤嬤繪聲繪色形容前院的一團亂時，她也只是淡淡笑了笑，然後繼續給女兒和相公縫製衣服。

倒是蔣夢瑤聽得津津有味，坐在一張小凳子上，聽趙嬤嬤說得口沫橫飛。

「哎喲，笑死我了。想不到她孔家娘子也有今天，從前我去找她領取大房的開銷用度時，她總是百般刁難，這個不許，那個不行，就連我要些銀耳和紅棗來煮湯，她都要冷嘲熱諷奚落幾句，今時今日卻被吳家娘子狠狠下了臉面，真是太爽快了！」

戚氏抬起頭，看了一眼趙嬤嬤，然後才搖了搖頭，說道：「好了好了，說兩句就行了，這種事也持續不了多久。」

趙嬤嬤卻不以為然，走過來跟戚氏爭辯。「如何持續不了多久？依奴婢看，吳家娘子在生孩子這件事上就完全壓孔家娘子好幾頭，老太君最喜歡會生孩子的兒媳、孫媳，孔家娘子若是不加緊生幾個孩子，我看今後這府裡當家主母的頭銜還得落在吳家娘子頭上。」

戚氏卻不以為然地搖了搖頭，說道：「妳只看到了表象，不管孔家娘子能不能生出孩子來，這國公府當家主母的身分只會落在她身上，絕不會落在吳家娘子身上。」

趙嬤嬤不解問：「為何？」

蔣夢瑤聽到這裡，不等戚氏開口，就直接說了一句。「因為大嬸嬸笨。」

只有笨女人，才會在自己身子沒有調理好之前就盲目生孩子，這樣雖然能夠得到人們短暫的欽佩和讚揚，但最後苦的肯定是她自己，身子衰敗了，今後還談什麼奪權、爭寵和享福呀！

稚言稚語在院子裡傳開，戚氏訝然地停下手裡的動作，她雖然覺得奇怪，但是也不會想到女兒是因為想到了那麼深的層面，最多只以為女兒隨口說了一句評價而已。

她把蔣夢瑤召到了自己身邊，微笑著說道：「小孩子家，知道大人在說什麼嗎？橫加插嘴，這是不禮貌的，下回不可這樣信口胡言了，讓有心人聽去還不知要說什麼，吃虧的可是妳，知道了嗎？」

蔣夢瑤心中一緊，暗道自己的不謹慎，若她剛才再把心裡的想法說出來，那可真是會讓戚氏跌破眼鏡的，同時還不知道外面的人會說出怎樣的傳言呢。

蔣夢瑤收斂了心神，瞪著大大的眼睛，裝作一副「我根本不知道你們在說什麼，你們就當我沒說」的神情，萌萌地看著自家娘親，點了點頭，說道：「哦，知道了。」

戚氏在蔣夢瑤的臉上刮了刮，才將她抱到自己的腿上坐下，對趙嬤嬤說道：「別說這件事了，反正都不關咱們的事。如今大房早已被國公府排擠出來，我看若是這樣毫無變化地再過兩年，不管是誰當家，咱們大房的日子都不會好過，到時候還要仰人鼻息、寄人籬下呢，若是不早作些打算，等他們鬧完了，就該膈應咱們了。」

趙嬤嬤聽了戚氏的話，也收起了笑臉，來到戚氏身前，說道：「那少奶奶可是要……」

戚氏打斷她。「不做不行了。如今府裡撥給大房的銀兩越來越少，大房雖占據一房，卻對府裡毫無建樹，毫無幫襯，縱然是占著大房的血脈，卻也沒有理由讓家族平白養活一世；從前我總擔心做了那些事，會有損兩家顏面，如今卻是迫在眉睫，再顧不得清貴之名了。」

趙嬤嬤顯然也明白戚氏的話是什麼意思，聽了這些之後，也大大嘆了口氣，說道：「世道艱難，也只好如此了。」

蔣夢瑤在她們兩人之間看了半天，也沒猜出這對主僕到底在說什麼，聽起來似乎是她娘有什麼計劃，原本不打算實施，可是如今看大房的形勢太過嚴峻，又打算把計劃拿出來執行了。

心想著自己如果這時候發問，她娘告訴她的機率會有多少？想了一想後，蔣夢瑤還是決定暫時不問了，因為她不得不考慮到一個最現實的因素——她現在才一歲半，就算是早慧，也不可能真的像個成年人一樣去思考和說話，所以，為了避免給自己傳出妖異的言論，蔣夢瑤還是決定先不問了，反正她娘看著雖然笨拙，實際上卻是一個再穩妥不過的人，讓她去發揮，自己就安安穩穩地再做幾年快樂的小寶寶好了。

卻說吳氏在經過前面兩輪竹籃打水的努力之後，第三胎終於給她生出了一個寶貝兒子來。

穩婆從產房裡傳出這個消息之後，老太君也顧不上會不會因此得罪了孔氏，直接就命人在祠堂裡設了祭臺，奉上三牲瓜果，跪謝蔣家祖宗保佑，若不是怕嚇著她剛出生的大孫子，只怕秦氏還想叫人來放鞭炮慶賀一番呢。

前院的動靜是翻天覆地，戚氏也在第一時間就去前院看了吳氏和剛出生的蔣家頭孫子，二老爺蔣修高興地當場就給孫子取了名字，叫做蔣顯文，他一生好讀詩書，也希望自己的孫子能夠繼承他的學術衣缽，做一個學富五車、文采斐然的讀書人。

二房因為蔣顯文的出生而沸騰了起來，一直在各方面都被弟弟蔣昭壓制的蔣舫也覺得這一回總算是風光了一回，他抱著兒子不肯撒手，又親又抱，笑得合不攏嘴，直誇吳氏有能耐！

因為前院來往的人多，戚氏又不是那麼受大家歡迎，她也只是去露了個面，就回來了。

如今蔣夢瑤的個子長高了不少，都到戚氏的大腿那兒，容貌雖仍帶著稚氣，卻是越發出落得標緻水靈了。

這張臉，蔣夢瑤每回自己看了都覺得移不開目光，雖然她也有部分自戀情結在裡面，可是誰都不能否認，她這張臉確實生得很好。

在戚氏日日的教導之下，蔣夢瑤如今已經能夠識字，畢竟識字這種技能，她早在上一世就已經學過，因此只要稍微提點一下，她當然是教什麼就會什麼；可是寫字就不一樣了，從前她用慣了硬筆，如今卻叫她用這軟趴趴的狼毫，別說是幾根手指捏得快抽筋了，就算是她拚到手指抽筋，硬是捏著筆桿，也是寫不出什麼好字來。

而戚氏和蔣源對女兒的這個小小不足倒也覺得沒什麼，畢竟，女兒的聰慧是擺在明面上，寫字這種事情，只要功夫深，就沒有寫不好的，等將來女兒再大一些，自己有心想學好，她自然會練習的，若是強行逼迫她一定要寫出一手好字來，反倒不那麼美好了。於是，蔣夢瑤寫字這一項功課就這麼被兩個樂觀的父母給耽擱了下來。

事實上，在今後蔣夢瑤的人生裡，她的字就是這輩子最大的硬傷，足以上升為死穴。當然，這是後話，此時先按下不表。

且說整個國公府都因為蔣顯文的出生而顯得喜氣洋洋，孩子不過才落地兩、三天，老太君就已經和兒孫擬定好重孫子滿月時邀請的名單，這回宴客，可不是蔣璐瑤、蔣纖瑤這兩個女孩滿月酒時能夠比擬的陣容，上自丞相宰輔，下至門人客卿，足足請滿六十桌的人，老太君才算有些滿意。

可正當整個國公府都在為二房長孫蔣顯文忙碌的時候，平淡了好幾年的大房這邊卻出事了——蔣源沒輕沒重地把天策上將步家的孫子步擎元給壓了！

第四章

蔣源壓傷步擎元一事，並不是以武學招數取勝，而是利用他的體重身高之便，硬生生把人家十六、七歲還沒長到七十斤的病秧子獨苗嫡長孫給壓了！

說起這個天策上將府，那可是京城名門中的名門，忠烈中的忠烈，一門十傑，為國效忠，年紀輕輕就奔走戰場，建下赫赫功勛。步元帥被先皇封做天策上將，其十個兒子封為將軍，仰仗他們父子同心征戰滇南，收服山河，只不過滇南之戰太過慘烈，步家一門十傑死了九個，剩下一個步城身受重傷被送回京城。

奈何步城在戰場上受傷太重，回到京城之後，身體每下愈況，沒過多久，步元帥也因年老體衰，領兵抗擊強敵之時，死在戰場之上。

原本繁榮茂盛的步家連喪十條人命，天策上將府一夕崩塌，好在上將府有老夫人寧氏誥命在身，以一介老婦之力硬是撐起上將府的一切，奔走宮廷。

寧氏曾是江湖中人，懷有一身的武藝，嫁給步老元帥之後在家相夫教子，如今丈夫和兒子相繼離世，情勢逼得她不得不再次站出來，終於以潑悍的姿態讓先皇保留下天策上將府的門庭。待步城回來之後，就立刻給剩下的唯一一個兒子步城娶妻，奈何步城的身子早已如枯木般匱乏，以名貴藥材將養了好些日子才勉強與妻子同房，同房之後，身體更是衰敗，如洪水洩流般再不能收回，兩個月後也就去了。

寧氏悲憤不已，在步城去世的當天，孤身一人闖入宮廷，將太醫院的太醫首座挾持入天策上將府給兒媳把脈；皇天不負苦心人，步城終究還是在妻子肚子裡替步家留下了血脈，但由於步城的身體早已匱乏，因此，這條血脈並不健康，奈何，卻是步家唯一的一條血脈。寧氏在宮門前站了足足三天三夜，毫不氣餒，才逼得皇上給她開了宮庫，任她將宮庫裡那些珍貴藥材一一搬入了天策上將府。

在寧氏的努力不懈之下，才有了步擎元的出生，而步擎元的母親也因為生產時耗費了大量的精力，在生下步擎元之後就離世了。

如今步家也就只剩下寧氏和步擎元兩人而已，步擎元身為步家唯一一條血脈，寧氏對他的寵愛那是可想而知，幾乎就是要心給心，要肝給肝。而這回，步家獨苗被蔣源這個眾所周知的廢柴給壓了……消息一傳出，整個蔣家都沈默了。

蔣家雖也是名門，蔣國公乃為國盡忠的翹楚人物，和步老元帥是同期同僚，兩人功勛、能力、門第差不多，除了步老元帥比蔣國公能生一點，早死一點之外，兩人的經歷都像是複製過來的。

步家這些年雖是沒落了，可只要是經歷過那個年代的人都知道，步家還有一個絕對絕對不能惹的人，那就是寧氏！

這個女人很是厲害，在嫁給步老元帥之前，可是江湖中響噹噹的女俠，武功深不可測，摘葉飛花，取人首級易如反掌，打抱不平、鋤奸懲惡不在話下，豪氣干雲不輸任何孔武男子，京城中至今仍然流傳著有關寧氏的潑悍事蹟，就是當今皇上對她也是三分禮讓。

孔子也說：「唯女子與小人難養也。」而對於一個不太講理，並且武功高得可怕的老太婆，就更加要小心應對了，就連皇上也很害怕這個蠻不講理、武功高強的老太婆什麼時候神經發作，半夜闖入宮裡給他來一刀，那可真冤枉死了。

所以啊，一個連當今皇上都害怕的人，蔣家又有什麼理由不害怕呢？

老太君聽到這個消息，當場就暈了過去，在婢女左右搽拭鼻煙之後才緩過神來，她痛心疾首地喊道：「去把那個畜生給我叫過來！」

老太君一怒，國公府都在震動，當即上下齊心把大房長孫蔣源給押到了秦氏跟前。

蔣源被押著跪在地上，身上的衣袍本來就緊，如今經過拉扯更是髮散衣亂，狼狽到不行，只見他帶著哭腔對秦氏喊了一聲。「老太君……」

老太君一聽他開聲就像個鞭炮似地怒了。「不要叫我！你這個不孝子孫，成日不知道給府中長臉也就算了，竟然還日日跑出府外給我惹事，你說，你是不是想氣死我？」

蔣源一臉焦急，說話都有些結巴了。「不不不，孫、孫兒沒有，孫兒是，是……」

老太君越見他笨拙就越是來氣，不等他結巴完，就對一旁同樣頂著憤慨臉的蔣舫說道：「去拿家法來！我今日就要在這裡看著他受刑，看這個蔣家的不肖子孫怎麼嚥氣！」

老太君一番話說出來，眾人全都驚嚇住，這是要當眾打死蔣源啊！

戚氏也驚得呆住了，反應過來之後，趕忙跑到蔣源身旁跪著，求饒道：「老太君，夫君知道錯了！求您網開一面，繞過他這一回吧。」

老太君看見這兩個肥肉墩子就更氣了，她不理世事已經好多年，如今一旦理會，那就斷沒有收回之理，當即手一揮，讓人把戚氏拉開，心意已決地說道：「國公爺曾經定的家訓，蔣家子孫若是敢在外胡作非為，傷人害命，那蔣家絕不容情，給我打！縱然是國公爺問罪，亦是因為這不肖子孫咎由自取，與旁人無關！」

說著，蔣舫受命下令，守在一旁執行家法之人早已拿來了五寸粗的戒棍，著三、四人將蔣源壓在地面，立刻動手。

蔣源細皮嫩肉，雖然從小過得不好，卻也沒有吃過皮肉苦，當場就哀號起來，戚氏在一旁看得心驚，再也顧不上其他，奮力掙扎著跑到蔣源身旁，推開一個正在揮棍之人，擋在了他的棍下。

戚氏抱著蔣源不肯放手，大哭叫道：「老太君，夫君縱然做錯了事，可是也罪不至死啊。事情的原委還沒有調查清楚，孰是孰非亦未定論，如何就能判了夫君死罪？縱然真的要判，也該交由府衙，如此在後院行刑，說出去老太君就不怕天下人的悠悠之口嗎？」

戚氏的話讓蔣家後院皆為之一震，因為是家事，所以出席者都是家裡人，蔣修、蔣舫、蔣昭等人全來了，女眷們倒是不方便出席。

蔣修在朝為官，深知步家寧氏的潑悍，因此，對於母親重責蔣源一事並未有所阻攔，只盼寧氏尋上門來之時，念在蔣家已然發落蔣源的分上，不給蔣家製造更多的麻煩就行了。

至於蔣源，他也不會眼睜睜地看著他真的被打死，不過死罪可免，活罪難逃，他向來都是以孝順自稱，如今母親震怒，他自然要顧及母親，本是想在蔣源受夠懲罰之後，再由他出面求情，這樣母親的氣也出了，蔣源也教訓了，而他好人也做到了。可是，他心裡的這個小計劃還未施行，就被戚氏給橫加打斷，聽她說的那些話，雖然也明白並不是毫無道理，但是長輩要發落晚輩，在他們這種勛貴世家裡倒也不是什麼做不得的事，關鍵在於，蔣源他是真的做錯了，千不該萬不該去惹上步家的人。

這麼多年來，寧氏苦守著步家，步擎元身為步家獨苗，向來都是被寧氏寵得可以橫著在京城裡走，若有人不服，寧氏總會打到他服！曾經有京裡名門望族嘲笑步擎元是孤兒，當天晚上，全家都被寧氏給端了，連同奴僕、主人家二十多口人，無論大小全都被吊在樹上，以藤條抽之，每抽見血，可把京裡攪得是草木皆兵，人人懼怕，那之後，縱然人們心中腹誹，卻是再沒有人敢當面說步家一句不好。

寧氏就是這樣一個極端護短的蠻橫婦人，如今蔣源對她獨孫的行為已經不是口頭謾罵，而是升級為謀殺了！口頭謾罵已然那般下場，若是寧氏認定蔣源想謀殺她的孫子，那後果……

所以，這也是秦氏為什麼這般生氣的原因了。

戚氏的話非但沒有讓老太君消氣，反而一副怒氣攻心的模樣，顫抖著手指，指著蔣源和戚氏這兩堆肥碩的身軀，咬牙切齒地說：「給我打！兩個一起打！」

戚氏和蔣源抱在一起，共同承擔，蔣源把戚氏壓下，自己擋在她身後，縱然被打得皮開肉綻亦不鬆手，戚氏則淚如雨下。

蔣舫和蔣昭看著他們受刑，不僅沒有念在兄弟之誼上前求情，反而冷哼了一聲，便狀似無聊地湊在一起講一講育兒經，根本對大房的死活毫不在意。

就在此時，國公府外傳來一陣慌亂的通傳。

「步老夫人，您，您不能進去，小的還未通傳。」

「通什麼傳？老身要找那害我孫子的凶手算帳，還需要你通傳？給我滾開！」

一聲洪亮的厲吼聲之後，後院的拱門就見一個人影飛進來——是門房旺財，他是被人踢飛進來的。

蔣家人見狀全都愣住了，蔣舫和蔣昭趕緊伶俐地想從偏門離開去喊人，可是還未走到偏門，門就莫名其妙地被拍飛了。

拱門後走出一個雷霆萬鈞的老太太，只見她梳著一絲不苟的髮髻，銀白的髮絲只以一支檀木簪子裝飾，身穿絳紫色衣袍，使她整個人看起來嚴肅又凶悍。

老太君在看見寧氏之後，就連憋氣的病都不敢犯了，不由自主坐直了身體，驚恐地看著她。

寧氏冷眼掃過後院裡的一切，目光在抱在一起的蔣源和戚氏身上流連片刻，然後才定格在老太君身上，老太君像被人戳了一下，如彈簧般站了起來，抽搐著嘴角，僵硬地說道：「妹……妹妹來了！老身有失遠迎，還望……」

「少在那兒文謅謅的放屁！蔣顏正不在，妳就敢充門面了？也不怕把你們蔣家的臉全丟盡了！」寧氏說話自有一股叫人不敢反抗的氣勢，粗俗中帶著威懾，氣場足足甩了老太君好幾條街，她繼續冷道：「是誰弄傷了我的寶貝孫子？識相的就交出來，否則，縱然蔣顏正在，老娘也敢掀了你們蔣家的祖宗牌位！」

老太君被突然造訪的天策府寧氏的一番話氣得是一佛升天，二佛出世，也許是年輕的時候，寧氏給過她太多陰影，所以就算兩側丫鬟已經上來替她順氣，她也只敢指著寧氏，支吾半天說不出話來。

蔣修見母親這樣，雖然也知道寧氏潑悍，卻不免上前與之理論一番。「步老夫人，您不經通傳造訪蔣府已是不速之客，如何還對蔣家列祖列宗出言不遜，豈非欺人太甚？」

寧氏嚴肅的臉掃過蔣修，蔣修強自鎮定撐住才沒有打退堂鼓，在一干兒孫面前保住了顏面。

「欺了，又如何？」

寧氏雙眉一蹙，一抬腳一跺下，蔣國公府都為之震動，後院一側涼亭中的石桌突然四分五裂，發出巨響，所有人都嚇了一跳。

蔣修驚得雙目圓睜，幸好沒有癱軟在地，也算是保住讀書人的風骨，可是，一顆心卻不禁突突直跳，嘴上卻還要逞強抵抗。「步、步老夫人，您……您這是幹什麼？我蔣家世代忠良，與步家素無瓜葛，您如今這般欺上門，就不怕遭天下文人口誅筆伐，損了步家一門忠烈的好名聲嗎？」

蔣舫和蔣昭用佩服的目光看著自家老爹，老爹才是真勇者，敢當面指責寧氏這比猛虎還要可怕的老女人，還試圖和她講道理。

可是寧氏只是輕蔑一笑，對蔣修口中「遭文人口誅筆伐」一事很是不屑，調轉了目光，看向跪坐在地上、依偎在一起的兩墩肥肉，冷冷說道：「只怕傷我孫兒的，就是你吧！」

戚氏手臂上也受了兩下棍打，蔣源正在給她揉著，聽寧氏話鋒一轉，終於把注意力放到他身上，不禁縮了縮頭，可是在看見戚氏驚恐的目光時，蔣源卻又不禁挺了挺胸，吃力地站起身來，對寧氏抱拳低頭認錯道：「老夫人在上，令孫確實是被我壓了一下，晚輩也是無心之失，奈何一身臃腫，行動不便，兩目呆滯，未曾看見令孫立於晚輩身旁，一個踉蹌，就把他給壓了！」

寧氏的眉頭越蹙越緊，兩隻手掌捏成拳頭，竟然發出了喀喀作響的聲音，看得蔣家人又是一陣心慌。

老太君見狀，不禁推開了身旁的丫鬟，往寧氏的方向走了一步，寧氏一回頭，她卻又不敢抬腳向前，於是仍舊站在原地跟寧氏說道：「好妹妹，原也是我這不肖孫子混帳，我蔣家素來家規森嚴，門風剛正，可也不知怎會教養出此等劣兒；不瞞妳說，就在妹妹來的前一刻，我便已經在施行家法，只要步老夫人妳一句話，縱然是將這不肖子孫打死，亦是聽憑發落的。」

老太君的一番話讓蔣源徹底寒了心，一雙眼睛裡滿是淚光，卻是倔強地不肯讓淚落下；若說老太君先前說要打死他只是氣話，可現在她跟寧氏的這番話卻是要將他徹徹底底整死了。同為蔣家子孫，緣何這位如此心狠？蔣源縱然與她不親近，可好歹在心裡也是敬她為祖母，如今看來，只怕他在這位祖母心中，還不如一個她寵愛的奴婢，竟是比下人還不如。

戚氏將蔣源的變化看在眼中，知道此時也不能說什麼安慰的話，只是緊緊握住夫君的手，無聲給他支持和安慰。

寧氏聽老太君說完之後，就將一雙厲眼掃向她，老太君的神經一個緊繃，雖然心驚，卻還是在臉上露出一抹討好的笑容，想借此和寧氏冰釋前嫌，縱然不冰釋，也要叫寧氏別再來找她麻煩才行。

盯著老太君看了一會兒，寧氏又將目光落在心灰意冷的蔣源身上，只見他低著頭，他身邊的另一個胖墩竟然抬頭看了她一眼，那一眼飽含了倔強和無懼，寧氏收回目光，在蔣府後院踱了幾步，所有人都在等她開口。

寧氏一番思量過後，突然甩袖對老太君冷道：「我已經認識了他！若是我孫子有任何差池，縱然妳今夜調集蔣家駐紮城外的護衛軍，我亦會再次登門手刃了他！若是蔣家有任何包庇，妳懂的。」

寧氏一句「妳懂的」讓老太君和一干蔣家人為之膽寒，寧氏的手段他們從前可是見識過的，那幾戶被她整治的名門望族，如今可都已經消失在京城貴圈之中，而她這看似只剩孤兒寡母的步家卻依舊挺立。

若是國公爺在家還好，寧氏最起碼有個懼怕，只可惜，老國公身在邊疆，縱然他們今夜傳信，老國公也趕不回來救他們，更何況這件事情，他們也不能讓老國公知道。老國公一生最痛恨的就是庸才孬種，對身邊之人素不護短，對就是對，錯就是錯，絕不徇私；若是讓他知道蔣家在京城被一介婦孺欺負到只能向他求救，那他不僅不會回來救他們，沒準兒會袖手旁觀，並且之後等他歸來，他們也沒好果子吃。

寧氏說完這些話之後，就如來時那般旁若無人地離開蔣國公府。

老太君這才暫時鬆了一口氣，蔣修立刻上前攙扶，老太君順了會兒氣之後，看了一眼蔣修，蔣修立刻明白母親的意思，攙扶著她進了屋子，讓蔣舫和蔣昭看著蔣源夫婦。

大概進屋兩刻鐘的時間後，只有蔣修一人走出，蔣舫和蔣昭立刻迎上去，對他問道：「爹，老太君怎麼說的？」

蔣修嘆了口氣，沒有回答蔣舫和蔣昭的問題，直接走下石階，來到蔣源夫婦身前站定，說道：「源兒啊，今日之事因你而起，你可知錯？」

蔣源拖著一身傷痛，對叔父抱拳一禮，說道：「姪兒知錯。」

蔣修點頭。「既然知錯，那你可知如今該怎麼辦？」

蔣源抬頭看了一眼蔣修，眸光一閃，遂搖了搖頭，說道：「姪兒愚鈍，不知叔父是何意。」

蔣修一副「孺子不可教，朽木不可雕」的神情，嘆了口氣說道：「你確實愚鈍！今日之事既是因你而起，那便該因你而終，步老夫人如今點名了是要與你為難，你確實有錯在身，蔣家若是護你，那便是是非不分，會遭天下人指戳謾罵的。老太君自小將你養在身邊，為的就是讓你耳濡目染，將來成就一番事業，可是你不僅未曾成就事業，反而給府裡惹來大禍，讓祖母心憂心煩，此舉實非孝子孝孫所為，故此事，當該由你承擔，不可連累府中。」

蔣修一口氣說完這些，便側過身子，高傲優越之感油然而生，他以眼角餘光瞧了瞧蔣源夫婦面如死灰的臉色，輕咳一聲，繼續說道：「一會兒我便讓帳房與你一同去大房，將府中公物清點出來，大房雖生猶死，我這個做叔父的也並非不顧你的死活，私下與你一百兩銀今後度日，望你能夠反省自身，認清錯誤，將來府中事宜亦不必你來承擔，你在外好自為之吧。」

蔣源驚愕地看著蔣修，顫抖著雙唇，吶吶說道：「叔父……這是要與姪兒分家？」

蔣修凝眉冷哼。

「本就不是一家，何來分家之說？」

蔣源這才恍然。是了，早在他爹那一輩，大房與二房已不知何因分過家了，那之後，大房是大房，二房是二房，只是長輩尚在，大房、二房又同時都住在國公府中，所以這麼多年來，他都將他們視為一家人，如今被叔父一語道破，他這才知道自己這些年的執著有多麼可笑。

蔣修這番話說出來之後，蔣舫和蔣昭也震驚了，他們不是沒想過棄車保帥這種做法，只是沒想到，父親和祖母還真能做出來就是了。

蔣昭向來都對大房無甚好感，因此聽了這個消息之後，並沒有說什麼，但蔣舫因小時候與蔣源一同伴在老太君身邊，對蔣源還頗感同情，便替他說了一句。「爹，源哥固然有錯，打過就算了吧，再把他趕出去，他……他這樣如何養活妻女，如何生活下去呀？」

不等蔣修開口，蔣昭就接過他大哥的話，說道：「大哥，如今是迫不得已，源哥自己闖了禍，還把禍事帶回到家裡，這件事若是他對也就算了，可偏偏他是錯的，若是蔣家對錯不分，盲目包庇，那將來如何在京城立足，如何在朝廷立足？你可千萬不要糊塗，因小失大呀！」

蔣舫沈默了，不再說話，他與蔣源說是有情分，卻也未必真正親厚到那種地步，替他說一句話已是仁至義盡，若為了他再去頂撞父親和祖母，蔣舫自問是絕對做不到，見父親已經對弟弟蔣昭投以欣慰讚賞的目光，自己不禁心中一緊，為先前替蔣源說話的莽撞後悔不已。

如此一番之後，蔣源被名為避禍，實為驅趕的事就算是板上釘釘，更改不得了。

蔣修當即就喊來府裡的五個帳房，拿著歷來的帳本簿子，隨蔣源夫婦到大房。

因為並不是將整個大房從蔣家趕走，而是保留大房之名，讓大房的子孫出府罷了，所以大房的公物財產還是必須留在蔣家，這樣一來，蔣源能帶走的東西委實不多。
蔣源一臉平靜地站在大房院子中央，看著幾個帳房在大房裡進進出出，用筆墨記錄財物。戚氏怕他崩潰，走過去牽住他的手，輕聲說道：「夫君莫怕，縱然出去只有片瓦遮頭，妾身都願追隨夫君，永不離棄。」
蔣源轉頭看著戚氏，嘴唇一張一合，想要說些什麼的樣子，奈何身邊人來人往，他終是沒有說出口，而是反握住她的手，兩手交握，給她遞去一個放心的眼神。戚氏雖然心中訝異，卻知此時不宜表露，便未曾多問。
蔣夢瑤被趙嬤嬤抱在懷裡，趙嬤嬤一時情緒激動，大哭了起來。「我可憐的大少奶奶，我可憐的大姑娘啊！今後可該怎麼活喲……」
蔣夢瑤被她抱著，不能動彈，扭頭看了一眼胖爹、胖娘，雖然一身的傷痕、滿身的狼狽，可是怎麼看他們都不像是真的被逼得走投無路的樣子，兩人眼神中都迸射出一種「終於要解脫」的欣慰來；又看周圍人來人往，清點著大房裡外的財物，雖然沒有人告訴她剛才老太君的後院裡到底發生了什麼事，但是聰明的她差不多能猜出事態發展來了。
肯定是她的胖爹闖的禍有點大，蔣家罩不住了，所以才決定棄車保帥，把胖爹趕出府去，以求自保。
嘖嘖嘖，這家人還真是現實啊！
五個帳房先生盤點清算之後，整理出蔣源能夠帶出府的東西，不過是一些日常用的物件和衣物，就連像樣點的家具都沒有分到一些；戚氏所帶嫁妝本就不多，也不值錢，所以帳房稟報了之後，府裡「特別開恩」讓戚氏把嫁妝隨蔣源一同帶出府。

他們一家三口，帶著一個趙嬤嬤，一個趕車的老劉，就被管家領著去了側門，側門外備下一匹馬和一輛不算大的馬車，蔣源讓戚氏和趙嬤嬤帶著蔣夢瑤坐馬車，自己則牽著馬走。

蔣夢瑤又看了一眼這氣派的府邸，心想這家人做得也真是夠絕了，不過……送走他們容易，今後若是再想請回，只怕就沒那麼容易了！

戚氏見蔣夢瑤趴在馬車的窗口向外看，湊過來摸了摸她的頭，說道：「阿夢是不是捨不得？」

蔣夢瑤回頭看了她娘一眼，搖搖頭，說道：「阿夢沒有捨不得！這樣欺負爹娘的地方，我才不要待呢。」

如今三歲的她已經能夠把話說得很清楚了。

戚氏將她抱起來，讓她坐在自己腿上，目光也透過車窗看了幾眼國公府外的光滑石牆，嘆了口氣，倒不像是擔憂的幽怨，而像是鬆了口氣。

蔣夢瑤見她這般，不禁問道：「娘，現在我們去哪裡呀？」

戚氏收回目光，看了看蔣夢瑤，笑了笑，說道：「娘也不知道，看妳爹想去哪裡，咱們就跟著他去哪裡。」

蔣夢瑤在心裡對胖爹沒啥信心，從戚氏的腿上跳下，又趴在窗口，將頭探出去，看了一眼牽馬前行的蔣源。雖然耷拉著腦袋，看起來萎靡不振，但卻絲毫不見迷茫，腳下步伐也毫不遲疑，一路向南走去。

蔣夢瑤縮回了腦袋，一個大膽的猜測在小小的腦袋瓜中形成，呵呵，也許……她的胖爹並不像他的外表那樣敦厚可欺？

馬車行了很遠的路終於停了下來。

蔣源把馬拴好之後，就喘著氣跑到馬車旁，從趙嬤嬤手裡先接過了蔣夢瑤，然後才騰出一隻手來扶戚氏下車。

蔣夢瑤往四周看了一眼，就抑制不住驚訝，兩隻小手捂住了嘴，眼睛瞪得老大。

難道……真的讓她給猜中了嗎？

「爹，這是什麼地方？是咱們的新家嗎？」

眼前的院子雖說不大，只是一般的農家小院，似乎有前院、後院，院牆刷了白，有別於農家院子的籬笆牆，在他們面前，一道精巧的朱漆門極高大，想必也是顧慮到院子主人家魁梧的身材而特意拓寬。

蔣源對自家閨女笑了笑，卻牽動了他嘴角的青紫，疼得瞇眼嘶了一聲，然後才對蔣夢瑤說道：「阿夢真聰明。」

蔣夢瑤捂著嘴的模樣可愛極了，蔣源心情好得出奇，竟然無懼身體的疼痛，舉著蔣夢瑤大轉了三圈，在戚氏阻止之後才停了下來。

戚氏眼中也難掩驚喜，走到門前撫了撫這一看就是剛刷漆沒多久的大門，在門上的銅鎖上摸了又摸，對蔣源問道：「你何時置辦的？怎未與我說起過？」

蔣源笑得歡快，從懷裡摸了一把鑰匙出來，一手抱著蔣夢瑤，一手將門鎖打開，然後將鑰匙交到戚氏手中，說道：「我一年前就開始置辦，不過我沒多少資產，耗時比較久罷了。之前沒告訴妳，是因為事情未成，怕說了不能達到，徒增煩惱，如今事成了，時機剛剛好。」

蔣夢瑤聽了胖爹的話，不禁在心中咋舌，是哪個說她爹蠢笨如豬來著？明明精得像隻猴兒好不好！普通人豈能有這城府，瞞著所有人置辦了一間小宅院，整整一年都沒有透過絲絲口風，有這樣的心計與耐力，她爹今後做什麼事還愁不成？

戚氏似乎想到了這一點，她也是個聰明人，自然明白相公不告訴她的理由。蔣源置辦宅院這件事若是被蔣家知道，那定然是不會成功，還會落一個置私產的罪名。戚氏與蔣夢瑤一樣，知道丈夫並不是一個真正的蠢物，也就夠了。

一家三口走入院門，蔣源將女兒放在地上，蔣夢瑤這才像個小主人般開始參觀起來。

這座小院子面積不大，麻雀雖小，五臟俱全，有前院、後院，兩進兩出，前後各四間瓦房，院子裡皆鋪著大塊的青石板，看著整潔又索利。前院的左右兩側，各有一間矮房，分別是廚房和柴房，兩邊各開了水井，井邊加了一塊木頭蓋子。後院西北角有兩株修剪過的桃樹，一看就是按照戚氏的喜好來種植，戚氏別的花草一概不愛，只愛桃花。東南角還另闢了一處小涼亭，涼亭裡石桌、石凳、茶具一應俱全，地勢略高，有三、四級臺階，稍稍高出院牆三、四尺，想來是夏日納涼之所；走近一看，涼亭原是架在一潭小池塘之上，池塘通著山泉，裡面養了十幾條花紅色的錦鯉，映襯著綠色浮萍，又是一處雅趣，這樣只要坐在涼亭之上，既能遠觀景色，又能俯首逗魚。

蔣夢瑤趴在涼亭的欄杆上看了一會兒魚，又興致勃勃地回到院中，拉著蔣源的手問道：「爹爹，我的房間是哪一間呀？」

蔣源指了指最東邊的一間，說道：「那一間是主臥，妳還小，就跟我和妳娘一起住，不好嗎？」

蔣夢瑤在他們倆之間看了看，人小鬼大地說道：「我已經不小了，我想要一間自己的房間。」

不知不覺，她已經當了三年電燈泡了，以前在蔣家無可奈何，如今都搬出來了，她若是再不識趣一些，可就太不孝了。

蔣源聽了女兒十分有主見的一句話之後，也不做主，而是看了一眼戚氏，戚氏才笑了笑，對蔣夢瑤說道：「那阿夢想要哪一間呢？妳既然不願與我們住在主臥，那後院剩下的三間房間，由著妳挑，可好？」

蔣夢瑤真慶幸自己穿越過來遇到了一對開明的父母，便歡天喜地地跑過去挑房間了。

戚氏看著女兒歡快的身影，不禁和蔣源交換了目光，這才對蔣源問道：「相公，這到底是怎麼回事呀？你與天策府的事難道並不是真的？」

蔣源嘿嘿一笑，說道：「自然是真的，要不然步老夫人也不會親自上門來尋我晦氣了。」

戚氏聽後，臉上又是一陣擔憂之色。「那可如何是好，縱然你在外置辦了宅院，可若是天策府找來，又當如何應對？」

蔣源神秘一笑，看了看四周，用與他形象完全不符的精明神色對戚氏小聲說道：「娘子放心，天策府不會找來的。」

「為何？」戚氏見蔣源一臉篤定，越發不解她這相公葫蘆裡到底賣的什麼藥了。

「因為……」蔣源故意拖長了鼻音，見戚氏焦急，這才說道：「因為步大公子根本不會有事，步老夫人又如何會來尋我麻煩呢！」

說完這句話之後，蔣源便對戚氏得意地笑了笑，然後才走過去抱起在三間房間門前猶豫不決的蔣夢瑤，問道：「阿夢可選好了？」

蔣夢瑤左右又看了一遍，就堅定不移地指了指最西邊的房間，與主臥一頭一尾，互不干涉。

蔣源蹙眉看著女兒，說道：「怎選那最偏的一間？」

蔣夢瑤抿著嘴看天，一副「我已經決定了，你說什麼都沒用」的模樣，可讓蔣源笑了。

他十分願意寵著女兒，只要是女兒說的，他都認為是對的，心想著，就依她，大不了以後不喜歡再換就好。

戚氏對女兒的選擇也沒有意見，也許是她從小過得沒什麼選擇，對女兒也從不強加干涉，但是她可不像蔣源，對女兒盲目寵溺，在她看來，既然選定，那就是選定了，今後就再不可反悔，所以，在最後拍板前，她還特地跟蔣夢瑤說了一聲。「選了就不能變了，確定嗎？」

蔣夢瑤當然確定！她要做一個聰明、善解人意的女兒，她的爹娘如今年近二十，夫妻生活才剛剛開始，她可不想在他們情到濃時，還要顧及隔壁屋裡住著閨女……

不過，這個理由，打死蔣夢瑤也不敢直接說出來，只盼望她的胖爹、胖娘不要辜負了她的一番好意，替她多生幾個弟弟、妹妹出來才好。

因為蔣源的未卜先知與未雨綢繆，才讓他們一家不至於被蔣家趕出來之後露宿街頭，狼狽不堪。入住第一天晚上，戚氏就讓趙嬤嬤做了一桌菜，又燙了壺酒，將這宅院裡的五個人全都召集起來，坐在一起吃了一頓團圓飯。

老劉是蔣家的車伕，蔣易在世時就替他趕車，孤家寡人的他一直依附著大房過活，也只替大房幹活，因此蔣源對他格外看中，他也只對蔣源一人忠心，所以這回出府，蔣源誰都沒帶，卻是把老劉帶了出來。

趙嬤嬤自不必說，雖然她對這鄉野宅院並不是很滿意，但是在戚氏的管束之下也是收起不滿，主動承擔照顧夫人和大姑娘的生活起居。

一頓飯吃過之後，他們就正式在外開府啦！

蔣夢瑤雖然選定了自己的房間，但是她另住一房卻是計劃外的事情，日後還得去佈置一番，所以晚上她還是和爹娘睡在一起。

當晚蔣源就給戚氏交了底，把他的所有小金庫全都上交，一家三口坐在床帳中，蔣夢瑤坐在胖爹腿上，看著自家娘親清點財物。

戚氏一手算盤打得十分順手，不一會兒的工夫就把財物全部清點完，對蔣源說道：「三百二十八兩九十七錢。」

蔣源點點頭，說道：「這是我這些年存下來的，外加這座宅院，就是我所有的積蓄了。我知道不多，但妳們先用著，我會去掙錢的。」

戚氏看著蔣源好一會兒，卻是沒有說話，蔣夢瑤見她一臉的感動，偷偷一笑，轉頭對蔣源說道：「爹，你真是個有擔當的好男人，我娘沒有嫁錯你呢。」

蔣源被自己女兒這麼一誇，當即高興的找不著南北，嘿嘿地傻笑。

戚氏也被蔣夢瑤這句話逗笑，當即橫了她一眼，佯作生氣道：「就妳話多！」

蔣夢瑤得意一笑。

「難道娘不是這麼想的嗎？以前阿香那裡有十顆糖，阿秀只有一顆，我跟她們要糖吃，阿香給了我一顆，阿秀也給了我一顆，她們倆相比，難道不是阿秀更好一些嗎？」

阿香和阿秀是國公府裡伺候她的兩個小丫鬟。

戚氏聽了蔣夢瑤的話，與蔣源對視一眼，不禁失笑，故意問道：「既然她們倆都給了妳一顆，為何阿秀比阿香好呀？」

蔣夢瑤從蔣源腿上站起來，單手扠腰對戚氏說道：「因為阿香只給了我她擁有的一成，阿秀給的是她的全部呀，就好像爹爹，他雖然沒什麼錢，可是他把所有的東西都給了咱們，那就說明，爹爹對咱們是全心全意的，這樣一個男人，難道不是好男人嗎？」

蔣夢瑤這番話，讓蔣源不禁拍手叫好，笑得眼睛都看不見了。

戚氏也是頗為驚訝，將蔣夢瑤拉到身邊，說道：「妳這小腦瓜裡成天都在想些什麼呀？」

蔣夢瑤順勢坐入戚氏懷中，摟著她的胳膊問道：「娘親難道喜歡那種對妳有所保留的男人，不喜歡爹爹這種對妳全心全意的男人嗎？」

戚氏的臉一陣通紅，蔣源卻是捧腹大笑了，戚氏見他們父女倆如出一轍的調笑神情，不禁將蔣夢瑤從身上抱起，送入蔣源懷中，然後啐了他們一口。「人小鬼大，巧舌如簧，去去去。」

戚氏說完，見那父女倆依舊用曖昧的目光看著她，不禁更加羞怯，她將床鋪上的東西全都收好，就兀自背對著他們躺下，裹上被子，一切看似平靜，但紅透的耳廓卻出賣了她。

蔣夢瑤和蔣源對視一眼，笑得更加歡騰了。

第二天一早，蔣源就出門去了，戚氏獨自坐在堂屋中打算盤，一邊算還一邊寫著什麼。

蔣夢瑤在院子裡逛了一圈，然後就來到戚氏身邊，爬上椅子，趴在桌上看著自家娘親的小胖手十分靈活地打算盤，戚氏算了多久，蔣夢瑤就看了多久。

最後戚氏終於算完，蔣夢瑤才開口問道：「娘，妳在算什麼呀？」

戚氏也不敷衍，對她說道：「妳爹既然把這個家交給我，那我就要好好當家，我把餘錢分一分類別，按照每天可能支出的用度算了一算。」

蔣夢瑤眨著眼想了想，又問：「那算出什麼結果了？」

「結果就是……憑咱們現有的銀錢，還能平安無事度過六個月。」戚氏又埋頭看了一眼手裡的帳目。

「六個月？」蔣夢瑤將身子趴得更向前一些，說道：「那六個月之後呢？難道要大家一起喝西北風嗎？」

戚氏抿嘴笑了笑，然後收起面前的紙張，在蔣夢瑤的頭頂拍了拍，說道：「放心吧，爹娘不會讓阿夢餓著的。」

「……」怎說得好像她只擔心自己的肚子一樣。

趙嬤嬤從院子裡走進來，端了一只瓦罐，看見蔣夢瑤也在，就對她招呼道：「大姑娘也在啊，正好，奴婢燉了銀耳蓮子羹，快來喝點。」

蔣夢瑤湊過來看了看，摸著肚子說道：「我不大餓，不吃了。」

趙嬤嬤將瓦罐放下，揭開蓋子，露出裡面一大鍋晶瑩剔透的羹湯來，一邊給戚氏盛碗，一邊說道：「不餓也可以吃一些嘛。都是流質，不撐肚子的。」

蔣夢瑤被趙嬤嬤拉著坐在椅子上，看著面前的一小碗銀耳羹，手裡被塞了一支小勺子，她抬頭看了一眼正在喝湯的戚氏，又看了看趙嬤嬤無比幸福的神情，似乎有些明白，她娘會長這麼胖的原因……

蔣夢瑤一邊攪動著湯，一邊看著一旁胃口極好的娘親，雖然她吃得很文雅，但是一口接一口從未間斷，足足喝了三大碗才意猶未盡地將空碗遞給趙嬤嬤。

看了看蔣夢瑤，戚氏抽出帕子擦了擦嘴角，問道：「阿夢怎麼不吃？不愛吃嗎？」

娘啊，妳要我說什麼好呢？說我可不想長成妳這二百五的身材嗎？

蔣夢瑤支吾地說了句。「我不大餓，吃不下。」

戚氏這才開恩，說道：「吃不下就不要勉強了，拿來，別浪費了。」

接著，蔣夢瑤就在趙嬤嬤失望的眼神中看著她娘把第四碗給吃掉了。

娘啊，妳可不能再吃了喂！

戚氏把蔣夢瑤碗裡剩下的羹湯吃下去之後，摸了摸肚子，扶著桌子站起來，正要出去走一圈，就聽見外頭有人喊道：「夫人在家嗎？我是金燕。」

趙嬤嬤從廚房走出，將濕漉漉的手在圍裙上擦了擦之後，就去開了門，顯然她是認識外頭這個人，一開門就把人帶了進來。

來人是個二十七、八歲的女人，長得很平常，一點都不像她的名字那麼驚豔，明明有些年紀，卻還梳著姑娘家的頭，未曾盤髻，難道是至今未婚嗎？

只見金燕看見戚氏就眼睛一亮，笑著走上前來對戚氏行禮，看見蔣夢瑤站在一旁，也順帶給她行了個禮。

戚氏抬手讓她起來，指了指主位下首的位置說道：「坐吧。我以為妳要下午才來呢。」

戚氏對待外人時自有一股主母的架勢，雖然那身肥肉讓人感覺很是出戲，但總體來說還是頗有氣勢的。

金燕剛坐下，聽戚氏開口說話，又趕忙站了起來，說道：「夫人召喚，奴婢怎敢耽擱，一早收到夫人的書信，奴婢就趕了過來。」

戚氏點點頭，揮手讓她坐下，然後才問道：「事情辦得如何了？」

蔣夢瑤站到戚氏身後，好奇地看著這個初回登門的女人，看樣子她和娘親之間似乎有著什麼秘密。

只見金燕聽了戚氏的問話，就趕忙從懷裡拿出一疊紙來，說道：「今年春耕早已結束，上一季的收成還不錯，五十家佃戶皆交了租錢與糧食，有兩個想賴帳的，奴婢也找人去教訓了，並且按照夫人的意思，在他們五十戶人家裡挑選一正一副兩個總長出來，私下免了他們的租賦，讓他們專管監督，成效很是不錯，鮮有偷懶的了。」

戚氏低頭翻看著金燕交來的帳目，點點頭，說道：「接下來每三個月考核一次，明著告訴他們，總長沒有固定人選，這個月是他，下個月也許就是其他人，一切都是以能耐說話，讓他們各自努力吧。」

金燕認真記下戚氏的話，蔣夢瑤聽到這裡也是咋舌不已。她的娘親怎麼突然轉變了溫婉的風格，有點霸道女總裁的感覺啊，看樣子，她娘也不是吃素的，外面似乎也有著一份不小的私產呢。

「行了，把帳目留下，妳回去吧！今後我就在這裡住下了，妳有事就來這裡找我。」戚氏將帳目收下，對金燕說道。

金燕卻是不走，猶豫了一會兒後，才對戚氏說道：「是，不過還有一事，請夫人定奪。」

戚氏抬眼看了看她。「說吧。」

「如今租出去的地有三十多頃，魯家村的村戶足有千戶之多，如今也只有五十多戶租到了田地，那日魯家村的村長來找我，說是想再多租一些田地，這件事我不敢做主，便與他說回來問過主家之後再說。」

戚氏聽後想了想，說道：「魯家村怎麼如今這般缺地了？他們村不是靠著嶽陽河，大多村民都靠捕撈魚蝦過活的嗎？」

金燕對答道：「是，從前魯家村都是靠捕撈魚蝦生活的，可是有再多魚蝦的河，也禁不起幾輩人的捕撈啊，如今嶽陽河裡的魚蝦少得可憐，哪裡還能供這麼多村人捕撈呀！靠捕撈吃不上飯的村民可不就得另想出路了嗎？」

聽了金燕的話，戚氏垂目想了想，然後將手裡的帳本合上，說道：「我手裡確實還有田地，不過租不租給他們還得另說，妳替我跟那魯家村的村長說一聲，明日我去一趟，與他詳談過後再說吧。」

金燕點頭稱是，然後便提出告辭。「是，我這便去傳話，夫人若是無事，我便先回了。」

戚氏揮揮手，說道：「去吧。」

金燕走後，蔣夢瑤看著她娘的目光，已經足以用驚嚇來形容了。

雖說只聽了個大概，但是就這個大概也足夠令蔣夢瑤震驚了。她娘如今租給村民的田地就有三十多頃，三十多頃是什麼概念，一頃等於十五畝地，三十頃就是四百五十畝，我的天啊！一座世貿大廈才占地多少啊？並且聽她娘的口氣，她手裡似乎還不止三十頃的地……土豪中的戰鬥機啊！

原來她娘不是任人欺負的吉娃娃，而是韜光養晦的大狼狗！

那個叫做金燕的女人離開之後，蔣夢瑤才走到戚氏身旁對她問道：「娘，她是誰啊？」

戚氏將她的劉海順了順，才對她反問道：「阿夢想不想以後吃得好一點，用得好一點？」

蔣夢瑤看著她娘，乖巧地點點頭。「想。」

戚氏將她抱起來，讓她坐在自己的腿上，然後說道：「娘現在做的事情對世家望族來說是最為不齒的，世家固有清貴之名，若不到萬不得已，後輩皆不可從商，這是規矩，娘……壞了這個規矩。」

蔣夢瑤看著自家娘親，覺得戚氏說的並不像是假話，從前在歷史書裡看過「士農工商」，在古代，商人的確是最不入流。

「功勛世家自有封賞積蓄，皆以清貴傳家，子孫後代不得從商，怕壞了門風，雖不曾在家規中列出，這卻是百年流傳下來的老規矩。這件事我也跟妳爹說起過，他倒是不反對我去做些事情，不過，若是被其他人知道了，總是一個不妙的把柄。」戚氏說著話，臉上泛出一股羞愧之感。

蔣夢瑤對她爹知道這件事並不感到奇怪，但是對戚氏的這番言論卻是持保留態度。她從戚氏的腿上跳下，挺直了腰桿對戚氏說道：「娘，這種破規矩，咱們不守也罷！去他的清貴傳家，飯都快吃不上了，還談什麼清貴？憑什麼世家子弟就高人一等，憑什麼商人就低人一等呢？買貨販貨是憑自己雙手掙得辛苦錢，憑什麼就該受人歧視呢？不偷不搶怎麼就成錯了呢？」

戚氏驚呆地看著自家閨女，被她一席話說得愣住了，良久後，才伸手摸了摸閨女的額頭，確定沒有發燒之後才放心下來，說道：「這些話誰教妳說的？」

蔣夢瑤這才捂住了嘴巴，驚覺自己一時激憤說得太多，簡直超乎了一個三、四歲孩童說話的範疇，但見戚氏並沒有生氣，只是用一種驚訝的目光看著她，蔣夢瑤這才放下了手，對戚氏說道：「沒有人教我。」

算了，說都已經說了，這個時候再裝就太假了。

戚氏盯著她看了一會兒後，突然嘆了口氣，說道：「為了我的阿夢，娘親也非要這麼做不可。」

女兒這般聰慧，若是將來有好去處，卻因為她親爹、親娘不濟而遭人嫌棄，那才是她這輩子最懊悔的事情呢。所以為了女兒，她也要搏一搏，縱然不能給她留下什麼美名，最起碼要給她置辦一份像樣的家業和嫁妝出來，不至於去了夫家，像她這般處處受制，遭人白眼。

蔣夢瑤自然不知道自家娘親已經開始為自己出嫁做打算了，以為戚氏是說想讓她生活過得好一些，她過去摟著戚氏的胳膊，撒嬌說道：「娘，明天妳去魯家村，帶女兒一起去，好不好？」

她現在對胖娘的事業可是很感興趣啊，她真的想見識見識，擁有幾十頃地的地主婆具體是個什麼樣子。

戚氏猶豫了一會兒後，才道：「帶妳去可以，但是妳要答應娘，不可下車，跟娘一同坐在車裡才行，絕不可露出真容，好嗎？」

蔣夢瑤雖然心裡覺得奇怪，她不是要跟人談生意嗎？坐在車裡怎麼談？但是蔣夢瑤也明白這個時代女人做事的尷尬，便也沒有多想，就點頭答應了下來。

蔣源從外頭回來，已經是戌時過後，戚氏早已讓蔣夢瑤先吃飯睡下了，自己坐在燈下一面繡花樣，一面等待蔣源。

輕手輕腳從外頭走入，蔣源先跟戚氏笑了笑，才走到床邊看了一眼睡過去的蔣夢瑤。戚氏無聲地拉著他去了屏風後，將她放在食盒中溫著的吃食拿了出來放在桌子上，蔣源卻對她搖了搖手。

戚氏訝異地問道：「嗯？相公吃過了嗎？」

蔣源又搖搖手，指了指睡床，對戚氏壓低了聲音說道：「我不餓，快去睡吧。」

戚氏料他已經在外頭吃過了，便沒再說什麼，將東西又收回了食盒，然後進去幫蔣源換了身貼身的中衣，自己除了外衫之後，夫妻兩人便儘量輕手輕腳地爬上床，生怕驚動了女兒。

可是，蔣夢瑤自從她爹推門進來的那一刻開始，就醒來了，見他們故意壓低聲音說話，只覺得被人愛護的感覺真好，心裡暖暖的。

待他們爬上床之後，戚氏便跟蔣源說道：「明早我帶阿夢出去一趟，去魯家村，我們不下車，就把村長叫到車外說幾句話就回來。」

蔣源點點頭，說道：「行，我知道了，明天讓老劉陪妳們一起去，這些日子就先苦了妳們母女倆，下個月我再找兩個丫頭回來伺候妳們。」

戚氏轉過身子，看著蔣源，夫妻兩人相視一笑，在蔣夢瑤的上方交握住手，只聽戚氏說道：「只要咱們一家好好的，我才不在乎有沒有丫鬟伺候呢。」

蔣源又是傻傻一笑，戚氏這才又想起正事，對他說道：「今日金燕來了家裡，交了之前的帳，說魯家村的村民還想再租些田地，相公覺得如何？」

蔣源想了想後，才回答道：「若他們還是種田的話，我倒有些擔心，畢竟三十頃的土地租賃出去，本就是個浩大的工程，更何況這些地，咱們都不能讓外人知曉，若是再租，那麼大的一塊田地，只怕會招來有心人的算計，到時候查到咱們身上，只會得不償失。」

戚氏也不是沒想過這一點，三十頃的田地倒也不算惹人注意，畢竟魯家村是一個有近千戶居民的村落，村外有三十頃的良田亦不稀奇，若是再多租給他們的確會有些風險，這也是她沒有當即答應金燕的原因，總想著這事要跟相公商量一番再做決定。

「那該如何？明早我去拒絕他們嗎？」若是拒絕，也是一筆損失，他們家正是用錢之際。

「拒絕……倒也不必。」蔣源也翻了個身，兩手交叉在胸前，思量一番後，才對戚氏說道：「妳手裡的這百頃田地是岳母的嫁妝，妳可完全捨得拿出來？」

戚氏當即說道：「當然捨得！這百頃田地雖隨我娘嫁入戚家，但是卻從未發揮過作用，戚家以詩書傳家，向來清高，不事田地，因此那份地契一直被我娘藏著；我嫁入國公府後，原以為這塊地用不上，可是到了如今這地步，若是再不作用，咱們就真的沒有翻身之力了。只要相公說怎麼做，我便怎麼做，絕不會捨不得。」

蔣源聽了戚氏這番話，心中很感動，若不是他們中間還有個閨女在睡覺，他真的想把妻子摟入懷裡，現在也只能化感動為平靜，握住戚氏的手，說道：「田地可以租賃，卻不要讓他們種田，而是讓他們開田挖地，注入河水，養些魚蝦倒是可行。反正魯家村祖祖輩輩皆是以捕撈魚蝦為生，他們對魚蝦的習性定然知之甚詳，養魚蝦雖然前期工程浩大了些，不過後期收益應該可觀。」

對蔣源的這個建議，戚氏想了又想，才說道：「養魚蝦倒也行，反正魯家村那頭便是嶽陽河，只需開幾條渠道，河水便可灌溉入田，只是要到哪裡去弄這麼多魚蝦的苗呢？沒有苗，又如何長成魚蝦呢？」

戚氏的擔憂也讓蔣源語塞，先前他只想到不欲讓田地暴露過多，卻沒有想過這個現實的問題。

床帳中一陣沈默，夫妻兩人皆開始動腦筋，思考著問題，卻沒想到，本來最不應該出聲的人卻突然出聲了。

只聽蔣夢瑤清脆的聲音在寂靜的床帳中響起。「既然是養殖，幹麼不養一些值錢的東西呢？」

蔣夢瑤突然說話，嚇了夫妻倆一跳，同時轉頭看向她。

戚氏驚道：「小丫頭，原來妳是裝睡呀。」

蔣夢瑤從床上坐了起來，嘟著小嘴說道：「我想真睡來著，可是你們不讓我睡呀。」

戚氏又被這小丫頭弄得語塞，看了一眼蔣源，只見蔣源見著女兒，頓時就從一個精明的丈夫，變回了傻氣的親爹，他將蔣夢瑤抱起坐到自己肚子上，然後寵溺地刮了下她的鼻頭，說道：「爹爹不好，把阿夢吵醒了。不過阿夢剛才說什麼？妳想養什麼值錢的東西呀？」

蔣夢瑤在親爹肚子上調整了一個好姿勢，然後就在床帳內環顧一圈，指著戚氏先前從頭髮卸下來的一支簪子說道：「養珍珠吧，我喜歡珍珠。」

此語一出，可把這夫妻倆給樂壞了，戚氏別過頭去笑，蔣源則當著面笑得肚子一動一動的，又在女兒的臉頰上捏了捏，說道：「我女兒真有見地，還知道珍珠是在水裡養出的。」

蔣夢瑤見他們這副模樣，不禁將嘴嘟得更高，她長得可愛，這麼一來，就更加令人憐惜，蔣源直冒傻氣地看著她笑。

「我說真的！既然都費了那麼多人力，幹麼只養魚蝦呀！魚蝦才值多少錢呀！」

戚氏失笑。

「傻孩子說傻話，我還想養黃金呢，咱們養得出來嗎？」

好吧，就算她異想天開好了。蔣夢瑤無奈地嘆了口氣，還不死心地低聲嘟囔了一句。

「珍珠真的可以養的！賣蚌的肯定知道怎麼讓蚌開口卻不死，咱們再往裡面投些硬物，這樣過不了幾年，就能養出珍珠，這樣既不費時，珍珠看起來還大，又費不了什麼成本。」

戚氏和蔣源聽了蔣夢瑤的話，全都做出一副啼笑皆非的樣子來。戚氏見蔣夢瑤眼睛清亮的模樣，不禁心疼，將她從蔣源肚子上抱了下來，放入被褥裡，輕聲說道：「好了好了，時候不早了，爹娘也不說話了，咱們都快睡吧。」

蔣夢瑤又嘆了口氣，然後閉上眼睛，戚氏也躺下睡了過去，只有蔣源獨自睜著雙眼，看著被月光映襯著有些微藍的床帳，久久未曾動彈。

女兒的一番話，在他耳旁迴盪，使他久久不能平靜。

第五章

第二天一早，戚氏起床給還在睡覺的父女倆打來熱水，然後和趙嬤嬤一同去廚房裡做早飯了。

蔣夢瑤起床後，讓蔣源幫她穿衣服，然後坐在床前，等她爹笨手笨腳地給她洗臉，原本這些事情她都能做，可是看胖爹一副十分想為她服務的殷勤樣，蔣夢瑤也就坐著不動，享受一番不是特別舒服的服務。

戚氏把早飯端進房，將一鍋熱米粥、一大盆饅頭搭上四小碟醬菜放在桌子上。她先把蔣夢瑤安置好，然後叫蔣源一起來吃。

蔣源卻隨便擦了擦臉，穿好衣服之後，就擺擺手，說道：「我不吃了，妳們吃，我出去一下，中午怕也不能回來，不用等我吃飯了。」

戚氏連筷子都給他拿好了，聽他這麼說，不禁感到奇怪。「吃了早飯再去吧。」

蔣源看了一眼桌上的早飯，露出一副「其實我很想吃」的表情，卻也只是一瞬，便轉移了目光，搖頭道：「不了，跟人約好見面的時辰，再晚就要遲了。」

說完這句話之後，蔣源就頭也不回地走出院子。

戚氏看著他離去的背影，疑惑了好一陣子，然後才看了看正小口喝著稀粥的蔣夢瑤，說道：「不是嫌吃的不好吧？從前少說也會吃個三碗粥、五個饅頭的……」

蔣夢瑤看著戚氏自言自語，就替她娘舀了一勺醬菜放在粥碗上，說道：「爹都這麼大了，自己總能找到地方吃飯的。娘也快吃，吃完了咱們還要去魯家村呢。」

戚氏點點頭，端起飯碗正要吃，突然反應過來，對蔣夢瑤說道：「哦，今天不去魯家村了，我讓金燕另約了時間，妳這小孩子家的也別總想著出門，待會兒娘教妳繡花，這才是女孩子該做的正事。」

蔣夢瑤一臉快哭的看著戚氏，用極其失望的聲音說道：「啊？為什麼不去了呀？」

戚氏斯文地咬了口饅頭，然後說道：「我和妳爹都覺得魯家村的事要放一放，所以，今天就沒有去的必要了。」

蔣夢瑤終於又一次體會到那種「幼稚園明天要春遊自己卻病了」的那種惆悵感。

吃完早飯後，就在戚氏準備帶女兒回房繡花的時候，院子外傳來一陣吵雜的車轂轆轉動聲，沒過一會兒，就聽見外頭傳來一道響亮的聲音。「請問這裡是蔣源的家嗎？」

趙嬤嬤從廚房走出，看了一眼戚氏，這才過去應門。「是，請問是哪家找？」

門打開之後，只見一位笑容滿面、瘦骨嶙峋的少年站在門外，對前來開門的趙嬤嬤作揖道：「請問蔣兄可在家？」

趙嬤嬤也是大家調教出來的，待客方面自然禮數周全，當即點頭屈膝回禮，說道：「我家老爺此時外出了，只有我家夫人在家，這位公子請留下姓名，待我家老爺回來之後，必定告知，再去拜訪公子。」

只見那公子卻是搖搖手，嘿嘿一笑，說道：「在下姓步，我就只是問問他在不在家。」此番言論，也是讓趙嬤嬤徹底傻眼了，臭小子，耍弄你奶奶呢？行動上卻對這位不速之客多了幾分警惕。

那少年見趙嬤嬤如此，也不再多話，拍了拍手，就見他身後走來好幾個大漢，足足抬了十幾箱東西放到蔣家的庭院中。

趙嬤嬤阻攔不住，這下就連戚氏也驚動了。

「怎麼回事？這是何物？」戚氏往門口一站，身形擺在那裡。

只見那姓步的公子立刻迎了上來，對她行禮，說道：「嫂夫人好！在下有禮了。」

戚氏也對之行禮，說道：「這位公子可是來找我家相公？他不在家，這些東西卻是何意？」

那步公子嘿嘿一笑，說道：「就是因為他不在家，所以我才能送來啊。這些都不是什麼值錢的東西，我也拿不出值錢的來，就是一些普通的謝禮罷了，我原想當面給蔣兄，又怕他不收，所以才想著給他送家裡來的。」

戚氏看著面前這其貌不揚、瘦骨嶙峋的少年，腦筋一動，便問道：「閣下是步家大公子步擎元？」

那少年一愣，然後才笑問道：「嫂夫人如何得知？」

戚氏微微一笑。「這天下又有幾個步公子呢？」

若是十多年前，步家的確香火鼎盛，一門十傑，個個都是英雄好漢，只可惜十多年後的步家，堪稱「步公子」之人卻獨此一家。

步擎元一想也是，點點頭，正式對戚氏介紹道：「在下步擎元給嫂子請安了。」

戚氏將這人上下打量了兩圈，並沒有任何傷著的痕跡，果真如相公所言，步家公子根本沒有受傷，而受傷事件肯定是這兩個人事先串通好的，其中緣由，戚氏猜不明白，但她知道，步擎元絕不是來找他們麻煩就是了。

「步兄弟多禮了，這些東西……」

不等戚氏說完，步擎元就先一步接話說道：「這些東西真不是什麼值錢的，我也是在家躺了好些天才知道蔣兄遭我連累，被趕出了家門，我怕你們在外生活物資缺乏，這才送來的。」

說完這些，步擎元就命人將十幾個箱子全都打開讓戚氏過目，的確並不是什麼金銀之物，而是一些布疋衣料、生活用具，甚至還有兩箱魚肉和蔬果。

戚氏臉上露出遲疑，步擎元也不多留，便直接告辭道：「蔣兄與我是至交，我倆都不是扭捏客套之人，東西已經送出，斷沒有收回的道理。嫂夫人安好，我這便告辭了。」

步擎元說完這些話之後，果真如來時一般風風火火地帶著人走出蔣家小院，留下滿院的物件吃食，倒叫戚氏措手不及。只好讓趙嬤嬤先收拾一下，推到院子的一邊，等蔣源回來再決定是搬是退，畢竟她們這些女人可抬不動。

「娘，這位步公子不會就是被我爹壓著的那個人吧？」蔣夢瑤躲在門後親眼觀看了先前的那一幕，小腦瓜動得飛快，頓時就想通其中奧義。

戚氏點了點頭，嘆了口氣，說道：「唉，也不知妳爹去了哪裡、什麼時候回來，看來咱家是要再添兩、三個人了，要不然出了事，連個跑路報信的人都沒有。」

蔣夢瑤不管這些，兀自在那些箱子旁穿梭，看了看箱子裡的東西，果真如那位步公子所說，都不是什麼值錢的，全都是生活用品，看來他是真的擔心他們在外沒有衣服穿、沒有東西吃。頓時將她爹的這個朋友地位上升到知己的地步，若不是知己，又豈會真的這般替你考慮民生問題？頂多送幾兩金銀來，便算是禮到了。

蔣源是半夜才回來的，戚氏在燈下等他等到都睡著了，直到聽見推門聲才醒過來。她揉著眼睛站起來，蔣源立刻就迎了上來，說道：「怎麼還不睡呢？」

戚氏睡眼惺忪，說道：「相公不回來，我總睡不安心。」

蔣源傻傻一笑，兩隻大手捧著戚氏的臉頰親了一口，才牽著她的手往床鋪走去。看蔣源一臉疲憊、精神萎靡，戚氏想問他白天去哪裡了，怎會這麼累，可是蔣源頭剛沾著枕頭，就睡了過去，讓她想問也沒有機會，就更別說是告訴他步擎元白天送東西來的事情了。

第二天一早，戚氏照舊早起，與趙嬤嬤一同煮了早飯端進房，看見蔣夢瑤正站在床前看著自家胖爹。

戚氏進來，蔣夢瑤說道：「娘，我爹是不是病了？」

戚氏走進去看了看，只見蔣源被蔣夢瑤的話逗笑了，從床沿上站起身來，故意扭了扭腰，做出一副很有活力的樣子，說道：「爹爹好得很，怎會生病呢？」

戚氏也覺得這兩天的蔣源有些不對勁，伸手在他額頭上摸了摸，然後說道：「是不是著涼了？要不找個大夫回來看看吧。」

蔣源捏了捏她的手，微笑道：「我好得很，哪有生病？別瞎想了。」說完，他就走出屏風，戚氏跟在身後，對他說道：「我今兒煮了肉糜粥，鮮美得很，你嚐嚐，保管好吃。」

蔣源站在桌前看了兩眼，就迅速轉開了目光，對戚氏笑道：「不了，我今兒還約了人談事情，妳們吃吧。」

蔣源說完這些，不等戚氏反應過來，就頭也不回地走出房間，戚氏跟著追了幾步，見蔣源還是不回頭，就站在門前看著他離去的背影。她低頭看了一眼手裡的肉糜粥，頗覺得有些委屈，她生怕他吃得清淡，早晨特意熬了這粥，沒想到他竟一口也不吃。

戚氏沮喪地回過頭，看見女兒正吃得香，對她直點頭，說道：「娘，這粥真好喝。」

戚氏彎唇一笑。「好喝就多喝點，鍋裡多著呢。」

蔣夢瑤一看戚氏就知道胖娘在糾結什麼，擦了擦唇後，說道：「娘，妳這粥是給爹爹熬的吧，他竟然一口都不吃，真是不解風情，唉。」
戚氏被蔣夢瑤的話逗笑了，沒好氣地白了她一眼。「小丫頭知道什麼叫風情嗎？在外頭可別瞎說，叫人平白笑了去。」
蔣夢瑤吐吐舌，正待反駁，就聽見外頭突然傳來老劉的驚呼聲。「哎呀，快來人啊，老爺暈倒了！」
隨著老劉的一聲驚叫，戚氏和蔣夢瑤都慌忙放下手裡的飯碗，急匆匆跑了出去，只見蔣源果真倒在門前。
「相公，相公！」
戚氏整個人都慌了神，跪在地上想把蔣源拍醒，趙嬤嬤和老劉也蹲在地上沒了主意。
蔣夢瑤見狀，果斷喊了一聲。「咱們快把爹爹扶回去吧！」
三人這才恍然大悟，用盡了全力，把蔣源從地上拉了起來，幸好老劉的力氣還算大，他扶著蔣源勉強還能站住，戚氏和趙嬤嬤從旁協助，三個人跌跌撞撞的，好不容易把蔣源給扶了回去。
蔣夢瑤繼續有條不紊地發號施令。「劉叔去請大夫，趙嬤嬤去打些涼水來。娘，妳將爹爹的外衫除了，讓他躺得舒服些。」
混亂之中，大家下意識地聽從指令，蔣夢瑤留在房間裡和戚氏一同替她爹寬衣，這可不是一件容易辦到的事情，戚氏忙著忙著就突然哭了出來。

「妳爹要是有個好歹，我們母女倆可怎麼辦啊？」

蔣夢瑤滿頭黑線，冷靜地對戚氏說道：「娘，爹還沒怎麼樣呢，妳別哭了。」

戚氏這才收住眼淚，繼續做完工作，把蔣源蓋在被子裡，老劉請的大夫很給力，不一會兒工夫就到了。

趙嬤嬤主動接過大夫手裡的藥箱，戚氏給他在床前端了一張椅子，大夫坐下後，閉目把脈，不一會兒就睜開了眼，訝然地看了一眼戚氏，說道：「夫人，尊夫沒病啊！」

戚氏的眼睛紅紅的，露出不解。「可是，沒病怎會暈倒呢？他以前從未這樣過。」

大夫拂鬚說道：「尊夫只是氣血虛弱，一時頭暈目眩，內外失調，五臟充血，所以才會暈倒。」

見戚氏仍舊不懂，老大夫從椅子上站起身，嘆了口氣，直言道：「哎呀，就是餓的！」

戚氏正在抽泣的神情瞬間呆住，連蔣夢瑤也愣住了，一旁的趙嬤嬤和老劉亦傻掉了。非要他把話說得這麼直白，真是的。

「餓……餓的？」

戚氏反應過來之後，連臉頰邊的眼淚都忘記擦拭，就那麼滑稽地重複著老大夫的話。

老大夫無奈地點點頭，對於這家人搞出的烏龍事件很是無語，不就是一個胖子因為沒有吃飯而暈倒了嗎？要不要搞得像是人命關天一樣啊？把他從飯桌上硬是拉了過來，要知道，人不吃飯當然會暈倒，真是沒常識！

面對老大夫像是看白癡一樣的眼神，戚氏臊得臉紅，讓趙嬤嬤拿了銀錢付過診金，又親自把他送出門去，才又回到房間。

蔣源突然就醒了過來，不顧一切地從床上衝下地，鞋也沒來得及穿，就如餓熊般撲到飯桌上，就著戚氏和蔣夢瑤還未吃完的碗，呼嚕呼嚕喝起了粥，連勺子、筷子都不要，直接往嘴裡灌，根本停不下來。

戚氏和蔣夢瑤再次傻眼，有志一同地在桌旁站了一會兒，然後兩人一左一右、十分有默契地合作，戚氏給蔣源盛粥，蔣夢瑤則坐在椅子上遞饅頭。

一陣風捲殘雲般的吃喝過後，蔣源才像是活過來一樣，捧著肚子，靠在椅子上喘氣，大呼。「唉，餓肚子的日子可真難過啊。」

戚氏和蔣夢瑤又是滿頭黑線。

蔣源的這一烏龍事件最終的調查結果，讓蔣夢瑤哭笑不得。她這胖爹也算思想前衛了，竟然主動想起減肥這件事來，而且一開始就是這麼勵志的節食減肥，據說他已經兩天兩夜沒有吃飯了，這對一個身體需要大量營養才能維持體力的胖子來說，已經是極限了。

戚氏聽完緣由之後，就坐在一旁飲泣，說蔣源不愛惜自己的身體，把蔣源弄得慌了手腳，不斷地給她擦眼淚。

「娘子莫哭，我今後再不胡鬧了，好不好？」

戚氏一把拍開他的手，說道：「你也知道是胡鬧！可把我們擔心壞了。」

蔣源像個做錯事的孩子般哭喪著臉，給戚氏擦了眼淚之後，就皺著臉說道：「我知道錯了。我想快速減輕重量，想來想去也就只有不吃飯這一條了。」

蔣夢瑤聽了爹爹的話，對這糊塗的胖爹說道：「爹，不吃飯是錯誤的！傷害身體不說，還沒有成效，就像你一樣，把自己先餓壞了，然後起來暴飲暴食，這非但讓你這兩天白白餓了，而且體重只增不減，多不划算啊。」

蔣源聽了女兒的教訓，垂頭喪氣地低下了頭，說道：「爹爹知道了，下次一定不絕食了。」

戚氏自己擦了眼淚，抬頭對蔣源問道：「相公，你這樣好好的，幹麼突然想減輕體重呀？」

蔣源嘆了口氣，說道：「我們這樣的體型……真的好嗎？從前在府裡是沒辦法，如今都出來了，咱們若還依舊這樣下去，將來妳讓別人如何看待咱們阿夢呀！我受這一身肥膘限制，縱然想習武都不能，將來又如何保護妳們母女倆不受人欺負呢？」

蔣源的一番話讓戚氏聽得微微恍神，低頭看了一眼自己裡三層、外三層的贅肉，也是幽幽一嘆。「可是這件事……又如何能輕易做到呀！」

她自小當然也是受這一身的肥肉所困，走到哪裡都受人歧視，自己內心也充滿了自卑，可是，無論如何，也不能選擇絕食這條危險的路呀。

蔣源經過此事，也對減肥一事感到絕望，想起自己這身肥膘給自己帶來的苦惱，不禁也跟著妻子後頭唉聲嘆氣起來。

蔣夢瑤看著胖爹、胖娘這樣，不禁問道：「爹，娘，你們真的想減肥嗎？」胖爹、胖娘兩雙細長的小眼睛同時看向了她，蔣夢瑤站在椅子之上，輕咳了一聲，說道：「如果我說，我有辦法，你們會聽嗎？」

房裡一陣寂靜，冷場了，夫妻倆像看傻子似的看著蔣夢瑤，還是戚氏率先開口。「阿夢乖，別鬧了，爹娘正發愁呢。」

蔣源則以身作則，給蔣夢瑤上了一堂切身體驗的課來。「阿夢啊，妳今後可千萬不能變成像爹娘這樣啊。」

蔣夢瑤從椅子上下來，穿好了鞋襪，像個小大人般站著，對兩個大人說道：「你們只要肯聽我的話，拿出毅力來，我就能保證，一定讓你們瘦下來，怎麼樣？」

蔣源和戚氏面面相覷，對女兒這篤定的語氣很是懷疑，不過蔣夢瑤沒有給他們懷疑的機會，就對他們神秘一笑，走出了房間。

沒一會兒，蔣夢瑤風風火火拿著筆墨紙硯等文具走了進來，將空白的紙在桌上攤平之後，又把筆蘸了墨，放在筆架上，然後往對她的行為表示懷疑的爹娘之間看了一眼，用小手指對蔣源勾了勾，蔣源便走了過來。

蔣夢瑤讓蔣源坐下，說道：「爹，你來寫字。」

蔣源對女兒的行為不明所以，但也不願讓女兒失望，就拿起了筆，看著自家這個古靈精怪的女兒，傻傻地問：「寫，寫什麼呀？」

蔣夢瑤輕咳一聲，雙手負於身後，像個小學究一樣，搖頭晃腦地說了起來。「人之所以會胖，是因為身體裡有太多脂肪，脂肪就是肥肉……哎呀，爹，你看我幹什麼呀，快寫呀！」

蔣源被女兒一指，一個激靈，趕忙點頭。「哦哦哦，這就要寫了嗎？」

「當然！」

蔣夢瑤煞有介事地點頭，然後在看見蔣源開始動手之後，才將自己身為現代人的那一套減肥理念全都說了出來。

寫到後來，就連戚氏都不禁對蔣夢瑤側目而視了，看著蔣源手裡洋洋灑灑的一番見解，不由得對蔣夢瑤問道：「女兒啊，這些似是而非的道理，妳是從哪裡聽來的？」

蔣夢瑤眉心一突，支支吾吾道：「我，我是聽……聽……阿秀說的，她說自己有日在街上遇見一個遊方道士，一個女人就是按照他說的方法減掉了很多肉，我便記下了。」

戚氏聽到這裡，面上現出狐疑，不過女兒這小小年紀，若不是從別處聽來，也不可能想到這些，於是她又低頭看了看紙上的內容。

而蔣源倒是沒有太多懷疑，只要能讓他把這一身的肥肉減掉，不管是誰說的，都是好的。

蔣源聽到這裡，緊接著對阿夢老師不恥下問道：「那我們該怎麼辦呢？」

蔣夢瑤見蔣源這般殷切詢問，讓他少安勿躁，繼續說道：「像爹娘這樣，首先應該要做的就是少食多餐，這樣既能有效控制食慾，又不會一下子虧得太多而把身體搞垮，等適應之後，就可以慢慢再抽掉一些時間段的飲食；比如一開始一天吃六、七頓，每頓吃一碗飯，過一段時間後，可以慢慢減為五、六頓，以此類推，直到每天只要吃三頓的時候，你們最起碼能瘦個十斤左右。」

戚氏聽得興起，覺得女兒的這個方法也許真的可行，可是，在聽見最後一句話的時候，還是有些失望，不禁說道：「啊?只能瘦下十斤啊！」

蔣夢瑤對戚氏甜甜一笑，說道：「娘，妳別著急，我還沒說完呢。」

「娘子妳別打斷阿夢，讓她說下去嘛，我覺得這番話聽起來很不錯的。」蔣源將這些話全都記錄下來，然後對妻子安慰道。

「如果你們能堅持每天每頓只吃一碗飯的時候，要把炒、煎、燜、炸、紅燒這幾樣料理法全都去掉，因為這些全都需要用油，若是不加以控制，那麼瘦了十斤之後，只怕就再難精進了。」

戚氏像個標準的好學生一般，遇到不懂的問題，就直接發問。「那該怎麼辦呀?難道炒菜就不要用油炒了嗎？」

蔣夢瑤搖搖頭，說道：「當然不是，我們是把炒換成清湯，把紅燒變成清蒸、清燉，這樣油不就少了嗎？」

戚氏了然地點點頭，然後轉頭督促蔣源道：「相公，這些都記下了嗎？我覺得很有道理啊。」

有了這些具體的指導，蔣源也是連連點頭。「記下了、記下了，娘子放心。」

蔣夢瑤看著自家胖爹、胖娘這般上進，也滿意地點點頭，心中再一次慶幸自己是投生成這兩個人的女兒，這番言論看起來像是被他們接受了。她有信心，只要胖爹、胖娘能夠按照她的方法來做，並且堅持下去的話，那麼不出兩年的時間，一定能夠讓他們成功瘦身，畢竟她可是從二十一世紀穿越過來的，她所說的減肥方式，可是凝聚了多少代減肥先驅們的經驗而組成的健康減肥法，在這裡可是獨此一家，別無分號。

蔣源看自己洋洋灑灑竟然記錄了三、四張紙，抬頭對蔣夢瑤說道：「阿夢啊，還有嗎？」

蔣夢瑤點點頭，說道：「有啊。不過暫時先寫這些好了，做完這上面的，估摸著，怎麼也得三個月吧。」

蔣源點點頭，然後又跟戚氏湊在一起研究紙上的內容。

晚上睡覺的時候，蔣夢瑤早早去了夢鄉，縱然心智成熟，但畢竟是小孩子的身體，總是嗜睡得很。

蔣源坐在浴房中，戚氏蹲在一旁給他洗腳，突然抬頭對蔣源問了一句。「相公啊，你覺不覺得咱們阿夢有點怪？」

蔣源正舒服地泡腳，聽戚氏這麼一說，就低頭看著她，想了想後才說道：「唔，怪是有點怪的，不過，再怎麼怪都是咱們女兒，咱們看著她出生，看著她成長，有什麼不放心的呢？孩子早慧，懂的東西也多，這是好事嘛。」

戚氏聽了自家相公的言論，心裡頗覺安定了些，又道：「懂的東西多是好事，不過這些東西也沒有人教過她，難道真的有什麼遊方道士？」

這個問題可把蔣源問住了，不過也只是愣了愣，很快就反應過來，說道：「何況阿夢說有，那就是有嘛，況且，若是沒有人教她，這些事情她又哪裡會知道呢？我覺得妳別想太多了。」

戚氏聽完蔣源的話，不禁噗哧一聲笑出來，說道：「你呀！心裡就只有阿夢，哪怕她指鹿為馬，你都會說是對的！」

蔣源嘿嘿一笑。「嘿嘿，我心裡也有娘子妳，改天妳指鹿為馬，我也說是對的。」

「哼，荒唐！不與你說了。」

戚氏用乾布把蔣源的腳擦拭乾淨，仔細給他穿上布襪，然後才橫了他一眼，轉身去晾乾布。

「不過，也是該跟阿夢提個醒了。」

戚氏回頭。「嗯？提醒？」

蔣源點頭，自己穿了鞋踩下地，說道：「她的這些聰慧在我們面前表現出來倒沒什麼，切不可在外人面前表露過多，否則於她未必是好事，說不定還會給她惹來不必要的麻煩。」

戚氏自然明白相公話中的道理，點點頭，說道：「我尋個機會跟阿夢說道說道便是。」

蔣源看著妻子的臉，伸手輕撫上她的面頰，說道：「娘子，我們真的不能再這樣下去了，縱然我倆在家中都無地位，但那是從前，我們沒有牽掛，也不會連累誰，可是如今我們有了阿夢，阿夢這般優秀聰慧，若是將來因為我倆遭人笑話豈非冤枉？縱然我們不為自己，也該為阿夢提早打算了。」

戚氏在蔣源眼中看見無比的鄭重，沒想到相公竟能與她想到一處去，她之前在蔣家一直想讓蔣夢瑤扮拙，也是這個原因；若是父母太過平庸，她的聰慧不僅不能給她帶來應有的榮寵，反而會成為旁人的箭靶，成為眾人針對的目標。

對相公的提醒，戚氏也表示出十二分的贊同，說道：「我明白的，首先就要從我們這一身肉開始努力，最起碼要先給阿夢一個形象俱佳的爹娘不是嗎？」

蔣源看著自家妻子傻傻一笑，想把妻子擁入懷中，奈何勾了半天，也只把戚氏的頭給勾著貼在他的肩膀邊緣，兩人之間隔著兩個圓滾滾的肚子，讓他無法再進一步與妻子親近了。

戚氏也意識到這個問題，在蔣源和自己的肚子上拍了兩下，兩人對視，全都不由自主地尷尬一笑，這種縱然張開雙臂亦不能將對方環抱的尷尬，更加堅定了他倆要減輕體重的決心。

太影響夫妻感情交流了。減，必須得減！

翌日一早，戚氏聽從蔣夢瑤的話，將記錄下來的食譜拿去廚房，最終食譜是——

早晨一份麵食點心，兩顆水煮雞蛋，一碗菜粥或肉糜粥，醬菜少許。

中午是清蒸魚蝦配兩盤素菜，一碗米飯。

晚上是一碗白粥。

不過，這個食譜一開始真正實行下去，蔣夢瑤還十分人性化地給予他們一個月的緩衝時間，這一個月裡，吃的種類雖然也是以清淡為主，卻可以一日吃五頓，辰時早飯，巳時兩刻加餐點，午時一刻吃午飯，然後下午申時可吃一些小點墊胃，等到酉時一刻吃晚飯，酉時過後，就絕對禁止吃東西。

果然這個食譜拿去給趙嬤嬤一看，趙嬤嬤當場就反對了。

「這怎麼能行呢？這上面寫的東西，夫人吃一頓還算講究，如何能分配成一日的伙食呀！這……這肯定會餓的。」

戚氏被趙嬤嬤這麼一說才知道，原來自己從前能吃這麼多東西，頓時覺得羞愧，對趙嬤嬤說道：「餓一點沒事的，趙嬤嬤妳只管這麼做就行了。」

趙嬤嬤向來都是為戚氏考慮的，畢竟是自己一手餵大的孩子，她可從來都沒有嫌棄過戚氏胖，可是如今夫人卻嫌棄自己來了，唉。

不過，趙嬤嬤反對雖反對，戚氏堅持的事情她卻不敢不做，只是一邊做一邊念叨。「哎喲，相公魔障了，如今連娘子都魔障了，可如何是好哦！」

戚氏意志堅決，向來決定的事情她想方設法都會去做，昨晚與相公一番商談，兩人達成共識，的確不能再拖延了，人生不過短短數十載，她若在最美好的年華都不能留下美好的記憶，那今生也就算是白活了。更何況，如今她還有丈夫、女兒，丈夫也在努力，只為了給她和女兒一個更好的未來，而她也必須振作起來，與家人共進退才行。

蔣夢瑤給胖爹、胖娘擬定出食譜菜單，也明白這樣的堅持，對兩個資深大胖子來說是痛苦、煎熬的，於是她讓趙嬤嬤日日去街上買些新鮮的瓜果回來，讓蔣源和戚氏餓了的時候可以隨時取食。戚氏反正在家裡不怎麼出去倒還好，蔣源有的時候會外出，戚氏就給他特地縫製一個不大不小的食袋，讓他隨身帶兩個果子、兩塊糕點什麼的。

兩人堅持了一個月下來，的確是小有所成，就連趙嬤嬤都看出兩人的變化，蔣夢瑤也覺得很滿意。雖然胖爹、胖娘現在還是胖，但是只要能夠堅持住，先把體重稍微降下個二、三十斤來，接著才能著手下一步運動的；要不然，兩人身子太重，強行運動的話，可能會造成傷害，這種事情可是急不得，得一步一步慢慢來。

一個月過後，蔣源和戚氏的飲食就要開始漸趨嚴格了，一日三餐，以素餐為主，肉食每天都有，但大多是清蒸、水煮或清燉，半個月准許吃一次紅肉，卻也限定分量，唯一的好處就是瓜果夠用。

第六章

蔣夢瑤看著比一個月前縮了一點水的爹娘，心裡還是頗有成就感，不過她明白，像她爹娘這種噸位的大胖子，要減下來是很困難的。

一早，戚氏就帶著她去城裡採買她房間裡的東西，蔣夢瑤對房間的家具要求不高，只要有一張軟軟的床、一張帶鏡子的小梳妝檯就夠了，而這些在蔣夢瑤提出要一個房間的時候，戚氏就已經幫她置辦好了，現在帶她上街就是買一些房間裡的小裝飾。比如床帳上的流蘇吊墜，梳妝檯上的妝奩盒，與一應梳妝的器具什麼的，她還準備在蔣夢瑤的床前放置一片不大不小的屏風，因為屏風的種類繁多，花色也很多，戚氏覺得像這種日日所見的器物，應該讓女兒自己來選，所以就沒有主張替她全一手置辦了，剩下的就是一些尋常要用的東西。

蔣夢瑤隨著戚氏去街上，戚氏原本坐在馬車裡是從不往外觀看的，只是最近她總會掀起馬車窗簾的一角，偷偷向外觀看，遇到那種酒樓、飯莊、客棧，甚至是賣糖葫蘆、賣糖糕的攤位，她都會下意識抿一抿嘴。

蔣夢瑤前世今生都沒有親身體驗過減肥是什麼感覺，但是從前身邊的人中倒是有很多女孩子日日為減肥煩惱，所以，她還是能夠理解戚氏此時的糾結，想吃不能吃，也是一種痛苦。

蔣夢瑤一時沒忍住，對戚氏說道：「娘，我們今天中午在外面吃飯吧？阿夢想吃八寶醬鴨和水晶蹄膀了。」

戚氏愣愣地收回目光，看著女兒，要說她沒有心動是騙人的，事實上，在蔣夢瑤說出這句話的時候，她的眼中就迸射出了驚喜，不過也只是一瞬間的工夫，然後就僵硬著點了點頭。「哦，待會兒娘去給妳買，給妳帶回去吃，咱們就不要在外面吃了，妳爹還在家裡等我們回去呢。」

蔣夢瑤看著娘親這表情，哭笑不得地嘆了口氣，卻也不曾勉強，畢竟娘親已經堅持了一個多月，剛剛初見了些成效，如果她再使勁糾纏讓她破了功，那可就是罪過了。如今戚氏有自覺，她也不再勉強，乖巧地點點頭，心中默默地給她娘按了個讚。

戚氏又往車窗外戀戀不捨地看了幾眼，然後才放下車簾子，說道：「眼看就要臘八了，待會兒咱們再去買一些臘八那日祭祖的東西。」戚氏說了這麼一句之後，又頓了頓，看了一眼自家閨女，追加說道：「阿夢放心吧，娘只買……不會吃的。」

蔣夢瑤對戚氏甜甜一笑。「娘，我覺得妳最近又瘦了一些呢。」

戚氏聽後，一愣，趕緊從懷裡翻出一支巴掌大的小鏡子來，對著鏡子裡面左照右照，才開心地說道：「其實我也覺得，最近穿衣服也寬鬆了些呢。」

一路上，戚氏都是在照鏡子和女兒討論身材的問題中度過，完全忘記先前在街上看到的誘惑，並且成功地把對美食的慾望轉換成對美的追求。

戚氏先帶蔣夢瑤去了一家珠寶首飾的店鋪，蔣夢瑤下車之後，看見店鋪的規模不禁一番咋舌，暗自扯了扯娘親的衣袖，說道：「娘，不過是買一些小飾品，用不著來這麼好的地方吧，我看街上有好些攤位上賣的東西也很好看呢。」

戚氏拉著蔣夢瑤的手，說道：「給阿夢的自然要是好的，好的東西如何能在街面的攤位買呢。」

蔣夢瑤倒不是不喜歡好東西，只是她深知自家如今的情況，就算還有些結餘，可是終究是被趕出家門的人，還不知道今後要怎麼生活，怎麼能先鋪張浪費起來呢？

戚氏知道女兒懂事，偷偷在她耳邊說道：「家裡有錢，妳爹在外能掙到錢，娘從田地裡也能掙到錢，所以阿夢放心買，只要不是那種價值千金的，娘都能買給妳。」

說完這些，也不等蔣夢瑤反應，戚氏就拉著蔣夢瑤往店鋪裡走去。

蔣夢瑤心想：好吧，逛就逛一逛吧，娘親想給她買些好東西，這是娘親對她的愛護，她自然是要領受的，最多買的時候克制一些，挑些好看又不貴的東西就好。

這樣打定了主意，蔣夢瑤便輕鬆下來，隨著戚氏在店裡逛了一圈，最終才挑了一件翠玉雕刻成桃花狀的流蘇墜子，翠玉的桃花配上鵝黃色的流蘇，倒也別致，問過價錢之後，也符合預期的價位，就跟戚氏要了這個。

戚氏將東西拿在手中反覆看了兩眼之後，就嘆了口氣，將東西交還給掌櫃，便讓蔣夢瑤在店鋪外面的椅子坐下，自己在鋪子裡轉了一圈，夥計拿著一只絨布托盤跟在她身後，不一會兒，戚氏就選了四、五樣精緻不凡，一看就知道是很貴的東西。

夥計將東西放在櫃檯上，戚氏財大氣粗地說：「就要這些，都包起來吧。」

掌櫃的一臉驚喜，然後算盤打得噼哩啪啦響，喜笑顏開地對戚氏說道：「謝謝夫人惠顧，一共八十九兩四錢，四錢小店就不收了，一共八十九兩。」

八、八十九兩？

她家吃半年也用不著這個數吧，看著戚氏毫不猶豫從錢袋裡掏了一張銀票遞給掌櫃，蔣夢瑤這才反應過來，吃驚地從椅子上跳下來，急急跑到戚氏身旁，剛想推說不要，可是戚氏見她來了，就隨手拿起一條珠鍊替她戴上，然後將自己隨身的小鏡子遞給蔣夢瑤。

對於娘親這種敗家女般的花錢方式，蔣夢瑤真不是一般的心疼啊。

小鏡子裡，脖子上的珍珠項鍊流光溢彩，每一顆都有小指甲蓋兒那麼大，珠徑不算誇張，但勝在大小均勻，觸感涼滑，的確是好東西，只是價格也很高就是了。

她記得之前胖爹、胖娘在床上清點財物的時候說過，家裡餘錢總共也就只有三百多兩，這一下子就花了快九十兩，今後還怎麼過日子呀！

戚氏看著女兒糾結的神情，只覺得無奈極了，人家的閨女收了好東西，無一不是雀躍高興的，可是她這閨女收了東西，卻哭喪著臉，一副心疼要哭的模樣。

店鋪夥計親自將包好的東西送到馬車上，蔣夢瑤這才嚥了下口水，對戚氏說道：「娘，妳這是想把家財散盡，然後全家一起吃醃菜嗎？」

戚氏蹙眉。「妳這小腦瓜裡到底成日在想些什麼呀！不過就是一些便宜的首飾，買了就買了，這些東西爹娘還是供得起的。妳爹如今在外能掙到錢，娘親的田地裡也有收益，咱家的日子是漸漸好起來了，再過兩天，妳爹還要去買幾個僕婢回來，也給妳買一個，妳想要什麼樣的？」

對於娘親土豪的說詞，蔣夢瑤表示不敢苟同，說這些首飾便宜也就算了，也許他們在外面的確掙到些錢了，可是，這買奴婢又是什麼意思？還問她要買什麼樣的，又不是買小貓、小狗，還能隨她挑選嗎？

戚氏見閨女不說話，盡看著她，想著這小丫頭雖然早慧，有些事卻是不通的，她年紀尚小，怎麼會知道要什麼樣的奴婢來伺候，還是得由她這個做母親的好好給她甄選一番才是。

母女倆各懷心思走了一路，戚氏本想再去給蔣夢瑤買屏風，卻被她扯著沒去成。不是她沒見過世面，而是她娘今日的花銷實在讓蔣夢瑤覺得害怕了，這土豪的出手，讓她都不禁懷疑她娘是不是在地裡挖出黃金了。

拗不過女兒，戚氏只好放棄，心想改日再讓趙嬤嬤買回來就好。又讓老劉去了恒泰酒樓，買了蔣夢瑤要吃的八寶醬鴨和水晶蹄膀，用食盒外帶裝回去，另外買了些臘八那日祭祀用的瓜果點心和香燭之類的東西，母女倆才收穫頗豐地回到家裡。

話說蔣源和戚氏經過兩個多月的適應之後，算是正式開啟了減肥模式。

一日三餐按照原先的計劃不變，但是蔣夢瑤卻給他們制定了下一步計劃，那就是運動啦！

蔣夢瑤之所以讓胖爹、胖娘先控制食量兩個月再運動，就是怕他們減少食量之後身體機能跟不上，要是一下子加上運動，很可能會再次發生蔣源暈倒事件，這樣循序漸進比較好一些。

蔣源對於要運動這件事情倒是沒什麼排斥，因為古代人也有這個常識，經常運動和經常坐著不動的人相比，當然是前者更加容易瘦一些呀。他原本就有練武的心思，就是想讓自己稍微結實一些罷了，所以當蔣夢瑤提出要運動的時候，蔣源不僅沒有反對，反而是舉雙手贊成呢。

可是戚氏就有點心理壓力了，一來她自覺是女子，若是像蔣源那樣外出跑動，給人看到的話總是要說閒話的，無論如何她都過不了自己心裡的那一關，但要她就此放棄減重，她又心有不甘。

蔣源和蔣夢瑤一番商量之後，蔣源做了一個讓戚氏溫暖爆棚、蔣夢瑤另眼相看的決定。

「要不然這樣吧，我們每天卯時一刻相約一同出門，那個時候天還沒亮，但也不至於太黑，咱們這宅院位處西南郊外，附近原本就沒有多少人煙，再加上我們卯時出門，這樣就不用擔心被人看見了。」

戚氏和蔣夢瑤對視一眼，戚氏不禁說道：「卯時？」

蔣源點頭。「是啊！只有那個時候最清靜，人煙最少，娘子完全不必擔心了，不是嗎？」

「可是……」戚氏的眼中滿是感動，又有些遲疑。

蔣源見了，不禁問道：「娘子可是嫌卯時太早，起不來？若是卯時過後，天就亮了，雖然咱們家附近人煙稀少，但也不能保證沒有訪客上門，若是晚上，又黑燈瞎火的，跑這周圍的路徑怕有危險……」

「不。」戚氏打斷了蔣源的猜測，說道：「我不是嫌累，只要能把這體重減下去，讓我吃再多苦，讓我再怎麼早起，我都願意！只是覺得……是我拖累了相公。」

蔣源不禁失笑，握住了戚氏的手，說道：「娘子，妳說什麼呢。咱們是夫妻，夫妻就是要共患難、共扶持，何來拖累之說；更何況，不就是早起一些嘛，俗話說了，早睡早起身體好，我還要多謝娘子那麼早起來陪我呢。」

蔣夢瑤看著自家胖爹說得臉不紅氣不喘，若是擱在現代，想必也是一位縱橫情場的老玩家，看自家胖娘感動得幾乎都要撲上去了。不過，你們兩個當著一個孩子的面這麼秀恩愛真的好嗎？

但不管怎麼說，蔣源和戚氏相約運動的事情就這麼定了下來，而蔣夢瑤的房間此時也佈置得差不多了，戚氏原想將她留到年後再讓她獨自去睡，可是如今這情況看來倒是不能拖了，他們每天若是要卯時起來，女兒跟著他們一起睡的話，難免會被吵醒。幾番思量，戚氏還是決定提前放手，讓蔣夢瑤獨自睡到最西邊的房間裡面去了。

運動第一天，蔣源和戚氏幾乎是拖著對方回來的，兩人汗流浹背，喘著大氣，面色潮紅，嘴唇發白，說話都說不完整，一回來就想坐下。可是，蔣夢瑤已提前讓趙嬤嬤將廳堂裡的凳子、椅子，還有房間裡的方墩全都給搬到前院沖洗，讓蔣源和戚氏想坐都沒得坐，只好靠著對方，等體力慢慢恢復。

蔣夢瑤問他們跑了多少路，然後細心地記了下來，以便今後制定更詳細的減肥計劃。

因為運動這件事情已經占據戚氏大部分的精力，之前她還能和趙嬤嬤一同料理著家裡的事務，可是她這一運動，事情就全落到趙嬤嬤身上了，雖然趙嬤嬤沒有喊過累，但是戚氏看在眼中總是過意不去。這才跟蔣源商量了一番，提出要往家裡再進兩、三個奴婢，蔣源自然贊同，這件事縱然戚氏不提，他也是準備要提的。

戚氏之前答應過蔣夢瑤，也要給她配一個伺候的人，雖然蔣夢瑤百般推辭，戚氏依舊堅持，買奴婢那一日，竟然破天荒帶著蔣夢瑤一同去了。

安京有專門買賣奴婢的地方，有的是因為家貧迫於無奈選擇賣身，有的是一些在主家犯了錯而被二次倒賣，還有拐賣而來的黑市不明人口，剩下的就是一些敵國的俘虜和奴隸了。

蔣夢瑤第一次來到這樣的場合，雖然戴著又大又厚的紗簾帽，卻還是被眼前這些隱隱約約的人影給嚇了一跳。

戚氏本不必親自到這地方來的，只是她覺得近身伺候的人總要自己挑過才放心，也省去將人運來運去的麻煩。

而趙嬤嬤是戚家的老人，因為辦事周全，所以才被蔣夢瑤的外祖父戚昀派到這個大女兒身邊給她做陪嫁，就是希望她在各方面能夠幫忙。因此趙嬤嬤對買賣奴婢這種事情的門道自然也懂得，很快就找到一個靠譜的牙婆，讓戚氏在販市東邊的客亭中休息等候。

沒一會兒，那牙婆就帶著二十幾個衣衫破舊的人走過來，對戚氏行禮道：「夫人有禮，小姐有禮，我南婆手裡都是乾淨的人，身家清白，絕對不會給主人家帶來任何麻煩，主人家有任何想要調教的地方只管與我說，保證調教好了，您滿意了再收您的錢。」

戚氏也戴著厚重的紗帽，聞言後，點了點頭，說道：「有勞了，我家對奴僕沒有其他要求，就是要忠心穩妥，要男僕兩人，女僕兩人，另還須再找一年紀較小、懂事些的才好。」

南婆記下了戚氏的話，當即點頭，說道：「是，夫人放心，您看看這批人中，可有合乎眼緣的，另外那個年紀小的，想必是伺候小姐的，南婆這便去尋來幾人，供小姐挑選。」

戚氏揮手，讓南婆下去，便和趙嬤嬤一同上前挑選奴婢去了。

蔣夢瑤躲在紗簾後，嘆了口氣，搖頭暗道：真是萬惡的階級主義啊，把人當牛羊牲口一樣買賣，簡直太不人道了。

看著她娘和趙嬤嬤在前方商量，將那陳列在前的男男女女從頭到腳評論了個遍，趙嬤嬤甚至掰開一個女孩的嘴看牙口……

不想看這畫面，蔣夢瑤從坐席上跳了下來，正環顧四周，突然右後方傳來一陣嘈雜的追趕聲，一回頭，她就被一個身影撞倒在地。

「哎喲。」

蔣夢瑤心智成熟，可身體畢竟是三、四歲的小女孩，她跌倒在地，紗帽也掉了，就看見一個橫豎不過五、六歲的女孩子手裡死命抓著一隻小油雞往嘴裡塞，那對肉食渴望的狂野眼神一下子就刺激到蔣夢瑤，讓她連反應都忘了反應，就那麼維持仰躺在地上的姿態，看著這孩子在她上方不要命地咬雞吃。

她身後幾個凶神惡煞的人正舉著竹條抽打她，可是這小孩像是對身後的疼痛毫不關心，此時對她來說，最重要的就是她手裡的那隻雞！

戚氏看見女兒被撞倒在地，瞪大眼睛像是嚇壞的樣子，趕忙跑過去，對那些凶神惡煞的人呵斥道：「放肆！快滾開！阿夢別怕，娘在這兒。」

戚氏雖然胖，但是說話的氣勢在那兒，就她這一身肥膘，是人都看得出來她出身條件很好。這群人雖然沒有退下，但抽打那孩子的動作倒是漸漸停止了。

南婆從遠處跑了過來，看了看情況，當即對那些打人的呵斥道：「誰讓你們來的？驚嚇了貴人，老娘把你們一個個再賣去當奴隸！」

先前帶頭打人的那漢子一縮，硬挺著害怕說道：「南婆，不是我們要來，是這丫頭……」

南婆看了一眼那個已經躲到一旁角落裡專心啃雞的孩子，怒道：「又是妳這個惹事精，給我拉下去教訓一頓，打死不論，老娘就當少賣一個賠錢貨了。」

既然做了牙婆，就沒有輕聲細語討生活的，南婆既然能坐穩這一行，自然是有些殺伐決斷的魄力，當即一言就定了這孩子的生死；而這孩子似乎也明白接下來等待自己的是什麼命運，怎麼樣都不肯放開手裡的雞，嘴裡塞得滿滿的，似乎打定主意，就算死也要吃飽肚子再死。

蔣夢瑤聽這婆子開口就想要那孩子的命，一個沒忍住就說道：「我就要她！」

「……」

在場人們都驚呆了，南婆心想來了個瘋小姐，戚氏心想女兒眼光太次，可是蔣夢瑤又口齒清晰地重申了一次。「我就要她！」

戚氏想著以理相勸。「阿夢啊，妳看她髒兮兮的，模樣又不好，娘給妳挑個乾淨漂亮的不好嗎？」

蔣夢瑤搖搖頭，鐵了心。「不好，漂亮和乾淨都是可以打扮出來的，她撞到我身上就是緣分，我就要她了！」

南婆也試圖和她講道理。「這個……小姐啊，這可是個麻煩精啊，別看這女孩年紀小，凶悍得很，將來可別傷了小姐……」

雖然在這個年代，買賣人口是被允許的，可是蔣夢瑤卻不想和這個人口販子多說一句話，白了她一眼後，就兀自走到那孩子身前，只見那孩子由下往上翻著眼睛看她，嘴裡卻仍不放棄咬肉吃。

「妳跟我走嗎？」蔣夢瑤問道，想了想後，又加了一句。「有肉吃。」

「……」

「我說，包妳頓頓有肉吃，跟我走吧。」

蔣夢瑤見那孩子看著她的神情有些呆滯，似乎沒有聽見她剛才說的話，於是又重複了一遍。

戚氏和趙嬤嬤雙雙著急，卻見那個孩子一骨碌爬起來，像是被砸到頭上的好運給砸懵了似的，捧著雞骨頭連連點頭，竟是連話都說不出來了。

但對於她的反應，蔣夢瑤還是很滿意的。好吧，諮詢了她個人意見之後，這就算你情我願了。

從這販市走出，蔣夢瑤和戚氏坐在馬車上，馬車後頭跟著四個大人、一個小孩，原本蔣夢瑤是想讓那個小孩也跟著坐馬車的，可是戚氏無論怎麼樣都不肯，蔣夢瑤只好放棄。

她之所以挑這個孩子，倒也不全是因為什麼巧合的善心，而是因為這孩子在她看來確實有過人之處。其一，她力氣很大，雖然只是個孩子，卻能靈活地從那麼多大人手中逃開，並且成功俘獲一隻小油雞；其二，她求生意志特別強，對吃的渴望就是她對生命的渴望；其三，縱然挨打也要先吃飽肚子，這就是現實啦，你不吃飽，怎麼有力氣和人家打，就連逃跑也沒力氣啊，這就說明她的性格現實又理智。

綜合以上三點，就成為蔣夢瑤看上這髒兮兮的小丫頭的原因了，如果非要一個婢女跟著她的話，她寧可要這種打不死的雜草型，也不要國公府那種被當成小姐一樣養大的嬌弱婢女，看著懂禮有教養，可成日裡只會看人下菜碟，她娘可沒少在那些嘴尖舌巧的丫頭口中吃悶虧、受委屈。

戚氏又看了一眼車簾外跟著走的四大一小，目光始終流連在那個小的身上，全身髒得幾乎像是從泥潭裡拉出來似的，即使皮膚全是髒污，卻也看得出來那孩子本身也不是很白，頭髮乾枯打結，還黏著一些臭乎乎的污垢，身上的衣服也看不出形狀，倒像是泥漿罩子，腳上連鞋都沒有，不過那還能稱之為腳嗎？狗爪子都比她乾淨！

又轉頭看了一眼正在玩沙包的女兒，戚氏猶豫片刻，正準備再跟閨女說說這件事，就見閨女突然抬頭，晶亮的雙眸看著她，說道：「娘，妳說他們有名字嗎？」

「呃？」戚氏被突然這麼一問也愣住了，倒是趙嬤嬤反應了過來，說道：「回大姑娘，這些奴婢之前肯定有過名字，但既然來了咱家，就該按照咱家的名字來叫。」

戚氏看著她，終於決定再確認一遍。「阿夢啊，妳要的那個婢女，娘看著不好，若是她欺負了妳，可怎麼辦呀？還是趁早趕走吧。」

蔣夢瑤當然明白自家娘親的擔憂，遂安慰道：「娘，我是她的衣食父母，她怎會欺負我呢？」

「可是……」

「放心吧，娘，女兒又不是傻瓜，怎會白白被人欺負了？」

蔣夢瑤的這句話倒是將戚氏給勸住了，仔細想想，好像就是這麼回事，她的阿夢聰慧得很，又豈會任人拿捏？不過是一個奴婢，若是將來真的惹事，再趕出去也不遲，也好讓阿夢提前上一堂課，教一教她用人的道理。

戚氏是這麼想的，不過她沒有想到，蔣夢瑤根本沒有給她機會上這一堂課。

把奴僕們都帶回家之後，趙嬤嬤領著他們去前院下人的浴房中，要他們先清洗，換過早就準備好的乾淨衣服，再去見主人家。

其他人倒還好，就是那個小的清洗起來十分麻煩，趙嬤嬤都給她用皂角抹了好幾回，又用水沖了多時，才將她外面的那層泥漿給洗下來。趙嬤嬤簡直懷疑這個孩子從出生開始就沒有洗過澡，臉上、身上全是污垢，泥巴好清洗，可是那一身的油垢卻是很難用水洗掉了。

趙嬤嬤從廚房找來她鏟鍋巴的鏟子，讓那孩子過來，看著她小小個頭，不由得嘆了口氣。「也不知妳這丫頭哪兒來的福氣，竟入了我家小姐的眼，將來可要好好效忠小姐，有妳的好處，知道嗎？」

那孩子瞪著大眼睛看著趙嬤嬤，似懂非懂地點了點頭。趙嬤嬤也是心善，下手刮的時候動作挺輕，不過有些油垢不用些力根本下不來，原以為那孩子會哭鬧，可是從頭到尾，她卻一聲都沒吭；趙嬤嬤也是心疼這孩子，想把她弄乾淨些，看能不能挽回一些她在夫人心中的印象，於是就把她反反覆覆刮了好幾遍之後，再用水和皂角清洗。

等其他四個人全都見了主家，得了各自的名兒之後，趙嬤嬤才把那孩子從浴房拎了出來，帶到後院後，讓她跪在院子中央，她再進去喊蔣夢瑤。

蔣夢瑤出來之後，看見先前還是個泥巴人兒的孩子如今變乾淨了，雖然生得不白淨，膚色說是麥色都嫌淺，幾乎可以說是古銅色。她瘦得如皮包骨，不過大眼睛、高鼻子還是讓她看起來虎頭虎腦，趙嬤嬤讓她給賜名，蔣夢瑤想都沒想就說道：「叫虎妞吧。」

戚氏從裡面走出，說道：「什麼虎妞，又不是鄉下人家為了好養活，我先前給取的平安、富貴、吉祥、如意，這才是好兆頭。」

蔣夢瑤想了想。「要不叫發財當官？這也是好兆頭啊。」

戚氏當即白了她一眼。「妳個小祖宗，我不與妳說了。」

蔣夢瑤嘿嘿一笑，就此無賴地給自己的婢女取了一個類似鄉下娃兒的名字——虎妞。

蔣夢瑤讓虎妞跟她睡一個房間，就在屏風外頭給她安了一張床榻，並爭取到對她管束的權力，而平安、富貴、吉祥、如意等四人就和趙嬤嬤、老劉他們住在前院，由趙嬤嬤統一管著分配活計、教導規矩。吉祥、如意分擔了廚房打雜和前、後院伺候的事情，平安、富貴就分了砍柴、燒水、掃場等重活兒。如今家裡一下子添了五口人，眼看著就熱鬧起來了。

趙嬤嬤給他們定了很多規矩，蔣夢瑤聽了都不禁咋舌，這第一條就是不得對主人家的事情談論評價，不管你看見什麼、聽見什麼，都給我裝聾作啞，既然做了下人，那就要有下人的樣子，幹一行愛一行，這才是一個合格的好下人該有的專業素養——原話當然不是這些了，不過蔣夢瑤理解的意思就是這個啦。

至於蔣源和戚氏每天還是堅持出去慢跑，他們原本每天跑一圈，漸漸進步到兩圈、三圈，開始的時候的確很痛苦，不過現在適應過來了，除非下雨，他們每天都是卯時出門、辰時回來，跑足一個時辰是必須的，哪一天要是不跑，蔣源還覺得心裡失落。

這樣跑了兩個月後，蔣源和戚氏的身材果真有了不小的改變，從前這兩個人走在一起，就像是兩個肉球，腿短得像兩隻柯基犬，現在雖說離長腿還有很遙遠的距離，不過最起碼看著像是人腿了。

有了這些肉眼能看得出的改變，蔣源和戚氏都覺得這些日子的努力是值得的，而且運動本身就能讓人提高自信，自信有了，臉色自然就好了。

蔣夢瑤這些天一直在苦惱，怎樣才能讓胖爹、胖娘瘦的效果再加快一些，如果現在是夏天倒還好，畢竟夏天有這些運動量，人出的汗自然是要多一些，減過肥的人都知道，胖子體內多的就是水和脂肪，水要是不能適度排出，那減肥效果肯定是大打折扣的。

左思右想，終於想到了一個好主意，那就是——蒸三溫暖！不過，她又該到哪裡去給胖爹、胖娘整出個蒸浴房來呢？

蔣夢瑤將這個想法和蒸浴房的原理告知蔣源，蔣源聽後很是心動，苦思惡想一番後，不僅沒有放棄這個理念，反而決定放手一搏！

他喊上平安、富貴去街上買了一大堆木材回來，然後和他們一起，在院子裡把木頭削平滑，並將後院裡那間放雜物的小屋收拾出來，在牆體上釘入削尖的木樁，又在地面挖了好幾道小溝渠，在溝渠上方固定住一片片的木板，然後命人抬入一只鍋爐。這鍋爐比煉鐵的要小上很多，周圍還有許多小洞，蔣夢瑤看了之後，直讚自家胖爹是天才，雖然不是蒸浴房那種高級設備，不過，他這東西也能起到散發熱量的功效，將礦石燒紅丟入鍋爐之中，熱氣就能從那周圍的小孔中散發出來。

蔣源讓人在屋子後方挖了地，通到屋子裡頭的鍋爐下方，架上了柴火，正好可以燒到鍋爐，這樣內外夾擊之下，這鍋爐散發出來的熱氣也是很可觀。

蔣源又命人圍著鍋爐做了一個有很多縫隙的木頭箱子，以防人進去之後，碰著鍋爐受傷，這一貼心舉動又讓蔣夢瑤對他加分不少。

這些日子，蔣源早晨卯時起來和戚氏一同跑步，回到家之後，戚氏做些家務，他就成天埋頭搗鼓這間小屋，過完年之後，又是兩個月過去，這山寨版的蒸浴房終於到了客戶體驗期。

若是客戶體驗良好的話，就可以正式進入使用期啦！

山寨版的蒸浴房經過蔣源千錘百鍊的親身試驗之後，終於正式面世了，在蔣夢瑤的指點之下，蔣源在鍋爐房的門前又加蓋了一間小屋，正好連著鍋爐房的出口，方便他們從房中走出換衣服。

全都大功告成之後，蔣源把戚氏帶了進去，戚氏只感覺自己置身在火爐之中，熱得只想出去，這種大汗淋漓的感覺，是她在外頭跑好多圈都不能達到的境界。

閨女說過，減重的過程就是排水和燃燒脂肪，只有把水排乾淨了，脂肪才更容易燃燒，看來這小屋就是這個意思。不過，理論上雖然是這樣說，可是這屋子裡頭確實悶熱，縱然蔣源對這小屋有感情，卻也耐不住在裡面待超過一刻鐘，一刻鐘的時間過後，戚氏和蔣源就雙雙走出鍋爐房，在新建的小屋中換過乾淨衣裳，才走了出來。

走出的那一瞬間，戚氏只覺清新空氣撲鼻而來，渾身的毛細孔都好像散發著舒服的感覺，深吸了一口氣，戚氏回頭看了一眼蔣源，發現蔣源也是一副神清氣爽的樣子。

蔣夢瑤給他們送了茶水過來，戚氏和蔣源喝過之後，兩人相視一笑，對這神奇的小屋似乎有了一種全新的認識。除了太悶、太熱、太口乾之外，這簡直就是排汗的最佳方式了。

蔣源和戚氏依舊每日卯時出門跑步，回來之後吃早飯，吃過早飯各自幹些活兒，吃過午飯就小睡一會兒，到申時過後，再入鍋爐房中蒸一蒸汗，有的時候，晚上睡覺之前，也會去蒸一下，睡得特別香甜。

這樣規律的生活，又過了有兩個月之久，蔣源和戚氏的身形已經有了明顯的變化，最起碼從球形變成了花生形。蔣夢瑤目測一番兩人的體重，胖娘大概在一百五、六十斤上下，胖爹因為基數比較大，所以目測在兩百斤左右吧，雖然還不是很瘦，卻比他從前要以噸計算的體重，那是不知好上多少，五官也漸漸顯露出來。不說別的，兩人都是大眼睛、高鼻梁，不過胖爹的眼睛更加細長一些，並不是雙眼皮；胖娘則圓一些，是雙眼皮，從前滿臉的橫肉讓他們遮掩了真容好些年，也該是時候露出來看看了。

蔣夢瑤心想，從她自己的長相上來看，爹娘的基因應該不會太差就是了。

對於自己這樣的改變，蔣源和戚氏是打從心底滿意的，雖然這個過程十分艱辛，每天要辛勞的運動，還要做事，吃的也不是很好，但是，至少他們現在清爽了很多，人也自信不少。要知道，兩個人都是從小被人打壓著長大的，自信這種東西離他們很遠，一來是為自己的身分，二來就是為自己的身材，如今體重減了，人也精神了，自信就隨之而來了嘛。

第七章

在蔣源和戚氏瘋狂甩肉的時候，蔣夢瑤也迎來她五歲的生辰，現在她已經長到戚氏的腰際，出落越發標緻，大眼睛、深酒窩，一笑就讓人沈溺在她的甜美溫柔之中。有的人天生就生得討喜，蔣夢瑤就是這樣，冰肌玉骨，膚若凝脂，明眸善睞，叫人一看就覺貴氣非凡。

蔣源送給蔣夢瑤一套貴重的文房四寶，貴重到就連戚氏都覺得他太誇張。

蔣源卻是嬉笑間說出了對蔣夢瑤的期望。「文房四寶貴些有什麼關係，最重要的是咱們阿夢今後讀書知禮，寫一手好字出來。」

蔣夢瑤雖然對自己能寫出一手好字持懷疑態度，不過，還是乖巧地謝過親爹。

戚氏送的東西就實在多了，是一套珍珠頭面。蔣夢瑤喜歡珍珠，雖然這裡好些東西她現在還用不著，不過，女孩子嘛，總是對美美亮亮的東西沒什麼抵抗力，縱然不戴，不時拿出來看看也好。

「這些珠子可都是好珠子，那些小的不算，這些大的在外頭店鋪中，每一顆都是價值百兩喲。」

蔣夢瑤數了數這套頭面中足足有七、八顆大粒的珍珠，也就是說，這套頭面的價值……

哇哦，土豪親娘一出手，財大氣粗，有沒有！

不管它價值如何，蔣夢瑤只知道自己不管是上一世還是這一世，都對珍珠有特殊的感覺。珍珠在現代已經相當普及，賣的價格沒有黃金、鑽石那麼貴，但是在古代來說，還是比較稀罕的物件了。

這麼一看，蔣源和戚氏的禮物，在蔣夢瑤的心裡高下立判，蔣源送的文房四寶簡直完敗出局。

蔣夢瑤將禮物拿回自己的房間，回頭看了一眼虎妞，只見她如今已經被蔣夢瑤調教得十分俐落，一頭不算黑的頭髮全部束在腦後，露出整張臉來，英氣十足，古銅色的皮膚養了好久也不見白，這樣的膚色對古代人而言是另類、不美好的，不過對蔣夢瑤來說，倒沒有這方面的偏見，現代多的是人故意把皮膚曬成古銅色，這樣有一種健康之美，而事實上，虎妞也確實很健康。

剛來蔣家的時候，虎妞瘦得皮包骨，現在養得稍微好了些，人也精神了不少，站在蔣夢瑤身旁，倒不像個丫鬟，反而像個小護衛。唯一讓蔣夢瑤覺得不好的就是虎妞不會說話，也不知是天生的，還是後天的，總之無論蔣夢瑤怎麼教，她就是不開口。

因為這個，戚氏對她就更是不滿意，要不是蔣夢瑤力保，虎妞只怕早就被分配到柴房去做粗使丫鬟了。

蔣夢瑤盯著虎妞看了好一會兒，虎妞都被她看得不好意思，瞪著一雙大大的眼睛，那樣子就像是小時候玩的布老虎，可愛得很。

蔣夢瑤對她嘿嘿一笑，然後在戚氏給她的那套珍珠頭面裡挑了一支造型十分簡單的翠玉珍珠簪插在虎妞的髮髻之上，虎妞連連搖手，就要把簪子拔下來還給蔣夢瑤。

蔣夢瑤卻對她冷冷一瞪，說道：「妳家小姐今天生辰，給妳就是給妳，哪有收回的道理，妳若是不要，就不是自己人！」

虎妞急得滿地亂轉，一番糾結之後，才勉為其難收下了。

看著她的模樣，蔣夢瑤覺得真是沒有成就感，如果今天是吉祥、如意得了她的賞，只怕那車軲轆般的好話會連著說好幾天呢，可就這傻妞竟然還推辭不要，被她凶過之後才肯收下，表情還挺委屈。

搖了搖頭，蔣夢瑤無奈地將剩下的東西都收入了自己的妝奩盒，左看右看，挑了一條全是由半顆珍珠串聯起來的珠鍊戴在手腕上，對著鏡子一番臭美，心情好極了。

過完了生辰之後，蔣源和戚氏就開始頭疼蔣夢瑤的教育問題，想著雖然是女孩子，但是，在蔣源和戚氏心裡，她卻是和兒子無甚區別，雖然孩子聰慧，可若是錯過了開蒙的年紀，今後只怕會耽誤了她。

夫妻倆左右打聽，倒是打聽到了好幾位鴻儒，一一拜訪之後，卻無一人願意收下蔣夢瑤這個學生，這其中的緣由倒也不那麼難理解。

一來蔣夢瑤是女孩，這個時代女子無才便是德，女子縱然要讀書寫字，所請的也是一些識字的長輩，或是略通文墨的女先生，一代鴻儒如何屈身去給一個女娃娃教書？若這女娃是望族之後、名門之女也就算了，偏偏這個女娃的爹還是一個被家門趕出去的不肖子，有這層關係在裡面，縱然蔣源出得起天價，那些鴻儒卻也故作清高不肯移駕。

蔣源無奈，只好鎩羽而歸，回來之後和妻子一通說道，戚氏也是無奈地嘆息，夫妻倆此時雖不若往年捉襟見肘，可是，這好名聲、好聲望他們卻難以求得。

「唉，原本還有盧老先生，他素來只挑學生聰慧與否，不論門第，奈何我去得晚了，他已經被國公府聘回去了。」蔣源喝了一口茶後，嘆息說道。

戚氏在旁替他搧風，此時正值盛暑，蔣源出去一趟之後，就是滿身的汗，這些天倒是不需要特意進鍋爐房裡蒸，只需將門窗緊閉，在房中靜坐就能出汗。

聽了蔣源的話，戚氏從旁問道：「被國公府請回去了？」想了想後，恍然大悟。「哦，弟妹的幾個孩子也都到了開蒙的年紀。」

吳氏的女兒蔣璐瑤和蔣夢瑤同歲，蔣纖瑤要小一年，再加上蔣顯文，男孩子開蒙要更早一些，如此一想，便就明瞭。

蔣源又是一聲長嘆。「唉，只怪我這個做爹的沒用，連個像樣的先生都沒法給咱們阿夢請回來。」

戚氏安慰道：「相公，咱們阿夢天生聰慧，縱然沒有那些所謂鴻儒授課，也未必就比其他的孩子差；你我命運多舛，比之旁人卻是早熟許多，明白世道艱難，我們如今做的就是為了活下去，為了活得更好，為了能在人前抬起頭來，可莫要輕踐自己，徒增煩惱不說，致使意志消沈下去才是大忌啊。」

蔣源點頭。「是，娘子教訓得是。為夫謹記，必不再輕踐自己，為了妳、為了阿夢，我都要闖出一番事業來，不叫旁人看輕妳們母女。」

戚氏對蔣源溫婉一笑，如今的戚氏雖然還不瘦，但是比從前卻是好了不知多少，眉眼也露了出來，不說別的，就是含春眉眼、面若桃花的模樣就勝了普通女子好幾分，蔣源看了不禁更加堅定，有這樣的妻子，有這樣的女兒，他又有何理由不努力、不奮進呢？

因沒有鴻儒願意收下蔣夢瑤這個學生，蔣源和戚氏只好作罷，自書院中請了一位通曉文理的女先生，每日來府給蔣夢瑤授課。

蔣國公府裡，吳氏正捧著個肚子聽水清彙報。「可不就是自取其辱嘛！大房那個被趕出府的人，竟然還想請盧先生去給他家那小丫頭授課，也不掂量掂量自己的斤兩，盧先生聽了那不知天高地厚的言論，轉臉就派小廝來府裡傳話，咱們這才知曉，將他提前聘來，這下可把那大房的臉打得啪啪響呢！」

吳氏在生了蔣璐瑤、蔣纖瑤和蔣顯文之後，時隔一年多，肚子裡又懷了個，不過，如今府裡倒不是只有她能生，丈夫蔣舫的侍妾孫姨娘也生了一個閨女，叫蔣晴瑤。

至於孔氏依舊沒能生出孩子來，不過，蔣昭的侍妾倒是全面開花，三個侍妾在同一年給他生了三個庶子，蔣顯傑、蔣顯泰和蔣顯嘉，還有一個趙姨娘肚子裡也又懷上了。

不管嫡庶如何，在生孩子這方面倒也不是吳氏一枝獨秀了，儘管她對不會生孩子的孔氏依舊頗有微詞，卻不再拿這件事來擠兌她。要知道，孔氏是個惹不得的人，當初她說了一句次房無子，孔氏這個女人就拚命給二叔納妾，納了妾之後，依舊嫡妻風範，叫侍妾生子安身立命，做足了一個嫡妻賢良的姿態；以至於雖然她生不出孩子，可是府裡的人對她倒也另眼相看，老夫人還直誇她懂事，知道給蔣家添丁才是大事，也暗自打了她一記臉，因為二叔都納了四、五個侍妾，而她的相公才納了一個，而這一個還是在她百般阻撓未果才納進門的，在這方面和孔氏一比，她可不就落了個不賢良的名聲？

這也是為何她時隔一年半才懷上孩子的原因，那一年半中，相公因納妾受阻一事冷落了她，在唯一的侍妾孫姨娘房裡待了大半年，讓孫姨娘成功受孕，生下了庶女蔣晴瑤，她費盡心思求和之後，相公才又來她房裡。這其中辛酸，又豈是外人能夠知曉的？

再說大房，自從他們走後，她的日子倒也沒覺得有多痛快，畢竟從前在府裡，經常能看見他們那副蠢樣，有的時候受了委屈，到大房那裡去找一找存在感，心情總會好很多。看看戚氏的模樣，與自己相比就是雲泥之別，再看看蔣源，比她的相公蔣舫不只掉了兩個檔次，可是他們走後，她連個找心靈安慰的地方都沒有了。

「哼，大房裡的種，配用那麼好的先生嗎？若不是因為哥兒等著教導，縱然是我的璐兒和纖兒都未必能用盧先生呢。」

吳氏從椅子上站起，水清立刻上前攙扶，極盡諂媚說：「就是，不自量力！就大房那兩個的樣子，生出來的孩子如何能與咱們二姑娘、三姑娘比，也不撒泡尿照照自己的豬樣。」

對於水清口出穢言，吳氏非但沒有管教，反而跟著她一同露出一抹輕蔑的笑，說道：「哼，他們但凡有一點自知之明，也不會落得如今這下場，只怕他們在外的生活也是不好過吧。」

「可不是嘛！也就咱們二老爺心善，在大房出走的時候給了一百兩銀子讓他在外過活，如今一年多過去了，只怕這百兩銀也用得差不多，指不定怎麼熬呢。」

水清倒不是故意這麼說大房不是，只是她伺候吳氏，知道吳氏這段日子因為侍妾孫姨娘的事情比較煩悶，也只有說說大房壞話的時候，她會重拾一些優越感，心情也會好些，對待她們這些下人自然也能溫和一點，所以水清才會這般不遺餘力地說大房的壞話，讓吳氏高興些。

而吳氏確實是沒有其他抒發情緒的方法，當前府裡原本只有她和孔氏兩個媳婦，孔氏比她能幹，處處壓著她，她沒本事超越，只能處處受制；可這一年裡，府裡連續添了好幾房的侍妾，雖然他們長房就一個孫姨娘，可單單這個孫姨娘，也能趕著欺負她，憑著新寵的身分給爺吹枕邊風，讓爺生生地疏遠了她那麼長時間。如今孫姨娘的孩子也生了，寵愛也有了，地位水漲船高，幾乎都要與她這個嫡妻並肩了，這些事情壓得她喘不過氣來，心情如何會好受？

可是府裡都是些厲害角色，她惹不起，也唯獨在大房那比她不如的人身上找安慰了，以至於她近來都有些瘋魔，只想聽別人不好的地方，想看別人倒楣，只要知道別人過得不好，她就能感覺稍微好一些。

「熬，就讓他們熬著！」吳氏幸災樂禍地說，可轉念一想，又蹙起了眉頭，說道：「不過我可聽說國公爺明年就要從邊關回來了，也不知會不會拉大房一把，若他們還有臉回來，看我怎麼擠兌他們！」

吳氏色厲內荏，也就是欺負大房無依無靠，對府裡其他人倒是沒這個膽子，別說是被孔氏整得服服帖帖，就是孫姨娘，她也是不敢惹的。

水清連連讚美，說道：「少奶奶說得對，就怕他們沒臉回來！奴婢雖然未見過國公爺，不過，可是聽府裡的老人們說起過，咱們這位國公爺這輩子最討厭的就是庸才！大房公子平庸成那副樣子，又豈會入了咱們國公爺的眼，不過是尋回來罵一頓，再趕出去罷了。」

水清的話說得活靈活現，倒叫吳氏聽得心情舒爽極了，兩人在廊下花團錦簇之中連連拍手。

「對，對！就是把他們尋回來罵一頓，然後再把他們趕出去！看他們今後還敢不敢醜人多作怪，哼！」

要說這吳氏也真是個缺心眼的人，這些話心裡想想也就罷了，可是她還盡數說了出來，若是在房裡躲起來說倒也沒人管她，只是她與丫鬟在花園中遊玩，就將這番話毫不遮掩地說出口，真是叫人不說她腦殘都不行了。

另一廂的孔氏嘆了口氣，搖了搖頭。虧吳氏還一直將她視為對手，可像吳氏這樣的女人哪裡用得著她動手，光這腦殘樣，將來也能把她自己給害死！

想起先前在老太君院子裡聽說的事，國公爺明年清明之前就要回京了，老太君喊她過去安排迎接事宜。孔氏沒見過這位傳說中的國公爺，雖然府裡對國公爺的傳聞很多，而從前也不見國公爺對大房有偏頗、有牽掛，以至於這些年他在外，家信中一次都沒提到過蔣源這個孫子，故由此可見，蔣源在國公爺心上的地位很是一般，老太君也對蔣源一家放任不理。

不過，孔氏心思縝密，做事也圓融，為了給自己留一條後路，她決定還是讓管事嬤嬤走一趟蔣源家，送點東西，將來就算國公爺回來問起蔣源，她也能落個賢良心善的好人做；東西無論貴賤，送過去就是心意，有些事情只要做了，旁人就沒有話說，投小錢得大利，最後成全的只會是她的名聲。

這陣子她也聽聞蔣源在郊外置辦了一間宅子，一直沒去看過，正好這回可以藉機讓人去看看，鄉野宅子到底是個什麼規模，若真是吃不上飯了，她倒又能做一回好人了。

既然決定了，孔氏當即就喚來了李嬤嬤，讓她預備一些尋常吃食禮品走一趟郊外。

昨天剛下過雨，蔣家周圍多田地，蔣夢瑤帶著虎妞去外頭走了一圈，原本想呼吸新鮮空氣，可是，沒走多遠就滑倒了兩回，主僕兩人弄得滿身全是泥巴漿水。蔣夢瑤還好些，虎妞給她當了兩回墊背，自然要比她嚴重一些，這麼一摔，蔣夢瑤再也沒有心思去呼吸什麼新鮮空氣了，嘟著小嘴不高興地回家去。

走到家門口一看，就見四個轎伕抬著一頂印有蔣國公府字樣的轎子歇在她家門前，從轎子裡走下一個滿臉帶著嫌惡的老嬤嬤來，年紀比趙嬤嬤要大一些，穿著也更華麗些。此時她對滿地的泥濘很是不滿，信口胡罵了兩句作孽，然後才讓一個轎伕把隨手拎著的禮品拆開，將包裹的紙墊在地上讓她落腳後才大大地呼出了一口氣，對著蔣家大門喊道：「大公子在家嗎？三少奶奶派奴婢前來探望。」

蔣源和老劉吃過早飯就出門了，戚氏也帶著趙嬤嬤去城裡，只留下蔣夢瑤和虎妞在家讀書、看家，女先生上完課後也回去了；除了步擎元偶爾會登門拜訪一下，平常幾乎沒有其他客人。

蔣夢瑤和虎妞對視一眼，她頂著滿身泥巴走到那老嬤嬤身旁，說道：「我爹娘不在家，嬤嬤請進去坐坐吧。」

李嬤嬤一回頭，就看見兩個滿身泥巴的孩子，嚇了一跳，先前她還以為這是哪家的野孩子在外頭玩耍呢，這麼一聽，想來，她就是大房的大姑娘了。李嬤嬤不禁想多看幾眼，可是蔣夢瑤頭臉、身上全是泥巴，李嬤嬤縱然生了一雙精明的眼睛，卻也難以瞧清楚蔣夢瑤的真容，只覺得那雙眼睛倒是挺大、挺亮，黑白分明。

既然知道了她的身分，李嬤嬤也拿出一個專業奴婢該有的表現，對蔣夢瑤福了福身，說道：「奴婢給大姑娘請安。」

蔣夢瑤一愣，她自三歲起就跟著爹娘住在這鄉野間，家裡雖然有下人，畢竟沒有國公府的規矩，對於李嬤嬤的行禮，她看在眼中，也明白對方只是例行公事，若說真正的尊敬，卻是一星半點兒都沒有的，不禁覺得虛偽。

蔣夢瑤的臉上堆出了天真無邪的微笑，說道：「嬤嬤妳這是幹什麼呀！」

李嬤嬤臉上閃過一絲譏笑，知道這孩子畢竟是鄉野長大，哪裡知道什麼規矩，也不與她多言，兀自站起身，不等主人家邀請，就走入蔣家的小院。

蔣夢瑤心中冷哼了一聲，表面上卻是毫不在意地跟了進去。

李嬤嬤將這麻雀大的院子環顧一圈後，才不耐地對蔣夢瑤問道：「大姑娘，妳爹娘不在家嗎？去哪兒了？」言語間已經連應該要有的禮儀都自動省略了。

蔣夢瑤也未表露生氣，嘿嘿一笑，故作無知地說：「我爹去城裡買米了，我娘去賣東西了。」

李嬤嬤一愣，而後才問：「賣東西？賣什麼東西？」

蔣夢瑤佯裝無知地搖搖頭，說道：「我不知道，娘沒告訴我。」

李嬤嬤垂目想了想，婦道人家能賣的東西，無非就是首飾和手藝，戚氏從前在國公府的時候，就沒多少首飾，誰都知道她在娘家的地位，她那個後娘平安郡主又豈會給她什麼好東西陪嫁，既然沒有首飾，那賣的……

李嬤嬤對蔣夢瑤招了招手，蔣夢瑤乖巧地走了過去，李嬤嬤才彎下腰，誘導似地問道：

「那嬤嬤問妳，妳娘最近是不是經常繡花呀？」

蔣夢瑤驚訝地點頭。「是啊，嬤嬤如何知道的？」

李嬤嬤一副「果然如此」的神情，輕咳了一下，心裡越發對蔣源夫婦和眼前這髒兮兮的大姑娘感到輕蔑，她也是跟著孔氏一同來到國公府，不知道大房老爺生前是個什麼樣子，可是他一定沒有想到，他死之後，大房竟然會沒落到這種地步。

「大公子與大少奶奶不在家，老奴總不能將三少奶奶賞賜的東西放下就走，我便在裡頭坐坐，等一等大少奶奶吧。」說完，那李嬤嬤也不管什麼禮道不禮道，直接堂而皇之地走入廳堂，反正這丫頭家裡也沒個大人在，可不就隨她折騰嘛。

蔣夢瑤不動聲色走入廳堂，看著李嬤嬤隨意的態度，暗自勾唇一笑，說道：「是，嬤嬤請坐一會兒，我爹娘待會兒就回來了。」

蔣夢瑤回身，對身後的虎妞眨了眨眼，指了指外頭說道：「虎妞，妳去燒水，咱們去給李嬤嬤倒茶，娘說過，不管來的是奴才還是主子，進門了就是客人，咱們可不能失禮。」

虎妞似懂非懂地點點頭，機靈地出去了，可是，蔣夢瑤一番奴才和主子的言論讓李嬤嬤臉色一變，指著蔣夢瑤想發飆。「大姑娘，妳這怎麼說話……」

蔣夢瑤瞪著無辜的大眼睛，不顧滿臉的泥巴水，漾出甜甜無害的笑容來到李嬤嬤身前，對她說道：「嗯？我說錯話了嗎？哎呀，嬤嬤我真是該死，我爹總說我笨，我娘也總說我沒有說話的天分，又沒個合適的人教導，他們可懷念府裡的生活了，說府裡的東西才是好的，嬤嬤回去可要替咱們說說好話呀！讓曾祖母消消氣，把咱們接回去吧。」

李嬤嬤聽她這麼說了，心裡升起一陣鄙夷，就你們這樣，還想回去？想起先前那番「奴才和主子」的言論，想必也不是這丫頭成心說出口的，這丫頭雖說占著個國公府大房嫡長孫女的名頭，可是在這樣鄉野環境中長大，她又如何能要求這丫頭多會說話，多有涵養呢。

算了、算了，她就大人不計小人過，且問詳細這大房的境況，回去好向她家少奶奶彙報，聽這丫頭所言，似乎大房過得真不好呢！她相信，縱然少奶奶沒有表露過想看大房的笑話，可是她若說了這個笑話，少奶奶未必不愛聽，人嘛，都存個比天比地的心。

「大姑娘言重了。按奴婢看，這府外的生活也未必……不好吧。」

李嬤嬤嘴上這麼說著，目光卻將蔣夢瑤上下打量了好幾遍。

蔣夢瑤當然是任她看，怎麼糟就讓她怎麼看，用手背擦了一下臉上的泥水，不僅沒有擦乾淨，反而把髒污的面積弄得更大了，然後故作老實地說道：「不好！嬤嬤妳不知道，我都好長時間沒吃到肉了，每回跟我爹娘提要吃肉，他們都罵我好吃，盡用地瓜野菜糊弄我，他們自己卻一吃好幾碗，根本不顧我。」

李嬤嬤聽了直想笑，臉上卻硬生生憋住了，做出同情的表情，對蔣夢瑤說道：「哦？是嗎？我可憐的大姑娘啊，可苦了妳，沒事兒，嬤嬤呀，給你們帶了肉來，今晚就讓大少奶奶給妳做肉吃，好不好？」

蔣夢瑤一聽眼中都放出狼光。「有肉吃啊，太好了！嬤嬤妳真是好人。」

說著話，蔣夢瑤就一把抱住李嬤嬤的手臂，將自己身上、手上的泥漿盡數擦在她身上，嚇得李嬤嬤從椅子上直接站起來，一臉怒容，下意識抬起了一隻手，竟然想打她，如果不是蔣夢瑤反應得快，立刻就鬆開了手，說不定還真會被這老嬤嬤打一巴掌呢。

「對不住，我、我聽見有肉吃，太高興了，卻忘了自己身上太髒，把嬤嬤的漂亮衣裳都弄髒了，嬤嬤，我給妳擦擦，真是太對不住了。」

蔣夢瑤的主動道歉，李嬤嬤倒沒了發火的理由，想起來這丫頭固然可惡，卻總是占著大房嫡長孫女的名聲；大房雖然落魄，子孫也因不肖被趕出府，可是大房的名終究還在，她若是踰矩打了這丫頭，讓大公子和大少奶奶惱了，不管不顧地鬧到府裡，她雖然有孔氏護著，但畢竟是外奴，到時候吃虧的總是她。

李嬤嬤沒好氣地拍開蔣夢瑤要給她擦拭的手，白了她一眼，嘀嘀咕咕罵了兩句沒怎麼聽清，卻也知道不是什麼好話。

蔣夢瑤只當沒聽見，就在這時，虎妞端著一個托盤走了進來，蔣夢瑤見狀就迎上去，問道：「呀，茶倒好了嗎？我親自給嬤嬤端去。」

兩人交接之時，目光對視了一下，虎妞連眨了兩下，蔣夢瑤有默契地勾了勾唇，然後端著茶杯回身之時又恢復了殷勤的姿態，將茶杯端到了李嬤嬤面前，恭恭敬敬地呈上。「李嬤嬤，請喝茶。」

李嬤嬤看了一眼這茶杯，還有蔣夢瑤髒兮兮的兩隻手，想一把掀翻，卻竭力克制住了，接過茶杯，她對蔣夢瑤勉強彎了彎嘴角，卻是不喝，想把它放在茶案上，蔣夢瑤卻突然大哭了起來。

「哇！李嬤嬤果然是討厭我了！哇……這可怎麼辦呀！大府裡難得來一個人，卻讓我巴結壞了，我爹娘回來一定要罵死我了！哇……」

她這一大哭，李嬤嬤嚇得差點把手裡的茶杯給掉在地上，眼看著蔣夢瑤從大哭變成大鬧，最後乾脆躺到地上打滾，李嬤嬤嚇傻了，縱然她也是鄉野出身，卻從未遇過這麼刁蠻無理的人！看她這不管不顧往地上蹭的模樣，哪裡還有半點姑娘家的樣子。

不過，這些都不是關鍵，關鍵是這丫頭的聲音太尖銳了！刺得她耳朵都痛，李嬤嬤不禁跺腳道：「好了好了，這是幹什麼！快起來，被人看到還以為我打妳了呢。」

若真是因為這樣被人告去府裡，她是跳進黃河都洗不清了，白白擔上一個欺主的罪名，若是被府裡那些素日裡有過節的人知道了，要治她的罪也不是難事。那些人才不管她得罪的是誰、有沒有分量，她們只管看著她出錯，出了錯就休想再翻身，因此，李嬤嬤特別緊張地看著大門外，生怕這個時候有人闖進來。

蔣夢瑤聽她說話後，稍稍停頓了下，沒一會兒，又繼續嚎啕大哭。「哇……李嬤嬤嫌棄我家茶水不好，端在手裡都不肯喝一口，我知道我家的茶水不比府裡好喝，李嬤嬤嫌棄也是應該的！哇，要是我爹娘回來知道李嬤嬤連一口水都沒喝，那我又要挨打了。哇——」

李嬤嬤的一張臉都黑了，這哪裡來的熊孩子！

眼看著守在外頭的轎伕已經開始往屋裡探頭看了，李嬤嬤咬牙切齒地說道：「妳——快——給——我——起——來！我沒說我不喝水！」

幾乎是用喊的說完了這句話，蔣夢瑤就自動停止了哭聲，用一種很期待的目光看著李嬤嬤，眼中明顯地寫著一行字「妳要是不喝，我就繼續哭」。

李嬤嬤深吸一口氣，只覺得今天真是鬱悶透頂了，在府裡的時候，向來只有她拿捏旁人的分，可現在卻被一個小丫頭搞得方寸盡失，面對這麼一個打不得、罵不得的熊孩子，李嬤嬤已沒有探聽她爹娘笑話的心思，只想快快擺脫，反正她家少奶奶只是讓她來送一點東西，順便探探情況，眼下她已把東西送到，情況也探得差不多了。大房夫婦落魄至極，大房的大姑娘儼然就是個沒有教養的鄉下野孩子……這麼一想，回去也能覆命了。

李嬤嬤不知中了什麼邪，竟然一仰頭，當即把茶杯裡的水一口全喝了。

蔣夢瑤這才從地上站起來，對李嬤嬤喜笑顏開道：「李嬤嬤，妳真是個大好人！果真沒有嫌棄我家的茶水呢！」

「……」

李嬤嬤狠狠瞪了一眼蔣夢瑤，只覺得胃裡翻滾，這鄉野間的茶水總有那股土味兒，喝了叫人怪不舒服的。

命人將轎子裡的東西拎了下來，李嬤嬤片刻都不想逗留，埋著腦袋，急匆匆地離開蔣家，坐上她的轎子，回國公府去了。

蔣夢瑤和虎妞站在門邊，看著轎子走遠後，她勾唇對虎妞問道：「加了多少劑量？」

虎妞瞪著眼睛，對蔣夢瑤比出了一個手掌，蔣夢瑤咋舌。「五劑？劉叔給馬也不過就用了三劑……」

上回劉叔的馬便秘，好幾天不拉，成天在馬棚裡亂轉，劉叔就去街上買了好些巴豆粉回來，馬兒一吃就拉，還剩下一點放在馬棚裡，正好用上了。

只不過，五劑……嘿嘿嘿嘿，希望不拉死她，也拉殘她，給這種仗勢欺人的奴僕一點教訓。

重活兩世，老天可不是讓她來受罪的，善男信女白蓮花的套路不適合她，對於這種欺軟怕硬，背地裡想踩著人往上爬的奴才，她的字典裡可沒有「原諒」這個詞，該報復的時候，絕不會手軟！撒潑犯渾，不擇手段也要把仇當場給報了才行。

看著虎妞義憤填膺對著李嬤嬤離去的方向比了比拳頭，蔣夢瑤才勾著她的肩，把她拉回了屋子裡。

第八章

戚氏回來之後，蔣夢瑤已經把自己和虎妞都洗乾淨，換了一身衣服了，所以也沒讓人看出什麼端倪來。

戚氏瞥了一眼廳堂桌上放的東西，奇道：「那是什麼？誰來過嗎？」

蔣夢瑤點點頭，對自家親娘撒嬌道：「嗯，大府中來了個嬤嬤，好像姓李，這些東西是她送來的。」

戚氏此時看著比從前秀氣多了，只見她蹙眉想了想，便說道：「哦，是二房孔家弟妹身邊的嬤嬤，她可曾說些什麼？」

蔣夢瑤搖搖頭。「沒有啊，那個嬤嬤人還不錯，問我說爹娘在不在家，我說不在，她就把東西放下走了。」

戚氏點點頭，說道：「想必是孔家弟妹讓她送來的。」

由於不想讓女兒提早認識人性的醜陋，戚氏對蔣夢瑤話中「那個嬤嬤是好人」這一條不加以反駁，抬手撥了撥這桌上寥寥無幾的東西，一袋十斤的米糧，兩、三斤豬肉，一條魚，外加一袋麵粉和數盒糕點，其中一盒糕點的外皮竟然還是撕過的，掃了掃門前那陷入泥濘中的紙片，戚氏當即明白了一切，便不再說什麼。

讓趙嬤嬤和下人們把東西都拿去廚房收拾，戚氏才坐下來，喝了一口涼茶，消一消暑氣。

蔣夢瑤體貼地站在一旁給戚氏搧風，戚氏問起蔣夢瑤的功課，母女倆正說著話，蔣源也從外頭回來了，一頭的汗珠，走起路來像是帶著風，不若從前那般氣喘吁吁了，人也精神了不少，一雙細長的眼睛也能完全睜開，看起來和從前的臃腫有天差地別。

戚氏見相公回來，趕忙迎了上去，讓吉祥端來涼茶。

蔣源熱得正在解扣子，便就著戚氏的手喝了幾口，解暑之後，就大大地呼出一口氣，對戚氏說道：「鋪子裡頭都準備得差不多了，牆也刷了，櫃檯也做了，人也找好了，是從前城北當鋪的老師傅，因為失手估錯了一件寶貝被當鋪老闆給辭了，正巧被我聘來做掌櫃，咱們這個不用他估價，但做生意的本事還是綽綽有餘的。」

蔣夢瑤耳朵尖得很，湊上去問道：「爹，什麼鋪子呀？咱家要開鋪子嗎？」

蔣源和戚氏對視一眼，蔣源才彎下腰，將蔣夢瑤抱了起來，說道：「是啊，咱家要開鋪子了，阿夢覺得如何？」

蔣夢瑤簡直想舉雙手雙腳贊同，連連點頭。「當然好呀！有了鋪子，那就不用擔心生計問題了。」

蔣源和戚氏又是相視一笑，說道：「還是我家阿夢有見地，妳娘還擔心妳瞧不起商人，不願意讓我們開設鋪子呢，我就說她是想多了。」

這兩人是真的要開鋪子了？

蔣夢瑤在兩人之間來回看了幾眼，不禁感嘆，自從與他們分房睡之後，她的各方面情報可就大大落後了許多呢。

戚氏見她嘟著嘴，臉上有些不悅，就趕忙接著說道：「我也是不知道能不能開成，怕說出來讓妳空歡喜，如今確定了，不就告訴妳了嘛。」

蔣夢瑤瞬間又恢復了笑臉，興致勃勃地對蔣源問道：「好了好了，不跟你們計較為何這麼晚告訴我了。快告訴我，咱家要開什麼店鋪呀！」

蔣源和戚氏神秘一笑，戚氏說道：「這一時半刻說不清，過兩天我帶妳去看吧。」

蔣夢瑤看著戚氏和蔣源不斷交流的目光，心想這胖爹、胖娘這回是豁出去了，這個時代的清貴世家向來是厭棄從商，租賃土地倒還好，不用時常出面，時常計較；可是開店鋪就不一樣了，縱然有熟門熟路的老掌櫃在，幕後老闆多少要去露個面什麼的吧，這要是傳出去了，蔣家大房的子孫淪落為開店鋪的商人，又不知背地裡有多少人要笑話他們了。

不過，這些對蔣夢瑤來說可不是什麼大不了的事情。在她看來，那些打腫臉充胖子的才是真傻，明明自己家都已經食不果腹了，還要硬撐著清貴之名，那才叫死要面子活受罪呢；她寧可腦滿腸肥，賺得盆滿缽滿被人罵，也不要空守著清貴的虛名，實際上卻縮在家裡餓肚子。

「娘，妳就別賣關子了，告訴女兒吧。」蔣夢瑤拉著戚氏的胳膊，對她撒嬌道。

戚氏被她纏得無奈，只好看了一眼蔣源，只見蔣源也是無奈地笑了笑，點了點頭，表示許可。

戚氏這才說道：「行了行了，真是急脾氣。娘怕了妳，跟我進房來吧。」

戚氏帶著蔣夢瑤進房去，對這個女兒，夫妻倆是打從心底疼愛著，如今他們做的這些也都是為了給她博一個相對精彩的未來，所以斷沒有瞞著她的道理；更何況，蔣夢瑤流露出來的天生聰慧早就讓爹娘折服，以至於他們此時還沒有意識到，自己竟然在跟一個五歲的孩子商量家裡的大小事。

蔣夢瑤跟著戚氏入房之後，戚氏從內間的櫃子裡拿出一只檀木匣子來，蔣夢瑤坐在圓桌旁，她將匣子拿過來，當著女兒的面打開。

入眼的珠光寶氣讓蔣夢瑤的腦袋空白了好一陣子。「娘……這是……」

戚氏見了女兒這財迷樣，不禁覺得好笑，說道：「妳不是要問咱家今後開什麼店嗎？就開這個店。」

蔣夢瑤為之咋舌。「珠……珠寶，首飾店？」

因為太過驚奇，所以蔣夢瑤說話的語調都是微微上揚，充滿了不置信，直到看見戚氏點了點頭之後，她才大大呼出一口氣，趴在那一箱珠寶前問道：「咱家哪兒來的錢開珠寶店？」

拿起一支金簪，蔣夢瑤忍不住想把簪子送入口中咬一咬，卻被戚氏攔了下來，將簪子收回匣子裡，說道：「妳可還記得妳小時候提過要養珍珠？」

戚氏坐在蔣夢瑤旁邊，準備把一切都告訴女兒，畢竟家裡如今能這般富裕，也是多虧女兒當年的那幾句話。

蔣夢瑤對戚氏眨了幾下眼睛，說：「記得……吧。」

可是，養殖珍珠需要技術，她當時只是隨口一說，後來想想也明白這個想法有點難為古代人，所以就拋在腦後，如今聽她娘的口氣，似乎他們如今能開設這珠寶首飾店，原因就是這個？

「說實話，我當時只覺得這是妳一個小丫頭片子的胡言，卻沒承想妳爹聽入心裡，他四處走訪養蚌之人，得知蚌的習性，如今已經研究出如何讓蚌產出更多珍珠的法子。不過一年多的時間，河蚌就能產出很多成色不錯的小珍珠，他將小珍珠取出來，與波斯商人做了交換買賣，波斯的首飾做得向來新奇精緻，在安京很受歡迎，只是購入的價格頗高，而波斯商人也不願降低價格；不過，他們雖有技術，卻產不出珍珠，妳爹找上他們，跟他們談好了，今後咱們給他們供珍珠，他們給咱們供新奇的首飾。」

蔣夢瑤聽得嘴巴越張越大，腦子裡只迴盪著一句話：是誰說她爹是個傻子的？這猴精般的遠見和魄力簡直秒殺，有沒有！

「娘，妳別告訴我，咱家珍珠就是養在妳手裡那些地？」

戚氏繼續點頭，讚揚地看著女兒，說道：「是啊，阿夢真聰明。妳爹將家裡全部的積蓄都拿出來，讓魯家村的村民替咱們挖地開河，泥土投入嶽陽河中，表面上說是養魚蝦蟹之類的鮮貨，可是河底下，卻是滿滿的珠蚌，妳爹幾乎把城裡所有養蚌的都請去管理蚌河了。」

高，實在是高！

這麼一來，她家現在做的簡直可以說是一本萬利的無本買賣了。

地是她娘自己的，賣的首飾是波斯人的，她家只要給點養殖的珍珠，就能換來如此巨大的收益，這這這……這簡直讓人高興地想唱最炫民族風啊，有沒有！

你是我今生最美的雲彩，我用珍珠把你留下來，嘿，留下來！

和蔣夢瑤說完的第三天，戚氏就帶著蔣夢瑤去他們開設的店鋪那兒，當然母女倆皆是以紗簾遮面，未曾露出真容，店鋪的確如蔣源所言，一切都已準備就緒。

這鋪子光是商品櫃檯就有十幾張，整個店鋪的基調就是古樸大方，用的材料皆是上等，雖然還未開業，但琳琅滿目的貨已經擺上櫃檯，由一個老掌櫃拿著帳本一一盤點著。

老掌櫃姓嚴，戚氏就喊他嚴掌櫃，嚴掌櫃是個六十多歲的老人，儘管年事已高，頭腦卻十分清明，打算盤的手指也很靈活，一點不輸年輕人，為人也比較和善，看見戚氏帶著蔣夢瑤前來時，幾乎是立刻放下手裡的活計，上前接待。

因為鋪子裡忙，戚氏和蔣夢瑤也沒待多久，前後看了看，也就從側門出去了。

馬車上，蔣夢瑤不禁問道：「娘，這鋪子以後就是爹來經營嗎？」

戚氏莞爾一笑，說道：「妳爹要去做其他事情，店鋪的事娘管著。」

蔣夢瑤咋舌。「啊？娘，妳行嗎？」

戚氏回頭看著她，說道：「娘怎麼不行啊。在妳的心裡，難不成娘親什麼都不會做的嗎？」

「嘿嘿，娘，妳說什麼呢，妳在阿夢心裡是最棒的，只是……阿夢怕娘親累著。」

伸手在蔣夢瑤額頭上點了點，戚氏佯作生氣道：「妳呀！油嘴滑舌，是越來越沒規矩了。」

「娘，規矩是幹什麼的呀！阿夢可不想被所謂的規矩束縛，自古多少賢良將相皆走不出這兩個字畫出的囹圄，我可不想被規矩困住了。」

對女兒的一番反動言論，戚氏表示很無語，說道：「無規矩不成方圓，我看啊，就是妳爹平常對妳太寵了，才讓妳生出這種要不得的想法來，就妳這不管不顧的性子，將來哪戶好人家願意要妳唷。」

蔣夢瑤噘著嘴小聲反駁說：「難道就我爹寵我嗎？娘就不寵我？」

意思就是，我會變成今天這樣，還不是你們夫妻倆一同給寵出來的？

戚氏被蔣夢瑤這一句話說得啞口無言，母女倆在車上大眼瞪小眼了好一會兒，戚氏才破功發笑，又伸手在蔣夢瑤的額頭上點了好幾下，然後兩人才抱在一起笑鬧了起來。

唉，閨女是個沒規矩的，並且正如她自己說的，規矩才是最遏制人性，世人皆道王侯將相府邸生活富裕、錦衣玉食，羨慕不已，殊不知正是這樣王權富貴的人家，才更會被規矩壓得喘不過氣。男子三歲習文，女子三歲學繡，不論春秋冬夏，日日早起，吃飯要學規矩，走路要學規矩，甚至連說話也要學規矩；女孩子家甚至連張嘴的尺寸都要控制得宜，說話用什麼嘴形，笑起來露幾顆牙，這些都是有丈量標準的，聽起來匪夷所思，可是世家子女們過的確實就是這樣的生活。縱然她們今後會因為小時候學的這些禮儀獲得長輩的讚美，進而給她們張羅門當戶對的婆家，去了婆家之後，繼續嚴守這分規矩，再用困住她一生的規矩，去困住自己的下一代，這就是所謂的世家女了；高門大戶、王侯將相府的當家主母自然也都需要這種表面上從不行差踏錯、高貴端莊的世家女來做，可是真正這樣過活的女子又有幾個是幸福的呢？

只要是人，誰沒有喜怒哀樂，七情六慾？世家女的培養方式就是要妳斷絕這些，喜不形於色，哀愁不形於色，好惡不形於色，整個人就像個廟裡的泥娃娃，被人搓圓捏扁，別人想讓妳變成什麼樣，妳就得變成什麼樣，沒有個性可言。

就好像國公府裡的孔氏與吳氏，孔氏的規矩就要比吳氏大得多，所以當家主母的身分才會只給孔氏，不會給吳氏；因為世家就是要像孔氏這樣，說話八面玲瓏，對誰似乎都是輕聲細語，卻也能壓得下面的人不敢作亂，自有一番主母威嚴。

戚氏對於自家閨女那是疼到骨子裡，她也明白女兒不願受約束，可是這分不受約束，何嘗不是她和她爹縱容出來的呢？因為他們早就受過世家規矩的侵害，才不願讓女兒也過那種被規矩束縛的生活；雖然她有的時候也會擔心，被他們這樣養大的閨女今後可怎麼辦，世家怕是嫁不成，縱然能嫁，她也不願意女兒去吃那分苦，只盼尋一家通情達理、能夠容忍女兒這性子的人家，不論富貴貧窮，只要真心對女兒好的人就行了。

夏去冬來春又至，轉眼就到了清明時節。

陰雨連續下了好些天，整個安京都籠罩在一片陰雨濛濛的灰色基調之中。

蔣顏正就是在這種天氣，帶著三百親兵衛回到了安京。

蔣家之前就得到了消息，蔣修帶著兩個兒子蔣舫和蔣昭一大早就到城門口迎接。蔣修手中還帶著從宮裡拿出來的迎卷，聖上固然有讓文武百官一同出迎的想法，但在半途的蔣顏正得知之後，命人傳書謝過，聖上感念國公不願勞師動眾之心，便由蔣修帶著聖上親自書寫的迎卷去城門口迎接，還特許蔣國公先行回家休憩，之後再入宮行君臣禮。

直到近午之時，蔣顏正的馬隊才奔騰而來，為首之人便是六十歲開外的國公爺蔣顏正了，只見他劍眉斜插入鬢，雖已花白卻十分威嚴，深邃的雙目就似天際翱翔的雄鷹，銳利中帶著殺氣，一張臉生得十分周正，年輕時也曾被人稱過美男，年紀大了，失了年輕時的俊逸，卻多了年輕人永遠都不可能有的歷練和沈澱。

不說別的，單就這位國公爺六十歲的高齡，竟然還能從邊疆獨自騎馬而歸，有些年輕人都未必能做到，可是他連續騎馬趕路好些天，面上不僅沒有露出疲憊之色，依舊是鐵血堅毅，就像一棵老松般屹立在前。

蔣修雖然也活了一大把年紀，可是在面對這親爹時還是有些發怵，待蔣顏正停下馬之後，他便趕忙迎上前，舉著聖上的迎卷，對高坐馬背的蔣顏正下跪行禮。

「兒得知父歸，領君命、家命再次恭候，父親大人遠行奔波，兒……」

不等蔣修把那套文謅謅的話說完，蔣顏正就一甩馬鞭，以洪鐘般的聲音說：「別給老子搞那套，起來！」

蔣修心上一突，當然不敢違抗父親的話，趕忙又帶著兩個兒子站起來，走上前想去接過蔣顏正手裡的轡繩，卻差點被蔣顏正的馬鞭揮到。

「別哼哼唧唧，回去讓你娘做些吃的，老子趕了三天三夜的路，肚子早餓扁了！」

不管是年輕的時候，還是年邁之時，蔣顏正可以忍受炎熱酷暑、寒風刺骨，唯獨忍不了餓，行軍之時，哪怕啃樹皮，吃野草，他也要先填飽了肚子再說。

「是，母親得知父親歸來，早已備下宴席，就等父親回家。」

蔣修面對蔣顏正時，自問只要能夠說話不結巴，就是表現好的，他天生膽子小，被蔣顏正眼睛一瞪，就不由自主四肢發軟，腦子不受控制，全身上下就只剩下害怕，越是害怕就越是恭敬，越是恭敬就越是拘束，越是拘束就越不討蔣顏正歡喜，越是不討他歡喜，蔣修就越怕。惡性循環不過如此。

「那還囉嗦什麼？走！」

蔣顏正一聲令下，不等兒子蔣修和孫子上馬，就帶著三百親兵奔入了城內，往國公府趕去。

蔣修被兩個兒子扶著上馬，心裡雖然不舒服，但只要一想到那個人是蔣顏正，是他的父親，心裡也就釋懷許多。他擦了一把冷汗，對蔣舫和蔣昭說道：「都上馬吧，你們祖父回來了，說話做事都給我悠著點，他手裡的鞭子可不管你是兒子還是孫子，知道嗎？」

蔣舫和蔣昭連連點頭，他倆從出生開始，幾乎就沒怎麼見過這位傳說的祖父，小時候見過兩次面，長大之後幾乎沒有見過，要說感情肯定是沒有的，尤其是看到祖父這般對待父親之後，他倆就更加沒有讓祖父刮目相看的奢望。

父子三人帶著府裡的侍衛，跟在那像是風捲殘雲般的隊伍後頭，往國公府趕回。

蔣修在心裡替母親默哀，父親餓了三天，想必脾氣肯定不好，希望母親不要受到驚嚇才好，縱然他有心派人回家給母親傳信，可是，他自問帶的這些人裡，沒人能趕在他爹前頭回去，也就作罷了。

呼出一口氣，蔣修打從心底希望這父親永遠在邊關，不要再回來了，不過，他也知道這不可能，國公府之所以叫國公府，就是因為他們有一個誰都不敢惹的國公爺啊！

蔣顏正一路策馬回到國公府，老太君秦氏則帶領著內眷早早守候在門前，老太君為首，孔氏在側，吳氏與眾位姨娘帶著兒女站在其後，最後便是一干府內受到重用的管事家人了，前前後後一共列了七、八排，排場氣派至極。

國公府位於東城之首，廣闊的門庭前有一對足有半屋高唯妙唯肖的石獅，彰顯著國公府的氣勢，左右鄰居見到國公府這般陣仗，因東城大多為官居，也知道這是國公府的正主國公爺要回府才會有的陣仗。

蔣顏正遠遠就看見門前站了黑壓壓一片人，策馬到了門前時，由老太君主動彎腰對他齊齊行禮，像是排練過一般整齊。

眉頭一蹙，蔣顏正軍旅作風，翻身下馬後，馬鞭往褲腰上一別，目光將秦氏身後府內眾人環顧一圈後，才落到妻子身上。

只見老太君暗自一個激靈，不管過多少年，她對相公始終保持著懼意，彷彿他那雙眼睛一瞪過來，她就想跪下磕頭認錯似的。

兩人大眼瞪小眼了好一會兒，蔣顏正才暴躁地開口。「還愣著幹麼？吃的呢？」

「啊？吃！哦……那個！」

老太君這才反應過來，急急回身，卻是手忙腳亂，分不清方向，蔣顏正以一副「我忍妳多時，妳再裝傻我可要揍妳了」的神情看著她，她就更加緊張了。

話說蔣修看見自己親爹之所以緊張，其實多少跟老太君也有些關係，因為老太君從小就給他做了這樣的示範，對蔣顏正那是怕從心生的，他說東，她就不敢往西；他說錯，她就不敢說對，各種迎合，各種討好，以至於淪落到如今的各種懼怕。蔣家母子其中辛酸，簡直罄竹難書，暫且按下不表。

因為國公府的大門被一眾府人給擋住了，誰也沒料到多年未歸的國公爺剛回府就這麼凶悍，連平日裡被眾人捧上雲霄的老太君都這般慌亂，府裡眾人看見國公爺和老太君的目光皆掃向他們，也頓時失了方寸，不安地在原地挪步，場面一度混亂。

幸而孔氏臨危不亂，大聲說道：「眾皆後退十步，使國公爺與眾將進府。令春榮堂內廚下熱鍋準備，席間伺候眾人速速擺好碗筷，將酒倒起，堂外伺候眾人皆列兩隊，恭迎國公與眾將入席！」

孔氏一番話說得條理分明，叫人尋不出錯漏，此時老太君已嚇得腿軟，需要兩名丫鬟上前攙扶。

蔣顏正的目光掃了一眼孔氏，孔氏當即自老太君身後走出，端莊地對蔣顏正行禮，說道：「孫媳孔氏參見國公爺，老太君一早便帶領孫媳們為國公爺準備膳食，一切皆已就緒，就等國公爺入席。」

蔣顏正將孔氏上下打量一番後，點點頭，說道：「妳很好，起來。」

孔氏心中一喜，原還想再進一步說話，蔣顏正卻已經頭也不回地走入了府中，即便如此，孔氏也是高興的，緊跟著蔣顏正身後入了府，跟去春榮堂侍奉。

待蔣顏正走後，老太君才大大鬆了口氣，吳氏見狀上前攙扶，卻被老太君甩開了袖子，當眾教訓了一句。「此時出列有何用？到底是比不過老二家的，哼。」

吳氏的臉頓時紅了個透，府裡的幾個姨娘、小妾皆忍不住掩嘴笑了起來，吳氏咬著下唇站在原地不知所措，老太君見她如此又是兩記白眼，簡直就是把今日在眾人前失了的面子，全都要在這個趕上前來攙扶她的孫媳婦身上找回來似的。

「棒槌似地站著幹麼？沒看見妳弟妹已經進去伺候了嗎？真是塊榆木疙瘩！」說完這話，老太君再不顧什麼，在兩、三個丫鬟的攙扶之下，走入了國公府。

府外眾人也漸漸散開，只有吳氏的丫鬟水清抱著蔣顯文走了過來，蔣顯文養得肥肥壯壯、白白胖胖，明明已經會走路，卻怎麼樣都不肯自己走，老是要人抱著，水清也是有苦說不出，眼睜睜看著自己為了抱這個已然三、四十斤的小祖宗消瘦了不少。

「大少奶奶，咱們也回去吧。」

水清說了一句良心話，因為大夥兒撤退的時候，大多對依舊立在中間的吳氏指指點點，面子上很是不好看。

可是，水清的話卻像是點燃了吳氏體內的炮仗，一點就爆了。

「回什麼回？連妳也覺得少奶奶丟臉嗎？妳是個什麼東西？不過是我花了兩個錢買回來的狗奴才，賤籍下人，祖祖輩輩都是低人一等的下賤種子，就憑妳也配笑話我？」

水清無端惹了一身腥，被吳氏說得心中竄火，卻也不敢發出來。她咬著牙，暗地裡在蔣顯文肥胖的腰上掐了一下，蔣顯文立刻疼得哭了起來，然後水清便藉著哄蔣顯文的機會，離開了吳氏面前，只留吳氏一人站在原地。經吳氏那麼一鬧，連個上前勸慰的人都沒有了，越發孤立丟人。

春榮堂內是一陣熱火朝天的杯盞交錯聲，這裡是蔣國公府專門用來宴客的地方，可以擺得下八十多桌，地方著實寬大，跟著蔣顏正一同回來的也不過就三百多精兵，才占去不到一半面積的宴席，故而看著並不擁擠。

蔣顏正不好酒，讓人用最大的碗盛了五碗飯放在一邊，然後就一隻腳踩在凳面上，狼吞虎嚥起來。

孔氏從未見過這樣豪放進食的人，饒是她自詡淡定也不免被眼前的場景嚇住了，她知道這位國公爺軍功赫赫，威名遠播，戰場上廝殺出來的血氣，定然不是那種斯文之人，可是她從未想過這樣一個叫敵人聞風喪膽的戰爭老英雄會像個土匪似的吃飯，並且食量大得驚人。

眼看著放在一邊的五大碗飯，這麼多飯，就是讓她吃十天也是吃不完，可是國公爺不過花了短短半刻鐘就吃得差不多，在最後一碗開吃的前一刻，蔣顏正對孔氏指了指旁邊的空碗，孔氏愣了愣也反應過來，命令自己快要虛脫的雙腿振作起來，親自拿起飯碗為這位老英雄添飯。

親娘啊，她是遇上吃神了呀！

酒足飯飽之後，蔣顏正心滿意足地呼出一口氣，整個人便放鬆了下來。

孔氏從震驚中清醒過來，恢復了原來的清明，走到蔣顏正身旁，對他說道：「國公爺可曾吃飽？」

蔣顏正點點頭，孔氏立刻又說：「那何不去清雅堂中喝一杯香茶潤潤嗓子，國公爺多年不歸，府眾甚是想念，國公爺也該予以老太君與府內眾人正式拜見的機會不是？」

孔氏的一番話說得溫柔，蔣顏正聽著不算反感，想著吃了那麼多，喝杯茶似乎也不錯，就再點點頭，對孔氏說道：「去吧。」

孔氏面上一喜，立刻直起身子，端起當家主母的架子，寸步不差地跟在國公爺身後，適時地提醒他要往哪裡走。

雖然這個家是國公爺的，可是他多年未歸，府內格局略有改變，孔氏恰到好處的提醒非但沒有引起蔣顏正的反感，反而讓他覺得待客溫馨。

不一會兒，就到了清雅堂外，蔣顏正掀袍入內，眾人避到兩旁，老太君欲率眾人上前跪拜，卻被蔣顏正揮手拒絕。

「妳打算拜祖宗啊？妳就免了吧。」

老太君剛剛彎下腰，就尷尬地被兩個丫鬟扶了起來。

孔氏給蔣顏正親自端上了一杯香氣四溢的冰鎮茶水，清涼爽口。

蔣顏正喝了一口，便滿意地靠在太師椅上長吁一口氣，閉目養神，開口說了句。「一個個來吧。報名字和身分，我聽著。」

孔氏又是一陣無語，這位國公爺果真是當兵當久了嗎？見親人也跟徵兵似的？

心中正一陣嘀咕，抬眼卻見老太君對她使了個眼色，透著詢問之意，孔氏不免就得意了起來，儼然把自己放到國公爺代言人這個位置上，對眾人說道：「由大哥房裡先來，人人都來給國公爺磕個頭，說兩句吉祥話，別忘了報姓名，所幸府裡的哥兒、姊兒都會說話了，也上來給國公爺磕個頭。」

孔氏話一出，老太君便像是找到了依靠，對老大蔣舫使了個眼色，蔣舫便手忙腳亂地走到中央，雙膝一軟，撲通一聲就跪了下來，結結巴巴地開始介紹自己。

堂內一陣熱鬧之後，眾人全都介紹完畢，就連那剛會走路、剛會說話的哥兒、姊兒也一個不落地全完成了使命，就在眾人鬆了一口氣，準備跪安的時候，一直閉目養神的蔣顏正突然睜開了眼睛，不偏不倚對秦氏問道：「老大家的呢？」

老太君一愣，看了看兒子蔣修，蔣修看了看蔣舫，蔣舫左右一看……他似乎沒人看了，說的是他？可是他不是已經介紹過了嗎？

老太君和蔣修一愣，才恍然大悟，老國公這是在問大房的蔣源呢！

老太君上前，想要先做一番辯解。「夫君，老大家的他……」

蔣顏正卻什麼都不想聽，對她揮手說道：「去把老大家的喊來，我是不在乎規矩，可是他也忒沒規矩！去喊！」

他一開口，老太君就不敢說話了，看向了蔣修。

蔣修也是為難至極，硬著頭皮上前說道：「啟稟父親大人，源兒他……不，不在府裡！」

蔣顏正眼睛睜也沒睜，不耐地冷道：「不在就出去叫，我就在這裡等著！看他什麼時候回來！」

蔣修又看了看老太君，老太君也是一臉吃了蒼蠅的模樣，見蔣顏正閉著眼睛，她便大著膽子把蔣修叫到外面，一番商談之後，才做了決定，跟蔣修說道：「如今之計，只能去把他先叫回來，容後再與國公爺說明便是。」

蔣修看著母親。「人都趕走了，怎麼能叫回來？再說，母親就不怕他回來反咬咱們一口嗎？」

老太君一怔，卻仍未意識到趕走蔣源是個錯誤，硬著頭皮說：「反咬什麼？他不孝在先，我這個做祖母的還不能處置他？」

只要不是面對蔣顏正，秦氏就是個無法無天的老太太。

蔣修見母親這般說話，心裡也有了底，贊成道：「對，咱們就一口咬定，是源兒衝撞祖母在先，不孝之名壓下來，別說是趕出府去，縱然是打死了，也是情理之中。」

「更別說他那副臃腫的樣子，國公爺見了定然不喜，到時候沒準兒都不用我們辯解……」老太君與國公爺相處的時間雖然不長，但也明白國公爺這輩子最討厭的就是庸才！蔣源那副樣子，國公爺不揍他一頓都算是他的造化！

蔣修點點頭，正要下去，又回頭問道：「行，兒子這就去……可他若不回來怎麼辦？」

老太君想了想，一不做二不休，冷道：「不回來就擒回來！咱們府裡那些人是養著吃素的嗎？」

蔣修看著母親堅決的態度，彷彿給了他無限的支持，雖然心中隱隱覺得此舉不妥，卻還是願意相信自己母親的話，當即找了護院總管王川過來。王川從前是江湖中人，功夫很是不錯，退隱江湖之後，就一直待在國公府裡當看家護院，對蔣家也算是盡忠職守，所以蔣修有什麼事都會叫他去做，縱然是上刀山、下油鍋他都不會推辭，更別說去擒一個人回來。

領了蔣修的命令之後，王川當即就點了手下三十人出府，往郊外趕去。

蔣源出府之後，在郊外置辦一座小宅子的事情，他們在蔣源走後十多天就得知了消息，也派人去打探過，得知只是一間狹小的鄉間民宅，左不過國公府柴房那麼丁點兒大，便沒去搭理，但此時要拿他倒是方便許多。

至於，蔣源是否會告他們的狀，蔣修心中是不太擔憂，因為就蔣源那懦弱的性格，想必是不敢吭聲，縱然吭聲也是他有錯在先，將麻煩惹回府內，又言語衝撞祖母，此事就算是告到聖駕前也是無可辯駁。

蔣源早晨出門一趟，沒一會兒又回來了。

戚氏正坐在亭子裡檢查蔣夢瑤的功課，見蔣源回來，母女倆就走下涼亭，迎了上去，問道：「相公，怎麼了？」

蔣源毫不隱瞞，將在街上聽到的消息說了出來。「國公爺回來了，只怕這兩日蔣家要來人了，我將鋪子裡的事都交給了掌櫃，這幾日我就在家裡不出門了。」

戚氏聽後點點頭，蔣夢瑤倒是很奇怪。「國公爺是誰？」

蔣源蹲下身子，他瘦了不少，如今人拉長了許多，就連蔣夢瑤都有點不適應，她親爹瘦下來之後，完全就是一個十足十的美男。

臉上細長的雙眼彷彿有些上揚，看著精氣勃發，手標不凡，眉如利劍，目若星光，一百七、八十斤的重量讓他看起來還是頗有架勢的，這種架勢與從前肉山般的架勢不同，現在的蔣源就像是一把還未鑄成的鈍刀，雖不鋒利，卻已現雛形，叫人眼前為之一亮。

在蔣夢瑤的眼中，她爹這長相雖不說能讓那兩個二房叔叔完敗，在蔣源還未完全瘦下來之前，一切還言之過早，憑她爹初現雛形的模子，蔣夢瑤簡直可以確定，她爹將來必定是一位俊美無儔的翩翩美公子。

再看她娘，蔣夢瑤也是免不了要感嘆，瘦身後的戚氏好像天生就有一種江南煙雨濛濛之感，清雅得像是花瓣上的露珠，粉白黛綠，春半桃花，冰肌玉骨，白璧無瑕。

一雙剪瞳就像是精妙工筆劃上去一般，眼眶圓又長，雙眼皮將戚氏的眼睛襯托得更加鬼斧神工，一眨眼，長長的睫毛也跟著翻飛，鼻梁挺翹，櫻唇小口，清麗動人。

蔣夢瑤的長相完全就是戚氏的翻版，五歲的她有著比同齡孩子更加睿智的眼神，若說戚氏的雙眼美得溫和無爭，使人溺斃，那麼蔣夢瑤的雙眼就是美得清明銳利，彷彿帶著鈎子一般，將人緊緊勾住，再也移不開眼，幸好她年齡還小，清妍之色才如小荷露了尖角，並未像戚氏那般風華正茂，青春綻放。

令蔣源沒有想到的是，他剛把這個消息帶回來告訴妻女，那邊蔣家就如他所料，來人了。

王川帶領三十個蔣家護衛直接闖入蔣源的宅院，蔣源下意識將妻女護在身後，對王川怒道：「王總領，你這是幹什麼？」

王川起先還在這院子裡前後觀望，尋找從前那抹胖得驚天動地的身影，眼前之人跟他說了好一會兒話，他才調轉過目光，落在蔣源身上，微微一愣，這才疑惑問道：「尊駕是……大公子？」

蔣源與他蹙眉對視。「不是我是誰？你帶著這麼多人闖入我家，意欲何為？」

王川盯著他看了好久，才猛地反應過來，對著身後府衛下令道：「就是他，大人要將他擒回去，國公爺有話問他！大公子，請了！」

王川說完之後，護衛就一擁而上，不容分說，把蔣源團團圍住，強勢拉出家門。

戚氏和蔣夢瑤跟在後頭追趕卻是怎樣都追不過四條腿的畜牲，戚氏還因跑得太急，滑了一跤，看著蔣源被擄走的方向默默不語。

蔣夢瑤將戚氏扶了起來，見戚氏的眼神不對，似乎夾雜著些許凶狠，不禁問道：「娘，他們是國公府裡的人嗎？是國公爺要抓我爹回去問話嗎？」

戚氏不發一語，牽著蔣夢瑤的手往家裡走去。蔣夢瑤見戚氏神情奇怪，也不敢再多問什麼了。

第九章

蔣源被帶到國公府，直奔清雅堂，門口下人喊了一聲後，閉目養神的蔣顏正也睜開眼睛，眾人眼光齊刷刷地往門外看去。

被押著走在中間的人，不是個胖子！

他們押個不是胖子的人回來幹什麼呀！國公爺要看的是蔣源，蔣源就是個獨自過門檻還嫌擠的大胖子啊，可是，他這張臉……

蔣源不卑不亢地走入清雅堂中，還未說話，就聽到好幾聲倒抽一口氣的聲音。

蔣顏正蹙眉看著這個被幾個家丁押進來的孫子，雙眉一豎，朗聲不悅問道：「你怎麼胖成這樣？」

見過先前蔣源肉山造型的人們徹底震撼了，心中活像有萬千草泥馬奔騰而過，難以置信之感洶湧而來，他們百思不得其解：他怎麼瘦成這樣？

老太君和蔣修也愣得說不出話來，對視一眼之後，由蔣修上前確認身分，指著蔣源半天說不出話來。

還是蔣源率先行禮。「孫兒給國公爺請安，孫兒給老太君請安，姪兒給叔父請安，給眾位賢弟與弟妹請安。」

蔣修將蔣源的手抬了起來，但見蔣源右手手背有一條深刻的疤痕，這是無論怎麼瘦身都不會消失的證據，這……這、這真是那座肉山蔣源？

「我問你話呢！沒聽見啊！你怎胖成這樣？」

國公爺聲如洪鐘，一聲聲激盪著在場所有人的靈魂。

國公爺，您眼前這個蔣源都瘦了，您還說他胖，就連平時不喜歡蔣源的人，都不免要替他掬一把同情的淚水了。

蔣源看了一眼蔣顏正，然後才來到他面前，對他磕了三個頭，單獨行了拜見之禮，才站起來說道：「孫兒沒有控制口腹之慾，致使身材發胖，現已知錯，正改之。」

蔣顏正把蔣源上下打量一番後，才猛地轉身，指著老太君，對她招了招手，沒有想到會被點名的秦氏面上一驚，慌忙走了過去。

蔣顏正又指著蔣源說道：「當初我說要把他帶去邊關，妳說妳會好好養他，瞧瞧他如今都成什麼樣子了？」

老太君聽蔣顏正雖然說話聲音不大，可是分量卻是足夠的，簡直就是把蔣源變成胖子的罪責都怪到她的身上，當即軟了身子，急於辯解道：「夫、夫君，我，我……」

蔣修著急得很，卻也不敢在這個節骨眼兒上站出來替母親說話。

「國公爺明鑑，是孫兒自己貪嘴，不關老太君的事。」蔣源的一番話倒叫老太君和蔣修頗為意外，在場眾人也是訝異，因為蔣源就是秦氏一口一口餵成豬的，這是有眼睛的人都知道的事實啊。

蔣源此話一出，就連老太君和蔣修都感到詭異，但轉念一想，這未必不是蔣源在和他們求饒，想借此機會，重回國公府吧？

蔣顏正聽後，雖然一雙鷹眼中依舊盛滿疑惑，卻還是深吸一口氣，大手一揮，又讓老太君退了下去，然後對蔣源說道：「一個月之內！你若不能減下三十斤，就休要說是我蔣家子弟！」

蔣源領命。「是，孫兒必不辱命。」

「你也成親了，去你院裡把你媳婦兒叫來我瞧瞧，橫豎今兒把人都認全了，省得今後麻煩！」

見了一個，還要見一個，我的國公喲，您可省點心吧！眾人在心中尷尬，老太君和蔣修母子在心裡哀號，要見的人，能一次說全了不？

蔣源聽到這句話之後，表面上依舊風平浪靜，行為舉止淡定自若，他上前一步，對蔣顏正說道：「國公爺容我回去接她們母女前來拜見。」

蔣顏正看著蔣源，又掃了一眼蔣修和老太君，不動聲色地問道：「回哪裡去啊？」

蔣源不卑不亢地回道：「孫兒在城外自建小宅，如今妻女都隨我住在那宅子之中，這件事情老太君與叔父皆已知曉，老太君、叔父請為孫兒、姪兒見證，不然孫兒可就是置私產，罪大惡極的。」

老太君和蔣修對視一眼，有苦說不出，要說他們知道，就等於是和蔣源冰釋前嫌，蔣源如今的所作所為都是他們默許；要說不知道，剛才他們就是去他家把人給抓來的，這也說不通。

蔣修只好點頭，支吾了一聲，最關鍵的是，他心裡對於把蔣源趕出府，老國公是否會怪罪這件事還是存有疑慮的。若是他娘在他爹面前能說得上話，此舉另當別論，可看他爹對他娘的態度，幾十年如一日的嚴厲，在這件事上會不會偏袒蔣源還是未知之數，若是蔣源強行吵鬧告狀，他自然也不會怕與姑息，可是偏偏蔣源不打不鬧不告狀，還做出一副要和他們重修舊好的模樣，蔣修覺得，這個時候，有個臺階就下了吧。

「好端端的在外頭建宅做什麼？」

蔣顏正像是要打破砂鍋問到底，一個問題接著一個問題，問得老太君和蔣修心裡頭不禁有些發虛，蔣源倒是對答如流。

「稟國公爺，孫兒……太胖了！之前就因身子太胖而把天策府的大公子給撞得在床上養了好多天，孫兒自知罪孽深重，這才痛定思痛，下決心減幾兩肉。」

眾人頭頂一陣烏鴉飛過。你減掉的那是輕飄飄的幾兩肉嗎？割下來都夠窮人家吃一年了，好不？

蔣顏正看著蔣源，又看向一臉吃癟的老太君和蔣修。

秦氏瞪了一眼這個年紀一大把卻毫無用處的兒子，關鍵時刻，你怎麼能講和呢？雖然蔣源此時是這樣的說詞，可是那日之事在場人多，又怎知其他人會不會重提，若是重提，國公爺會相信誰的話還不知，那個時候他們已經失了告狀的先機，被蔣源四兩撥千斤、先入為主地抹去對他們有利的情勢，反而讓她在把蔣源趕出府這件事上變成沒理的那一方，這怎麼行呢！

老太君一番思量之後，恨恨地看著蔣源，看他依舊一副什麼事都沒發生、粉飾太平的樣子，她就覺得討厭，只覺得他瘦下來之後眉眼就更像長子，看了就生氣！

進前一步，老太君決定趁此機會，將事情的始末說與久未歸家的夫君聽一聽，也好坐實蔣源不孝、不尊重祖母的名聲。

「夫君，我有話說，這孩子搬離府中實有內情，他……」

老太君的話還未說出口，就見蔣源在她面前撲通一聲跪了下來，二話不說，對她磕起了響頭，一邊磕頭一邊說：「孫兒自知衝撞了老太君，還請老太君大人不計小人過，原諒孫兒魯莽，那日之後，孫兒一直沒有機會給老太君賠罪，還望老太君海涵，但孫兒確實有悔意，成日閉門思過，茶不思飯不想，只要一想到自己那麼混帳、那麼不孝，就食不下嚥，寢食難安，求老太君原諒孫兒吧。」

臭小子，不等她把狀告出來再磕頭賠禮啊？

老太君一陣氣悶，原想先他一步，可誰知這小子先下手為強，搶了個認錯的先機，那縱然他有錯，並且還指名道姓說是衝撞了自己，把她架上了道德的高臺，讓她騎虎難下。

若是答應了，她不甘心；不答應，又未免落個不慈愛晚輩的名聲，好毒、好賤的招！老太君至此才明白，這個她原本以為是豬投胎的孫子，簡直比猴兒還精！

「行了、行了！」蔣顏正連連揮手，其實他只要肚子吃飽，脾氣也沒那麼暴躁，蔣源正好趕上了好時機。

「什麼仇、什麼怨，你這都把頭磕破了，不知道的人還以為你祖母有多麼苛待你呢。」

蔣顏正一發話，老太君就緊張，也顧不得其他的，上前趕緊喊起蔣源，生怕夫君真的以為她苛待這小子，那可真就偷雞不著蝕把米，賠了夫人又折兵了。

「起來起來，我……並未怪你！」

要知道，讓老太君說出這番話有多困難，她的心在咆哮，看著蔣源一邊抹淚一邊站起來，今日她已經徹底失了先機，今後若再想以此事說話，怕是不能了。

平白無故吃了個啞巴虧，老太君五內俱焚，卻也只得打落牙齒和血吞，和蔣源維持表面上的和諧。

清雅堂內的氣氛是大雨轉小雨、小雨轉陰、陰轉晴的時候，管家福伯匆匆忙忙跑了進來，環顧一圈後，直接來到蔣顏正面前，跪下稟告道：「國公爺，安京府尹張大人在門口求見！」

清雅堂內一陣交頭接耳，蔣顏正還沒出聲相問，蔣修就站出來說道：「他來做什麼？國公爺剛剛回府，還未覲見聖上，他若要拜訪還是改日再來吧。」

蔣修在朝為官，官位雖然只是從四品，可是大家都會看在老國公的面子上對他禮讓三分，縱然是品級高於他的也是如此，偏就這府尹張懷德處處與他為難，不給他面子。如今見他爹回來了，他倒是不落人後，趕著來拜訪了，蔣修又豈會給他好臉色？不等他爹開口，就趕緊把人回絕了。

福伯看著逐客的蔣修，面上有些為難，終於說出了實情。「國公爺，老爺，張大人是帶著兵來的，說是要……要捉拿匪首。」

蔣顏正眉毛一掀，怒道：「混帳，捉拿什麼匪首？整個府裡就我剛回來！他是說我是匪首嗎？讓他進來，我倒要看看他想怎麼抓！」

福伯顫顫巍巍地轉身跑出去覆命，蔣修卻是一副看好戲的樣子，這個張懷德簡直是天堂有路你不走，地獄無門你闖進來。他爹要瘋起來，縱然是天子親臨也未必能完全喝住的！這就是平日與他作對的下場……蔣修在心中笑開了，得意之色躍於臉上。

張懷德得到蔣顏正的宣見之後，讓衙內官差繼續在門外守候，自己帶著兩名侍衛便跟著福伯身後走了進去。

來到清雅堂外，張懷德也不入內，而是在堂外院子裡就對內拜下，說道：「下官張懷德拜見國公爺，今日一事實屬迫不得已，還望國公爺見諒。」

蔣顏正率眾出列，對守禮守節的張懷德揮了揮手，說道：「張大人請起，不知張大人來我國公府捉拿什麼匪首？」

張懷德站起來之後，不卑不亢又進前兩步，來到蔣顏正身前，說道：「就在剛才，下官轄所外有百姓擊鼓鳴冤，擊鼓之人是一位婦人，她狀告今日有人闖入她家，不容分說綁走了她的夫君，生死未卜，她四下投奔無門，家中無主，只好報官。」

蔣顏正聽了半天也沒聽出匪首是誰，可見張懷德一副成竹在胸的樣子，蔣顏正決定還是耐著性子再聽一聽，雙手攏入袖中，對張懷德問道：「所以呢？」

有婦人擊鼓鳴冤，你就來我府裡抓人？小子，是不是沒見過拳頭長什麼樣子啊？

張懷德脊梁一挺，用他天生那副忠君愛國的形象，正直地指向蔣顏正身後站著的蔣修，石破天驚，一字一句地說道：「那婦人所告之人，便是蔣修蔣大人！」

清雅堂內又是一陣針落可聞的鴉雀無聲，蔣修愣了片刻後才想起來，衝下了石階去到張懷德身前，怒不可遏道：「胡說什麼？張大人，你縱然是瞧蔣某不順眼，也不能就此誣告，壞人清譽。我且問你，我綁了哪位婦人的相公啊？我何時去綁的？」

張懷德的官位本就比蔣修要大，所以對蔣修他可不拘禮，直言不諱道：「那婦人姓戚，名柔，是貴府嫡長孫蔣源之妻，蔣源是她夫君，是被你命人從他家鄉間小宅綁走是否？她認得綁人的叫王川，乃貴府護院，他綁人之時，明確的說出是蔣大人指使他所為，敢問蔣大人，可有此事？」

清雅堂內已經不僅僅是鴉雀無聲，簡直可以用大家一起屏息來形容了，一時間，只有風聲，沒有絲毫人聲敢發出來。

戚柔？戚氏？

那個大肥妞要不要做的這麼絕啊！此時眾人心中無一不在罵這戚氏沒有分寸，不懂禮數，明明只是家裡的事情，非要鬧得人盡皆知，如今還告上了公堂！她一個姪媳婦，直接把人家叔父告上了官府，且還是一狀告到總是與叔父不對盤的府尹手裡，此等蠢婦，真是蠢得上天入地，絕無僅有了！

只有蔣源唇角止不住地微微上揚了下。媳婦，幹得漂亮！真是太有默契了。

清雅堂內眾人不斷腹誹，壓根兒已經忘記了，當初是他們聯手把蔣源和戚氏趕出府的事情。

「如今那婦人還跪在我大堂之上，說是以晚輩告長輩，自知有罪，還等告完之後，請求發落呢。」

聽完了張懷德的話之後，眾人發現，他們現在對戚氏除了無語還是無語了。合著她也知道自己晚輩不能告長輩啊？那妳告了幹什麼呀，是真蠢，還是假蠢？

蔣修的表情從憤怒變成了驚訝，再由驚訝轉變成驚嚇，被張懷德這一巴掌打得七葷八素，嘴巴一開一合，卻是始終不知道說些什麼好。

回頭看了一眼蔣顏正，蔣修這才有了想死的心，看到站在一旁的蔣源，蔣修怒不可遏地走過去，問道：「到底怎麼回事？」

蔣源緩緩將腳步挪到國公爺身旁，然後才說道：「叔父莫氣，想我那娘子也是愛我心切，見我被人抓回，生怕像上回那樣遭遇毒打，這才失了分寸，叔父放心，我這便去將她帶來給叔父賠罪。」

說完，蔣源便做出一副想要往外走的模樣，卻被蔣顏正喊了回來，說道：「站住！遭遇什麼毒打？你是國公府的嫡長孫，誰敢打你？又或者，是誰讓你的妻子以為你回來就會遭受毒打？」

兜兜轉轉一大圈，蔣顏正終於問到了正題上。

蔣源連忙閉嘴，蔣修又是一陣驚嚇，嚇得像米篩似的，雙腳一軟，就這麼跪了下來，這回真是跳進黃河都洗不清了。

先是被蔣源求和的表象迷惑，讓他和母親失了說出蔣源不肖事實的先機，本來他們以為自己至多只是吃一回暗虧，明裡和蔣源修好，將來在暗地裡還可以施為，可是令他萬萬沒想到的是戚氏也是個狠角色，一不做二不休，竟然敢做出這番驚天動地的舉動來，一紙訴狀，把他告得裡外不是人；蔣源也是毒辣，說話不留情面，明知道自己這話說出來的分量，卻毫不顧忌、大大咧咧地說了出來。

毒打嫡長孫這個罪名壓下來，饒是蔣修在朝為官也是受不住。若是能占著頂撞祖母的惡行也就罷了，可是這惡行先前已經被蔣源給騙取原諒了，若是此時再提反而有強詞奪理，誣衊的嫌疑。

世間序法，以嫡為尊，以長為先，嫡長孫被打，那就是代表著整個蔣家的祖宗顏面被打了。從前國公爺不在家，大房只有蔣源一脈，又生得蠢鈍無知，隨便怎麼折騰都沒有反抗之力，長年累月下來，竟叫他漸漸將這條最平常不過的道理拋到九霄雲外；也許是心存僥倖，覺得自己終有一日可以擺脫大房陰影，成為這個府裡真正的主宰人，可是，忘記終究不是消失，人的身分一生下來，似乎就已經完全注定了。

蔣修面如死灰跌坐在地，蔣顏正見狀也已明白大半，先是一腳踢在兒子肩上，把蔣修一下子就踢翻在地。

老太君撲過來護著兒子。「夫君，不要啊！是那小子將禍事惹入了府，還出言頂撞，我這才對他施以薄懲，又如何有毒打一說？」

蔣源也跟著跪了下來，神色焦急地對蔣顏正說道：「是是是，祖母只是對我施以薄懲，並未毒打，是我一時口快說錯了。」

老太君和蔣修簡直要用眼神把蔣源給就地正法了。你小子不會說話，就別開口！什麼叫一時口快？這不明擺著告訴人家你是在隱瞞嗎？故意的吧！

「一時口快只怕才是事實吧。」

蔣顏正早就看穿蔣源被趕出府這件事不簡單，卻沒承想果真藏著隱情，窄袖一甩，對張懷德說道：「你，去把跪在你堂上的婦人帶過來，這件事是國公府家事，由老夫親自審問。」

蔣顏正是加一品的國公，張懷德只是個從三品的府尹，對於一品國公的命令他自然沒有反抗的理由。看了一眼躲在老太君身後面如死灰的蔣修，張懷德暗自冷哼一聲後，便領命而去。

不一會兒，張懷德就帶著人回來覆命了。

如今堂中只有蔣顏正夫婦、蔣修和他兩個兒子，外帶一個入定打坐的蔣源，其他女眷皆已帶著孩兒回去各自院裡。堂內眾人皆神色凝重，誰都沒有說話，安靜得令人感到壓抑。

戚氏牽著蔣夢瑤走入時，蔣舫正在給蔣顏正和蔣修倒茶，看見從門外走入的一大一小兩女子之後，就被眼前的美景驚呆了，茶壺維持著傾斜的狀態，任茶水溢流了一地。蔣昭就顯得比他見過世面，只是端著一杯茶放在唇邊，就是忘了放下來，維持了好久好久。

老太君更是把兩隻眼睛瞪得像是兩顆雞蛋般那麼大，雖然心裡已經有了大概猜測，但她還是指著戚氏崩潰地問道：「她，她是誰啊？」

張懷德看了一眼秦氏，那目光像是在說：妳的孫媳婦妳反倒問我是誰，老太太妳該吃藥了吧！

蔣源入定的姿態驟然解封，走到戚氏面前，在蔣夢瑤臉頰上摸了摸，說道：「娘子，讓妳們擔心了，老太君和叔父對我很好。」

蔣夢瑤抬頭看見自己爹娘「情真意切」地說著話，兩人對視一眼，已然默契在胸，蔣源也不忘垂眸看了一眼蔣夢瑤，暗自對她挑了挑右眉。

蔣夢瑤當即明瞭，用天真無邪的稚氣語調對蔣源說道：「爹爹，你上回被打得鼻青臉腫，腿跛了好幾個月，你要是有什麼事，阿夢和娘將來可怎麼辦呀？」

老太君和蔣修無語至極了，一個蔣源魔障也就算了，連這個小的也是魔障，兩人偷看了一眼蔣顏正已然蹙起的眉毛，不禁為自己默哀。

戚氏則二話不說，把蔣源上下打量個遍之後，才泫然欲泣地走到國公爺和老太君面前，盈盈跪下，也不告狀，也不解釋，就那麼我見猶憐地跪坐落淚，不一會兒眼眶就通紅通紅，那模樣別提多真切，就好像一個真的為夫感到委屈心疼卻又為了夫家顏面諸多隱忍的賢妻，可是，她分明一句話都沒有說啊。

不過，此時無聲勝有聲，她的無聲控訴，正好徹底印證了蔣源被不公祖母和二房叔父欺凌之事。

這一家子上下，全都是壞人！蔣修在心裡咆哮，他就這樣被蔣源一家坑得無言以對，坑得連辯駁的機會都徹底失去了。

蔣顏正對蔣夢瑤招了招手，蔣夢瑤也不怕，就那麼走了過去，目光毫不偏倚地盯著蔣顏正。

「妳來說說，妳爹被打之時到底是怎麼回事？妳幾歲了？能說得清嗎？」

蔣顏正對待誰都是公平的，在他眼裡品級與年齡並不是一項必須遵守的規矩，只要是能跟他交流、能懂他意思的人，他都願意相交相談，因此，他在對蔣夢瑤說話的時候，並不是一個問事的長輩，而是把蔣夢瑤當作談話對象。

他的樣子，讓蔣夢瑤想起自己大學還未畢業時，在一個單位實習的上司，一個嚴厲苛刻卻又公平公正的老女人！她對手下員工的要求只有三點：聽從命令、做好事情、做好彙報，若是你按照這三點做了，在她的字典裡就沒有找碴這件事。

同樣的，在蔣夢瑤看來，蔣顏正也是屬於這類型的上級長官，這種人只在乎你幹了多少實事，才不在乎你拍了多少馬屁、說了多少好話，當即口齒清晰地說道：「我說了，你們就不打我爹娘了嗎？」

蔣顏正沒有想到一個小丫頭會對他這般無懼，那小眼神明亮且黑白分明，漂亮得不像話，叫人見了就喜歡，不過在他眼裡，不管男女老少，光是長得漂亮可不行。

蔣顏正故意對她瞪了眼睛，說道：「妳說說看是怎麼回事，若是妳爹娘沒錯，我自然不會打他們了！」

蔣夢瑤垂眸想了想，然後才說道：「事情的對錯很難說清。我只知道當時我爹爹在外面惹了大麻煩，回來之後，我爹和娘就被關在老太君的院子裡打了半天，出來的時候，我爹背上全是傷，跛了一條腿，我娘因為有我爹護著，所以倒沒怎麼受傷，當天我們就被趕了出去。」

以上就是蔣夢瑤當日所知道、看到的，這些事情有很多人見證了，所以她倒沒有添油加醋，很自然地說了出來。見蔣顏正臉上有些狐疑，她又說道：「為了不讓別人報復，就把惹事的子孫趕出府，知情的人會說我爹不懂事，在外惹是生非；若是不知情的人，就不知道他們會怎麼說了，反正就是我爹都不怕的人，這麼大的家裡，這麼多人竟然還會害怕。」

蔣夢瑤看似童言童語，說出來的話卻相當犀利，簡直就是指著老太君和蔣修的鼻梁在罵他們貪生怕死，一種「為了不惹麻煩，就毒打嫡孫並趕走以避禍」的形象躍然於蔣顏正的腦中。

但蔣顏正還比較理智，問道：「妳爹在外惹了什麼事？」

這個問題，不等蔣夢瑤回答，老太君就鼓起勇氣衝了出來，噼哩啪啦倒豆子般對蔣顏正說道：「他把步家的大孫子給壓了！步家那個女人，夫君也是知道的，動起手來六親不認，步擎元是她的心頭肉，平白被人欺負了，那個女人當天就闖進府裡來，還揚言縱然夫君你在，她也是不看在眼裡，我惱她卻也牢記夫君所言，萬萬不可與步家為難，這才放她走了，可是她不依不饒，說若是她孫子有個三長兩短，就要國公府上下不得安寧。我……我也是怕守不住府邸，鬧出更大的事來，才想讓源兒外出避禍，他卻誤解了我的意思，對我百般衝撞，那等衝撞若是被人告上官府，縱然將他打褪了皮、去半條命也是有的，我卻沒有那麼做，只是命人在府裡小小教訓了他一頓，再命他出府思過罷了，怎料卻平白招來這一家子的記恨，要與我這老婆子為難，其心不可謂不毒啊！」

蔣顏正盯著老太君看了好一會兒，這才幽幽地說了一句。「所以妳的意思是，你們的確打了源兒，沒有將他告官，是你們寬容大度？」

老太君一次把勇氣全都用完了，接著就顯得特別沒底氣了，吞嚥了下口水說道：「……

不，不是的，不是這個意思。我、我真的只是讓修兒小小地教訓了他一頓，是他不服管教，對我……」

蔣顏正不等秦氏說完，就轉身對堂外喊道：「來人吶！把蔣修拉下去打五十板子，身為叔父，不知愛護孤姪，悉心教導，反而橫加打罵，委實可惡。去朝廷替他請三個月的假，在家給我好好地閉門思過！秦氏身為祖母，對嫡孫既無寬容之心，又無愛護之意，隨心打罵，實為不該至極，念妳年事已高，去佛堂抄三個月佛經，好好修身養性吧。」

一場困擾蔣家眾人好長時間的事情，在蔣顏正回來的第一天就得到了完美解決，這是蔣源從未想過的順利，在他的計劃裡，最多只是想在國公爺面前亮個相，順便堵住秦氏和蔣修的口，讓他們無法惡人先告狀而已。

可是，他的計劃在戚氏強勢加入之後，就瞬間變得宏偉巨大起來，甚至還成功讓蔣修受了罰！想起來，原本在出府這件事上，其實就是他自導自演的一齣好戲，因為不想讓妻女跟著他在府裡受人白眼和嘲諷，蔣源便連同好友步擎元做出了那一場戲，不僅讓蔣源如願逃離了國公府，又讓步擎元好好整了一回讓他討厭的祖母寧氏。

耳邊聽著蔣修在院外的號叫，蔣源摸摸鼻頭。咳咳，想想還真有點對不起他們呢……但是，不管怎麼說，他們大房如今可謂是一戰成名了。

蔣源和戚氏帶著女兒跪在蔣顏正面前，蔣顏正豎著眉毛看著這一家人，說道：「你是說，你們不回來住？」

蔣源點頭。「是，我們在外面住習慣了，府裡的生活固然是好，所用所食皆為上等，可是孫兒覺得外面的世界才更適合我們一些。大丈夫志在四方，萬不可為驕奢，我也是出去之後，才真正明白了這個道理，靠自己的雙手給妻子兒女想要的生活，這也是男兒大丈夫的職責，還望國公爺成全。」

蔣顏正盯著這一家三口看了看，然後對蔣夢瑤招招手，戚氏扶著她起來，蔣夢瑤便走了過去。

蔣顏正彎下了腰，對蔣夢瑤問道：「妳爹的意思，妳怎麼看?他在外頭能照顧好妳們嗎?可吃得飽、穿得暖？」

蔣夢瑤回頭看了一眼戚氏和蔣源，笑道：「曾祖父，我只要和我爹、我娘在一起就很開心，吃什麼、穿什麼我不在乎。」

蔣顏正又一次對這個曾孫女刮目相看了，這小小年紀，竟然能夠明白很多上了年紀的大人都無法參透的事情，不禁破天荒地將她抱了起來，坐在自己腿上，又問道：「即使妳爹只能給妳們粗茶淡飯，粗布麻衣，妳也不在乎嗎？」

蔣夢瑤坐在蔣顏正腿上，突然有一種抱到大腿的感覺，既不驚訝也不害怕，而是乾脆地扮演一個乖巧曾孫女的形象，瞪著天真無邪的大眼睛對他說道：「我爹給我好的，我就吃好的；給我不好的，我就吃不好的，管那麼多在乎不在乎幹什麼呢？」

「哈哈哈哈……」整個堂內都迴盪著蔣顏正爽朗的笑聲，經久不息。

他在蔣夢瑤的後背拍了兩下後，把她放到地上，讓她回到她爹娘身邊去，這才對蔣源說道：「小子，你生了個明事理的好孩子啊，不錯不錯！府裡也有幾個曾孫輩兒，還沒與我說過話，不過這大房的嫡長孫女，我看著就很不錯啊。」

蔣源和戚氏相視一笑，瘦下來的戚氏不笑的時候美得像一幅江南水墨畫，清新動人，笑起來又如早春的花朵，嬌豔純美，不禁讓蔣源看呆了。夫妻倆你中有我，我中有你，柔情密意稠得都快化不開了。

蔣顏正輕咳了一聲，打斷了這兩個小輩在他面前秀恩愛，沈吟片刻後，才說道：「你不搬回來住倒也沒什麼，不過蔣家大房也就只有你們這一脈，你們住哪裡我不干涉，但是今後府裡有事，無論是壽宴、春宴，或是府外須出面應酬之事，你們就必須回來。從前你爹和他們分家的時候，是我主持的，但我也言明過，雖分猶合，所有事情都要按照未分的時候去辦，裡外都要大家一同擔當，這樣一家人的感情才不至於越來越生分。」

蔣源一家對蔣顏正的吩咐頂禮稱是，拜過之後，蔣顏正就讓他們起來了，又把蔣夢瑤招了過去，說道：「這孩子聰慧，可有請先生？」

戚氏上前答道：「請了一位西席女先生回去教導了。」

蔣顏正點頭。「誰教導倒不是什麼大事，世間有為之人，從不拘泥先生是誰，家世如何，生存的學問就擺在那裡，每個人看到的都不一樣，只要自己有心向學，誰教都是好的，最終還是得靠自身修養。有些人學富五車，可是卻未必大度心寬，有些人大字不識一個，卻照樣能得到旁人敬佩。我不想這孩子被教養成不識五穀、不通人情之輩，禮儀舉止的規矩之類都是虛的，全是瞎折騰，還不如把孩子的品行教好才有用。」

戚氏恭敬福身。「是，國公爺教誨，孫媳謹記。」

蔣顏正又低頭對蔣夢瑤說道：「妳爹要是不給妳吃好吃的，就回來找我，我帶妳去吃！」

說的好像她是吃貨一樣，但蔣夢瑤還是甜甜一笑。「好。」

蔣源至此上前詢問。「國公爺這回要在京裡留待多少時日？」

「數個月總是有的，這些年邊關戰事也該向聖上細細稟明，再商討一番下一步邊關策略，想來要這麼多時日。」

蔣顏正又看了一眼蔣源，覺得還是太胖了些，就又說道：「等明日我見過聖上，後天你就去西郊外十里坡的軍營找我，你隨那些兵士一同操練。你爹是死得早，要不然也是個能隨我一同上戰場的漢子……」

提起大兒子蔣易，饒是蔣顏正英雄無敵也是頗有感慨，嘆了口氣後，就對蔣源揮揮手，說道：「沒事你們就先回去吧，我去書房寫幾封摺子。」

蔣源見國公爺提起他爹時神傷的態度，心裡也不好受，領著妻女拜過之後，就退了出去。

蔣夢瑤隨戚氏上了馬車，她透過車簾看著自家老爹越發頎長的背影，又一次覺得這個老爹不簡單，可以說是腹黑屬性了。

原來他在早幾年就已經打算好了今日，置辦的宅子為什麼不是東郊，不是北郊，而偏偏是西郊呢？直到剛才蔣夢瑤才算是明白過來，老爹這是未雨綢繆，想要走國公爺路線，所以把宅子就近立在設有軍營的西郊邊上。

因為蔣顏正不可能永遠在邊關不回來，只要他回來，就勢必會出沒在西郊軍營，為了可以和蔣顏正更進一步相處，他也是滿拚的！

這等心計與謀略，看來她老爹的野心……不小哇！

第十章

蔣源帶著妻女回到家中，還未站穩，就有幾位國公府的信使前來。信使這個職位大多世家望族中都會有，顧名思義，就是專門幫主人家傳遞各種外界參與活動消息的人。

蔣夢瑤也是第一次聽說這職業，但是又一想，這個職業的確該有，大戶人家辦個酒宴什麼的，貴客自然是主人家自己去請了，但若只是尋常人家，感情也不濃，就要這些代表府裡主人的信使們奔走。只見三個信使從馬上下來，對蔣源和戚氏行過禮之後，蔣源便將他們請入內堂。

蔣夢瑤帶著虎妞在堂外走廊上坐著，就聽見堂內信使們在與蔣源和戚氏羅列接下來大半年，他們要代表大房參加的活動。

這就是國公爺那番話的意思，之前的一年多，因為蔣源和戚氏是被國公府趕出來的不肖子孫，所以府裡有什麼事也沒人來通知他們，可是如今蔣顏正回來了，他親自處理這件事，還打了蔣修、罰了老太君，府裡之人不可能不清楚這位國公爺的心偏向誰，所以，不用等蔣顏正吩咐，府裡各機關就已經開始運作起來。

信使只是第一撥，接著還有第二撥、第三撥，戚氏是大房的當家主母，這些事情理應由她管理，乾脆讓吉祥、如意去把前院的東西都收拾了，大門敞開，做出一副迎客的模樣。

果然，不過一個時辰之後，就真的有國公府的車來往了。

信使剛走，府裡的管家嬤嬤就親自上門，還帶了很多東西，一番虛偽地寒暄之後，管家嬤嬤才與趙嬤嬤親自道歉。「趙妹妹勿怪，這一年多來，我這腦子越發不濟，府裡事也實在太忙，所以這些大房的分例沒能及時送來，煩妳向大公子與大少奶奶說道一番，就說老嬤嬤我知錯了，下回可不敢再忘。」

趙嬤嬤見蔣源和戚氏回來皆春風滿面，也知道國公爺回來了，這些奴才都不敢再狗眼看人低，便笑道：「嬤嬤貴人事忙，咱們大房的事又有什麼要緊呢！瞧您還親自送來，您派人來支應一聲，老婆子我不就自己去領了嗎？」

管家嬤嬤陪笑道：「趙妹妹！瞧妳說的什麼話兒，咱們在府裡可是有過交情的，就是有交情，老姊姊我才有恃無恐，也是我做錯了，老姊姊給妳賠罪啦，下回不用妳說，當月的東西，我上月底就差人送來，一樣都不會少的。」

這就是生存的現實。趙嬤嬤心中也是頗有感嘆，從前他們大房在府裡過的那叫什麼日子，主母苛待、奴婢欺凌，府裡有什麼好的全都讓人占去，別說是每月該有的分例，就是一些尋常物件，她要去領都會平白招來許多白眼和諷刺，以至於她經常想想就哭，想著自己反正年紀大了，至多再受個十幾二十年也就過去了，可她的大少奶奶和大姑娘這輩子還長著，可該怎麼熬啊。

如今國公爺回來了，這些小人也不敢怠慢了，看著如今的大公子和大少奶奶，趙嬤嬤是打從心裡高興，儘管她覺得大少奶奶有些瘦過頭了，但若是減了那身肉能夠為大少奶奶換來足夠的尊重，趙嬤嬤還是捨得的。畢竟人生在世，也不全是為了吃喝，也是要受人尊敬的，她一個奴婢尚且這般想，更何況是她家大少奶奶呢？

國公府的人來了好幾撥，每一撥都帶來了東西，林林總總放滿了前院後院，從前是嫌東西不多令趙嬤嬤頭疼，可如今東西多了，趙嬤嬤可就更頭疼了，這院子總共也就這麼大，該往哪裡收拾呢！

詢問過戚氏之後，戚氏便做了決定，把他們用不上的東西都送去魯家村給當地的村民們，只留下一些有用、貴重的。

趙嬤嬤領命之後，就讓老劉帶著平安和富貴上街租了好幾輛平板馬車回來，再加上吉祥、如意，六個人忙進忙出又把東西搬去車上，由老劉帶隊，平安、富貴押車，往魯家村趕去。

一番忙碌之後，才總算是平靜了下來。

根據信使留下的消息，十日之後倒是真有一個要大房參加的活動——兵部尚書孔家次子成親，蔣源和戚氏代表了蔣家大房，對於二房孔氏弟妹家的喜事，自然是要登門道賀。

這一次，也是蔣家大房在被趕出府之後，第一次需要在公眾面前亮相的場合。

至於國公府內因為蔣顏正的回歸而變得風聲鶴唳，蔣顏正的行動力也是超群，他先是將府裡的主要崗位皆替換成軍中的親信，這些管慣了糧草軍備那種大量錢財與物件的文職軍官們，一下子就把國公府裡沈積多少年的帳目全都翻了個底朝天。

幾年對府中的忽視不代表放棄和姑息，先前之所以忽視，那是因為蔣顏正有這個信心和手段，確定他有本事把這些爛攤子全都收拾起來。

事實上，蔣顏正確實做到了，不過幾天的時間，府裡的陳年舊帳全都理順，箇中環節出了差錯之人無一倖免，皆貶去做粗使，有不服的便當天賣掉，雷厲風行得叫人害怕。

孔氏這些日子也是忙得焦頭爛額，國公府也只是這兩年才交由她手中管理部分機要，她雖然知道府裡公庫虧空甚重，可是她畢竟是新入門的媳婦，各房人脈還不夠硬，比不過在府裡待了幾十年的老人，所以對於他們有些手頭的虧空與漏洞，除非是特別重大的，一般也就睜一隻眼、閉一隻眼了。

放眼整個安京世族，每家都在嚷嚷著崇尚節儉、清廉持家，可是真正做到的又有幾家呢？誰家裡沒有上百僕婢，沒有奢靡錦衣，就是各家婦人出席宴會時戴出來的東西一番比較，也能分出個上中下來，若真是清廉，這些東西又該如何說呢？

孔氏不敢動府裡的老油條、大蛀蟲，不過蔣顏正可是敢的，他才不顧什麼崗位上的人是什麼一表三千里的遠房親戚，在他看來，眼裡只有能做事和能做好事的人——能做事的人，就是聽話；能做好事的人，就是在聽話之餘還能加入努力和創新，得出好結果。

一番變動之後，國公府裡的人手足足縮了一半，開支也少了一半，在找到新帳房之前，便由蔣顏正從軍裡帶回來的那幾位軍中師爺暫管，而孔氏則避開有關財物的一切，專心管理女眷後院諸事。

這一招明升暗降，讓吳氏的心裡可是好受不少，有時候遇見了孔氏，她也難免出言針對兩句，不過孔氏全都當作沒聽見，倒叫她挑釁不成，又白白生了些怨氣。

吳氏把兩個女兒蔣璐瑤和蔣織瑤叫進房，兩個姑娘一個五歲多，另一個四歲多，都出落得挺標緻。蔣璐瑤生得十分周正，雖不似吳氏美豔，卻承襲她爹的俊秀，她妹妹蔣織瑤生得就沒她漂亮，一雙眉眼看著就挺普通，不過有句話叫女大十八變，現在還說不清到底誰好看誰不好看。

兩個女孩兒站在吳氏面前，身後站著各自的奶娘，吳氏就如一般主母般坐在高高的太師椅上和她們說話，從說話的方式來看，蔣織瑤倒是比蔣璐瑤更加伶牙俐齒一些，蔣璐瑤雖然漂亮，卻不愛開口說話，就連面對自己的母親都頗有懼意，更別說在其他場合了。

「再過幾天，就是妳們嬸嬸娘家辦喜宴的日子，咱們也受到邀請，須前往道賀，妳們倆回去之後，讓盧先生教妳們一些賀壽的句子，都記住了，可不許出差錯給我丟人，聽見了？」吳氏一邊撫摸自己的肚子，一邊對兩個女兒說道。

蔣璐瑤雖然大一些，不過膽子卻很小，聽娘親說完之後，就偷偷看了一眼身旁的妹子，見她點頭，她也點頭。

蔣織瑤能言善道地保證道：「母親放心，織兒和姊姊一定學好，不給母親丟臉。」

吳氏掃了一眼蔣璐瑤，只聽蔣璐瑤也連連點頭說道：「是，女兒一定好好學。」

吳氏在兩個閨女身上看了看，這才又不放心地說道：「可得給我長點臉，這是妳們第一次出席這種場合，今後妳們大了，世家之間這種場合多得是，去的人也都是與咱們門第相當，甚至高出咱們國公府。妳們與人結交時，可要記清楚了，與咱們門第相當的可以交，比咱們門第要高的一定要交；若是門第不如咱們的，那就要好好甄別甄別，別交了什麼窮家破落戶回來，我可是不依的。」

「是，娘親放心吧。上回有一個孔家姊姊來府裡遊玩，就是我和姊姊接待的，她認識咱們，說下回咱們去她家，她也帶著我們玩兒，到時候咱們讓那孔家姊姊給咱們介紹介紹進入後院的賓客，那咱們不就可以先甄別一番，不會交錯人了嘛。」

蔣纖瑤人小鬼大，說出來的話竟不像個四歲半的孩子，倒像是被這世俗浸染多年的行家般，不過她這般心眼倒是頗得吳氏喜歡，吳氏因為自己沒有手段，所以這輩子吃了很多虧，她一心就想生一個有心眼、有手段的孩子，蔣纖瑤很明顯更符合她的喜好。

看了看蔣璐瑤，吳氏搖頭嘆道：「妳呀，多學學妳妹妹，妳生得是不錯，可是妳要知道，像咱們這樣的人家，光是生得漂亮可是不行的，長得漂亮的大有人在，可是腦子裡有貨的卻是不多，妳妹妹就很好，妳若再不趕上她，縱然妳生得比她漂亮，將來也不一定能嫁得比她好就是了，可記下了？」

蔣璐瑤小聲地答應了，看了看旁邊的蔣纖瑤，正得意地看著自己，蔣璐瑤只好把頭埋得更低了，吳氏見她這樣，就越發喜愛不起來。

這些天她本來就不怎麼高興，原因無他，自從國公爺回來之後，大房扳回了一局這也就算了，本就與她也沒什麼關係，可是在那之後，她聽見府裡有人傳出大房戚氏瘦了不少的消息，還變得十分漂亮。那個女人向來都是吳氏用來尋找自信和優越感的對象，雖然吳氏心裡不相信，戚氏那樣的底子就算瘦了能美到哪裡去，但吳氏就是不喜歡聽見誇獎戚氏的話。

心裡煩悶，說了這麼一會兒話，吳氏也覺得有些疲累，便捧著肚子站了起來，讓兩個奶娘把兩個女兒帶下去休息。

見吳氏入內，兩個女兒才敢動身告退，走到門邊時，明明是蔣璐瑤在先，蔣纖瑤卻先她一步跨出門檻，還撞了蔣璐瑤的肩膀一下。

蔣璐瑤被撞了，滿臉的怒色，卻不敢出聲教訓，只好暗自跺腳咬牙。

蔣夢瑤倒是對孔家兒子結婚的事情沒啥興趣，對她來說，現在最感興趣的就是她娘開設的店鋪；不得不說，她娘就是個經商奇才，不過短短幾個月的時間，珠寶店的分店就開了三家之多，分別位於安京的東南西北城，全都是頂級商鋪，坐落在人流鼎盛之處。

她娘的珠寶店還有個很好聽的名字，叫做荀芳閣，荀字就是通同音字「尋」，不過，如果直接用「尋」這個字，就有點燈紅酒綠的嫌疑，換了個字就風雅多了。

戚氏給每樣首飾都取了個好聽的名字，就好像你只要進來了，就能尋到心愛的姑娘一般，雖然這個經營理念十分超前，卻得到蔣夢瑤發自肺腑的佩服。

她娘不僅經營上有一手，在創新上也有一手，她每回從波斯商人那裡購入貨品，都會每樣抽兩件出來，交給她手下各種手藝高超的匠人們研究。

誰說只有書畫可以研究？戚氏始終相信，首飾鍛造也是可以研究出來，那些匠人們從一開始的開眼界，到湊在一起商討試驗之後，竟然還真的給他們開發出另一條康莊大道。

本朝的首飾都以沈重厚實為主，這樣的首飾，用料太多，戴在身上不僅不輕便，還十分累贅，可是，如果將首飾的厚度減少，或者由粗變細，這樣不僅有些花紋能夠更好地雕刻出來，還十分節省用料，做出的首飾輕靈精緻，一下子就成功占領了安京首飾界的主流。不以金銀珠玉的分量取勝，反而是以荀芳閣金銀師傅的雕刻手藝打入市場，意外獲得了好評，並且這種首飾在用料上比之從前那些笨重的更節省，原料省了，成本也就少，利潤自然就高；利潤高了之後，戚氏也頗有膽色，一下子就在城內另外開三家店鋪，占領了東南西北，荀芳閣的名字已經成為安京所有珠寶首飾店的時尚風向標，每個女人都以買到荀芳閣的首飾為榮，獲得了前所未有的好評。

戚氏一下子從小富婆，變成了一個大富婆，資產身價那是蹭蹭蹭地上漲，不過，大家只知道荀芳閣的總掌櫃是個女人，還是個極其美麗的女人，卻都不知道這個女人是誰，這件事又是首飾圈一件喜聞樂道的神秘事件。

自古便是如此，越是神秘就越是引人遐想，越引人遐想就越能製造話題，戚氏這種超乎水準的發揮，簡直讓蔣夢瑤這個現代人都為之驚嘆，甚至懷疑她娘是不是也是穿越的；可試探了好幾回，她娘除了商業上比較有天分，對其他的事情倒是平淡得很，這讓蔣夢瑤還平白失望了好些天呢。

轉眼就是十日之後，兵部尚書孔家既然送了請柬來，那麼作為蔣家大房的代表人物，蔣源勢必要帶著戚氏和蔣夢瑤一同前往赴宴。

蔣顏正提出讓蔣源當天先帶著妻女回國公府與蔣家二房會合，然後大房、二房一起去，蔣源卻說如此不便，讓二房先去，他隨後便到。

喜宴當天，戚氏身穿一襲淡雅丁香色調的窄袖褙子，及膝對襟，配一條腹圍，雲紋多層紗裙別樣仙氣，將她清雅脫俗的美貌襯托得淋漓盡致。

原本蔣夢瑤也想跟她穿同樣顏色的衣服，來搞一個母女親子裝秀，可是丁香色略顯成熟穩重，與蔣夢瑤的童真氣質有些不搭，所以戚氏給她另外準備了一身淡粉色的襦裙，層層疊疊，很是別緻，蔣夢瑤穿在身上古典氣質瞬間爆棚，看著鏡子裡的小美人，蔣夢瑤開心地在原地轉了個圈，戚氏看著女兒這般嬌俏模樣，頓時有種「吾家有女初長成」的欣慰之感。

趙嬤嬤給蔣夢瑤梳了個可愛的小髮髻，蔣夢瑤在鏡子裡看了不禁嘟嘴。「娘，這個髮型不好看，像道姑。」

戚氏和趙嬤嬤對視一眼，噗哧一聲笑了出來，戚氏來到女兒身後，與她在鏡中對望，蔣夢瑤回頭指著戚氏頭上的雙刀髻說道：「我也要梳這種髮髻。」

她娘親本來就長得美貌，這雙刀髻最適合秀麗美婦人，不算高調，卻也不算平庸，戚氏在兩邊髮髻上皆點綴了瑩潤光澤的夾珠，瑩白之光，將她的美貌映襯得更加清雅動人。再看看自己頭上這道姑樣的髮髻，蔣夢瑤簡直要開始懷疑自己到底是不是戚氏親生的了……

戚氏在她頭上摸了摸，說道：「妳個小丫頭，頭髮哪夠這麼長呀！我看這個髮髻就挺好看，簡簡單單，清雅大方。」

蔣夢瑤還是覺得不滿意，戚氏見她這般不禁又在她鼻頭上刮了一下，說道：「好啦，我的大小姐，知道妳不滿意，且再等會兒好不好？娘有個好東西給妳戴，戴上之後再看看好不好看。」

戚氏說了這麼一番話之後，才又轉身去到內間，拿出一只巴掌大小的檀木小盒子，將盒子打開之後，露出內裡一只精巧至極的花冠，花冠大概有成人一半掌心那麼大，全頂鏤空，雕刻鬼斧神工，而最令人嘖嘖稱奇的還不是這巧奪天工的匠人手藝，而是花冠上鑲嵌著五顆流光溢彩的七彩寶石，在屋裡看著就很通透亮眼，可想而知，若是在陽光下行走時，又將是如何美不勝收了。

「哇，好漂亮啊。娘，這是要給我的嗎？」

蔣夢瑤看著這花冠簡直像小狗看見骨頭一般激動了，戚氏被她這模樣逗笑，從盒子裡拿出那頂精巧的髮冠，替蔣夢瑤戴上。髮冠似乎就是為蔣夢瑤量身訂做般，把她頭上那雞蛋大小的髮髻盡數籠罩其內，金色花冠薄如蟬翼，又是鏤空，看著十分輕靈巧妙，寶石光彩奪目，瞬間就讓蔣夢瑤的造型提升一個檔次。

正如戚氏所言，若要配戴這頂金色花冠，內裡的確只能梳簡單的髮髻，這樣才能將花冠服帖地戴上，盡顯光彩。

有了這個流光溢彩、金光閃耀的花冠，蔣夢瑤身上再也不需要其他點綴，就能完美散發出通身的貴氣來。

這對美母女一走出房門，就亮瞎了這家男主人的眼，只見蔣源一襲窄袖窄身居服讓他看起來十分俐落，雖然此時他仍有一百七、八十斤，但好在他身形頗高，穿起這衣服來，不僅沒感覺臃腫，反而增添了瀟灑之氣，再加上他的眉眼本也生得很好，一雙微微上挑的細長桃花眼永遠彎著，訴盡了溫暖。蔣夢瑤這才發覺，從前都沒看出來，她爹竟然還是一個暖男長腿哥哥呀！

一家三口坐上一輛蔣源親自設計的寬大馬車，一路往孔家趕去。

孔家大家長是兵部尚書孔善，孔氏是他嫡出次女，嫡長女幾年前被選入宮中做了婕妤，此時已身在昭儀之位，離封妃雖還有一段距離，但無疑也給孔家壯大了不少聲勢；只要孔善這個兵部尚書不倒，孔昭儀不在宮中作死，那麼孔昭儀今後即便不得寵，也會按照年分一級一級往上升去，最後熬成妃位，那也算是修成正果了。

孔善一共有兩個嫡子，比三個嫡女的年紀都要小一些，今日成親的便是嫡次子孔凌生，他要娶的是保和殿大學士之嫡長女。孔善身為兵部尚書，乃是從二品，保和殿大學士乃正三品，兩家在朝皆是大吏，朝中同僚前來恭賀之人也不在少數，再加上兩家遠近親戚，在院中席開八十桌，場面極其熱鬧。

蔣家是孔氏的婆家，這回前來，一來是給孔氏面子，彰顯婆家重視，二來也是孔氏想藉此機會，讓婆家與娘家關係更近一步，所以才特意安排蔣家眾人來赴宴道賀的。

蔣昭是一定要來的，畢竟是他的小舅子成親，他這個做姊夫的不來不像話，至於蔣舫和蔣源則是另外邀請的。蔣家眾人心如明鏡，蔣舫是早就發帖邀請了，不過蔣源嘛……卻是最近剛剛發出去的帖子，原因無他，正是因為國公爺突然回府，為了蔣源離府一事大為發火，不僅打了蔣修，還罰老太君在佛堂面壁思過、抄寫佛經，這一系列的舉動，足以說明老國公對大房這一脈的看重，孔家宴請蔣源也是看在蔣顏正的面子上，卻未必是真心想要結交。

因此，蔣舫和蔣昭帶著妻兒來到孔家之後，並沒有等待蔣源一同入內，而是率先隨著領路童子分別去了女眷和男眷會客之處。而不足十歲的孩子，無論男女，則一併入女眷所。

「璐兒、纖兒，這是孔家哥哥孔喻和孔家姊姊孔真，比妳們大一些，待會兒讓他們帶著妳們玩兒可好？」孔氏領著兩個孩子來到吳氏身邊，對端正坐在吳氏身邊的蔣璐瑤和蔣纖瑤介紹道。

孔喻和孔真是一對龍鳳胎，今年七歲了，模樣生得與孔氏頗有些相像，所以孔氏對這兩個娘家孩子一直很好。

孔喻和孔真對視一眼後，便齊向吳氏行禮，吳氏心中感嘆果真是大家子弟，也拿出一副慈母之態對他們的行禮免過，之後四個孩子才湊在一起，分別叫了哥哥、姊姊。蔣纖瑤雖然人小，但說起話來卻絲毫不遜大孩子，上一回孔真去蔣國公府玩耍，便是蔣纖瑤姊妹帶著她在國公府裡做客的，所以孔家姊弟倆很快就和蔣家姊妹打成一片，孔喻問過孔氏和吳氏之後，才領著兩姊妹去園子玩耍去了。

孩子們離開之後，孔氏才坐下與吳氏說了兩句話，不經意間問道：「長嫂可曾見大房的人？」

吳氏喝了一口孔氏特地命人給她煎的糖茶，搖搖頭，說道：「不曾看見，國公爺曾說讓他們跟咱們一起來，可大房拒絕了，說他們要自己來，我們這才沒有等他們。」

孔氏點點頭，然後又問：「哦，我也只是問問。最近關於大房的傳言挺多，有些話說得頗為真切，有些話卻又叫人難以相信，說是大房嫂子出落得像仙人一般……」

孔氏端著茶杯，若有所指地看了一眼吳氏，只見吳氏當場就放下了杯子，說道：「什麼真切不真切，我就不相信了，憑大房從前的人品，縱然蔣源是瘦了些，可也難當仙人一說，大房的戚氏我看也就那樣，不過是一些無聊之人說的無聊話罷了，妹妹竟也當真了？」

孔氏噙著笑，若有深意地看了一眼吳氏，便不再與她討論這個話題，眼角一瞄，卻是驚鴻一瞥，吳氏見孔氏的目光直直盯著賓客室的門口，便也隨之看了過去，這一看，便與孔氏一同呆住了。

一襲丁香之色，芳馨滿體，顧盼生輝，一張明月之容，皓如凝脂，光豔逼人，身姿纖細修長，嫋嫋細腰，盈盈一握，如此美景又有誰會否認她的確有仙人之姿呢？

這……這個女人，就是當初那個蠢姿顏醜、肥碩笨拙的大房戚氏？

孔氏和吳氏只覺得眼前的天空飄來成片烏雲，一番雷電交加、電閃雷鳴之後，傾盆大雨驟然落下，把她們兩人淋成了落湯雞，內外皆遭受天打雷劈的打擊，一時竟再說不出話來了。

戚氏牽著女兒的手往內裡走去，周遭不斷有探視的目光落在她們母女倆身上，蔣夢瑤倒還好，戚氏卻有些緊張，牽著蔣夢瑤的手心已經汗濕，蔣夢瑤也覺得娘親的手滾燙不已。

蔣夢瑤抬頭看了一眼戚氏，見她雖然緊張，卻也竭力繃住了神情，嘴角那抹淡淡的微笑，帶著一抹絕色美人特有的孤高與傲氣，從容淡定，自信沈穩，賢妻良母的氣質簡直要秒殺在場所有庸脂俗粉。

蔣夢瑤在心裡不由自主地給親娘點了無數個讚！對於曾經苛待我們的人，就是要以百萬倍的攻擊，將對方秒成渣渣，再不敢站起來蹦躂。

戚氏在孔家下人的帶領之下，來到孔氏和吳氏身前，對兩人莞爾一笑，說不出的風華。

「兩位弟妹別來無恙。」

聲音還是那個聲音，身段卻完全不是從前的身段了。

孔氏率先反應過來，彈簧似地站了起來，機械式地彎起嘴角，對戚氏說道：「哦，我道這位美人是誰，原來是姊姊，真是……變化好大呢。」

孔氏覺得自己最大的本事就是能夠喜怒不形於色，可是這個情況竟然讓她引以為傲的自制力破功了，可見衝擊不小。

蔣夢瑤的目光在孔氏和吳氏之間流轉，只見吳氏緊咬著下唇，難以置信的目光中迸射出一種嫉妒得想死的光芒，她扶住桌角的一隻手似乎抓得用力，手背都有青筋暴露出來，由此可見，她內心此刻無比燒灼。孔氏看著倒還好，就是真的意外了一小會兒，表情有些僵硬，這倒不是說孔氏對她娘就好一些，而只能說明，孔氏比吳氏會裝，心計比吳氏要厲害得多吧。

「府外的生活總比不上府內，剛出去的時候，兩、三天吃不下飯也是有的，竟不知不覺變成了這種沒福氣的模樣，兩位弟妹可莫要嫌棄才是。」

蔣夢瑤抿著嘴差點笑噴，她娘可是演技加偶像，將來是要走紅毯拿影后的，說起謙虛的話來，臉不紅氣不喘，就看著孔氏和吳氏一副吃了蒼蠅的樣子，光看就覺得好爽。

孔氏聽完後，果真順著戚氏的話，做出一副「姊姊妳受苦了」的神情，不願繼續圍繞戚氏的外貌說話，而是話鋒一轉，低頭看向被戚氏牽著的蔣夢瑤。

蔣夢瑤對她甜甜一笑。「兩位嬸嬸好。」

孔氏瞧見過蔣夢瑤小時候的可愛模樣，此刻見蔣夢瑤倒是沒有見戚氏之時的反差，頓時發揮出正常水準，和藹可親地彎下腰，對她說道：「哎呀，不過短短一年多的時間，阿夢就長這麼大，還是那麼漂亮可愛。」

蔣夢瑤沒有說話，只是笑笑，因為她還記得自己小時候在孔氏面前的形象——漂亮是漂亮，卻不聰明。

戚氏摸了摸蔣夢瑤的頭，說道：「漂亮頂什麼用啊，讓她多讀點書，總是不肯，學到今天，就連百家姓都還沒背下來呢。」

蔣夢瑤對自己親媽這拆後臺的本事表示無語，百家姓她當然沒背下來啦，因為她壓根兒就沒背啊，又不是閒得沒事幹，背人家的姓做什麼呀！

吳氏聽到這裡，終於找到突破口開聲了。「是嗎？聽說大哥曾經想去請盧先生給阿夢授課，不巧的是，盧先生先被府裡聘了回來，現正在長房院裡教授我那兩個閨女和一個小子呢，盧先生身為一代鴻儒，挑的學生總是要聰慧的，我那兩個閨女便常被盧先生誇讚聰慧呢。」

吳氏說話的態度讓人覺得在挑釁，連孔氏都偃旗息鼓在旁做出一副等著看戲的模樣。

戚氏聽後也只是笑笑，一副「妳是什麼意思，我聽不懂」的樣子，吳氏只覺得自己一拳打在棉花上，沒有反彈，沒有力道，沒有聲響，心中更加氣憤。

孔氏在心中對吳氏冷哼一聲，上前一步，把蔣夢瑤拉到身邊說道：「哥哥、姊姊和妹妹們都在花園裡玩耍，我讓人帶妳去跟他們一處作伴，可好？」

蔣夢瑤心裡才不想跟一群小蘿蔔頭玩，便求助地看了一眼戚氏，誰知道戚氏卻點頭說道：「好，阿夢沒來過這種場合，還要孔家的哥兒、姊兒多多擔待才是。」

孔氏說了一句「哪裡的話」，然後就喊了身後伺候的孔家婢女來給蔣夢瑤帶路。

蔣夢瑤被那婢女牽著手往外走，心裡有些不放心她娘一個人對付這兩個討厭的狐狸。

戚氏見她看過來，又追加了一句。「阿夢要聽哥哥和姊姊的話，不許淘氣知道嗎？」說完，便被孔氏拉著坐了下來。

蔣夢瑤走前就聽見孔氏在和她娘說：「放心吧，喻兒和真兒都是好孩子，不會欺負阿夢的。」

蔣夢瑤徹底無語，她娘哪裡是怕別人欺負她，而是在警告她不要欺負別人！

孔家的花園並沒有國公府那麼大，因為院子的規格局限著，國公府是加一品官員府邸，而孔家只是從二品，儘管如此，孔家的院子卻是巧奪天工，處處皆有雅趣風光，頗值得一逛。

蔣夢瑤要是不說話，走路端端正正的時候，確實很有貴氣與大家風範，因此一路走來，吸引了不少在園子裡遊玩的賓客，皆在心中猜測，這是哪家的千金小姐。

孔喻和孔真帶著蔣璐瑤和蔣纖瑤在花園中的亭子裡玩耍，孔喻隨著父親出過幾回門，因此頗有話題，蔣夢瑤去的時候，孔喻正好講到了一隻白熊向他爹衝去。

孔家的婢女把蔣夢瑤引領到地方後便退下了。因蔣夢瑤和蔣家的兩姊妹小時候見過，蔣璐瑤一見到她，便把蔣夢瑤拉到旁邊，向她介紹孔家姊弟。

蔣夢瑤有模有樣地和孔家姊弟行過禮，孔喻對這個突然出現的妹妹很是有好感，眼睛大得像隻小鹿，睫毛顫動都能叫人心撲騰騰地跳，因此招呼起來格外熱情，又是給她剝橘子，又是給她倒茶。

蔣夢瑤對孔喻甜甜一笑，孔喻就傻笑得更開心了。

蔣璐瑤倒還好，蔣纖瑤就有點吃醋了。剛才這孔家哥哥明明對她最好了，怎地她一來，就變了呢？

孔真對蔣夢瑤也很和善，看到蔣夢瑤頭頂的金色花冠，不禁誇讚道：「妹妹頭上這花冠好漂亮，上頭的寶石竟是五彩的，通透純粹，一看就是好東西。」

蔣夢瑤學著她娘的語調，謙虛地說道：「可不是什麼好東西，就是剛巧在店鋪裡買到了。」

蔣璐瑤聽後，實誠地說道：「我們之前也在鋪子裡看，可沒瞧見有這麼漂亮的。」

蔣夢瑤抓著蔣璐瑤的手，說道：「璐兒妹妹要是喜歡，改明兒我若看見了，就買來送妳一個。」

蔣璐瑤一聽，開心地笑了，說道：「嗯，好，先謝謝阿夢姊姊了。」

姊妹倆相視一笑，孔真請蔣夢瑤湊近些給她看看，蔣夢瑤便站起來，孔真站起來前後看了看之後，也是稱讚不絕。

「我可不覺得好看，你們都覺得好看嗎？」蔣纖瑤一副拈酸吃醋的模樣讓蔣夢瑤他們都覺得好笑。

蔣夢瑤雖然覺得這個小妹妹沒有蔣璐瑤老實，但還是開口對她說：「好妹妹，下回我也送妳一個，好不好？」

蔣夢瑤的話說得再正常不過了，卻不知觸動了蔣織瑤的哪一根神經，任性地說道：「我才不要那麼難看的東西呢！」

這話一出，連孔家姊弟都覺得這個妹妹說話太衝，先不說她們同是蔣家姊妹，縱然不是姊妹，人家好心好意說要送妳東西，卻平白遭妳貶低，何苦來著？真是太不識大體了。

蔣夢瑤聽她這麼說了以後，倒也沒有生氣，畢竟蔣織瑤只是個太過早熟的小女孩，說話不經大腦也是可以理解的，看了看孔家姊弟，從兩人的眼神就能看出，他們心裡已經給這件事情下了評論。

雖然蔣夢瑤沒有當場反擊這個小丫頭，但要她再像先前那樣哄她可是不會了，於是她完全漠視蔣織瑤，與孔家姊弟說起話來。

孔家姊弟年幼，還不知道國公府裡真正的情況，因此對蔣夢瑤這個國公府嫡長小姐還是很給面子、很禮遇，就算沒有她這層身分在裡面，孔喻也是真心想對這個妹妹殷勤一些，三人閒談，蔣夢瑤也不忘帶著蔣璐瑤，四人談得多高興。

蔣織瑤雖然心裡也知道，剛才自己說錯了話，可是見他們四人你來我往說得好高興，就是沒有她能插得上話的地方，心中不免更氣。自小她就比姊姊聰慧，母親也明顯更喜歡她一些，所以把蔣織瑤的性格養得十分刁鑽，眼裡不容其他人的無視，趁他們聊得最開心的時候，蔣織瑤猛地站了起來，四人目光轉向她，她這才冷冰冰地說道：「這裡太悶了，我去那邊走走。」

孔喻和孔真對視一眼，孔真站起來說道：「妹妹要去哪裡玩耍？我帶妳去，可好？」

蔣纖瑤傲嬌地轉頭。「不用了，你們只管招呼我們國公府的破落戶就好了，管我做什麼？」

一句破落戶，讓蔣夢瑤瞇起了眼，她知道國公府裡許多人在背地裡說他們大房是破落戶，因為從前大房的確地位極其卑微，爺爺不疼、奶奶不愛、叔叔嫌棄，又沒有家長，不欺負你們欺負誰啊！雖然大房頂著個血脈的名聲，但真正尊重他們的人卻沒有。

蔣纖瑤這句話是徹底惹怒了蔣夢瑤，有句話說的不錯——「三歲看老。」有些人天生就是欠收拾，不管年齡大小，何況蔣纖瑤這句話還不是在國公府裡說的，是在外人面前說的，那麼，很明顯她們之間這個樑子算是結定了！

蔣纖瑤說完這句話之後，也有些驚恐地掃了一眼蔣夢瑤，見她並未惱怒，心中便得意起來，以為蔣夢瑤是不敢與她爭辯為難，這才又對她揚起高傲的下巴，提著裙襬，走出涼亭。

孔喻對守在亭外的婢女揮了揮手，婢女便會意，跟著蔣纖瑤往園子那頭走去。

孔喻看著蔣纖瑤離去的背影，雖然也替蔣夢瑤感到委屈，有這麼一個不懂事的妹妹，但他畢竟是外人，人家才是同姓姊妹，蔣夢瑤都沒說什麼，他又怎能打抱不平呢？

又說了一會兒話，就有家丁行色匆匆走來，在孔喻耳旁輕聲稟報了些什麼，只見他面上一驚，趕忙站了起來，都來不及和蔣夢瑤、蔣璐瑤兩姊妹打招呼，轉身就往亭外走去。

第十一章

儘管孔喻很慌忙地趕去，卻似乎還是晚了些。

在他起身的那一剎那，有一撥人就從怪石嶙峋的假山後頭走出，被眾公子簇擁著的是一個男孩，看上去和孔喻差不多大，他面容白皙，俊秀得像個女孩，一身的錦衣華服、雍容華貴，只見他小小年紀，氣質卻是冷傲得厲害，叫人一見就很難生出好感來。

「得知孔喻在會客，本王便親自來尋你了。」

這個男孩正是祁王高博——當今聖上最寵愛的華貴妃之子。愛屋及烏，以至於祁王不過六、七歲，就被皇上封了爵，要知道，當今聖上正值壯年，連太子都還沒有立，祁王幼齡封王，足見聖上對其寄予厚望，將來儲君太子就是他了也說不定。

孔喻大驚失色，見到高博之時便雙膝跪地行禮。「參見祁王殿下，不知殿下駕到，有失遠迎，實在該死。」

只見高博眉頭微蹙，不耐地對孔喻揮手道：「起來吧。」

說完這話，高博便雙手負於身後，酷得沒朋友般越過仍然跪地不起的孔喻，往亭子裡走來。亭子裡的幾個人也驚呆了，由孔真帶頭，三個女孩紛紛對不請自來的祁王下跪行禮。

高博掃過地上的三個女孩，原本無甚興趣，卻瞥見一抹亮光，不免多看了兩眼，也不叫她們起身。

孔喻走入亭子，見祁王的目光落在蔣夢瑤頭頂那副金花冠上，此時，祁王才想起來叫她們起身。

在奴才的伺候之下，祁王坐了下來，指著蔣夢瑤頭上的花冠說道：「把妳頭上的花冠摘下來給本王看看。」

涼亭內一陣寂靜，蔣夢瑤從來沒有聽見過這種要求，一時竟愣住了。蔣璐瑤和孔真對視一眼，最後還是由蔣璐瑤抬起胳膊輕輕撞了撞蔣夢瑤，才讓她回過神來。

回過神之後，蔣夢瑤卻還是站著不動，高博等得不耐煩，抬了抬手，說話尖聲細氣的奴才就走到蔣夢瑤面前，抬手就要去取她頭上的花冠。

蔣夢瑤下意識抬手護住，然後飛快地往後退了一步，說道：「這是我娘給我戴的，不能摘！」

高博正接過孔喻命人換過的新茶，還沒喝，就聽見亭子裡有人對他的命令發出質疑之聲，不免抬頭看了一眼，只見那個戴著花冠的女孩眼睛瞪得大大的，右手捂住頭頂花冠，生怕人動手搶去般防備著。

臉倒是張好臉，只可惜不知能保存多久了……

高博冷酷一笑。「別說今日本王只是想要妳的花冠，縱然是要妳的腦袋，也不過是幾句話的事，妳可想好了？」

蔣夢瑤雖然活了兩世，卻從來沒有經歷過這般蠻橫的場面，左右一看，所有人都低著頭，鼻眼觀心，就好像他們進入老僧入定的狀態，對眼前發生的事情，瞧不見、聽不見，所以也就沒人會管了。

蔣夢瑤環顧一圈後，沒有找到外援，只好由自己出戰了。

「沒有什麼想好不想好的，事關女子名節，我不能摘！」

「名節？」高博的音調有些提高，顯然也是沒搞懂自己只是要看她頭頂的花冠，這和名節不名節扯上什麼關係了？

蔣夢瑤鄭重點頭。「王爺今日是看中了我的花冠，便叫我摘給你，若是明日，王爺看中了我這身衣裳，那我是不是也要脫下來給你？這難道不是事關名節的大事嗎？」

高博聽了這番言論，愣了半天，然後才哈出兩口氣，又一次說道：「我只要妳的花冠，不要妳的衣裳！」

「還請王爺見諒，這花冠對我而言，便等同於衣裳。」

蔣夢瑤字正腔圓地說完這句她認為再正常不過的話之後，也不懼怕，就那麼瞪大雙眼看著高博。

蔣璐瑤嚇得跪了下來渾身發抖，滿頭的汗珠，她雖然也是第一次看見高博，卻也明白「王爺」這個詞是什麼意思。那可是天潢貴冑，縱然是國公府也是得罪不起的。

孔喻和孔真也暗自為蔣夢瑤捏了一把冷汗，恨不得衝上去對她述說一下祁王高博的凶殘史，這可是個瘋起來神佛都攔不住的潑猴，暴虐成性，小小年紀在皇宮中就創下打死多名奴才的記錄，說是讓人聞風喪膽也不為過。

高博掃了一眼被他嚇得腿軟跪地的蔣璐瑤，目光只停留片刻就收了回來，然後破天荒地沒有發火，竟然耐著性子對蔣夢瑤問道：「妳是哪家的？」

蔣夢瑤雖然也明白自己遇到麻煩了，可是騎虎難下，自己都已經做到這種地步了，若是再害怕，那可就丟人了。她放下捂住花冠的手，輕咳了一聲說道：「回王爺，我姓蔣。」

「蔣？」高博想了想後，又接著說道：「蔣國公府的？」

蔣夢瑤沒有說話，只點點頭。

高博又問：「蔣修是妳祖父？妳是蔣家長房還是次房，叫什麼名字？」

亭子裡只有高博和蔣夢瑤的聲音，其他人簡直想要鑽到地底下來減少自身存在感。

祁王發問了，這是問過姓名之後，就要開整了吧？

蔣夢瑤盯著高博看了好一會兒都沒做聲，就在高博勾起完全不符合他年齡的冷笑，以為這女孩終於知道要怕了。

「大房。」

蔣夢瑤的聲音打斷了高博悶騷的猜測，蹙眉道：「大房？」

一陣難以置信的打量之後，高博這才發出恍然大悟的冷哼。「哈，我道是誰，原來是蔣家那死了大人的廢物家。」

雖然她爹從前的確很廢，但是這也不代表蔣夢瑤願意被人當面說自己老爹是廢物。

「是，我爹叫蔣源，我叫蔣夢瑤。我覺得王爺對我們蔣家大房的評價特別中肯，我會回去一字不落地稟告給國公爺聽聽。」

蔣夢瑤說完這句話之後，不等高博反應過來，便暗自尋了個沒有他手下站崗的缺口一溜煙跑出亭子。

等她一連奔走十幾步之後，高博才反應過來，猛地站了起來，拍桌怒道：「站住！誰說妳可以走了？」

蔣夢瑤頭也不回地越過了假山，轉彎而出。

你沒讓我走，可你也沒讓我留下呀！要是不趕在你讓我留下之前跑掉，說不定還會被安一個犯上的罪名；若是提前跑了，縱然高博派人追過來，那她也只是禮數不周，走的時候沒有向他告別。前一個理由，足以讓她被治不忠的大罪，可若是想用後面這個理由治她的罪，那祁王可就是打自己的臉，擺明告訴天下人他是個心胸狹窄的王爺，就連旁人告退時禮數不周也要斤斤計較，這樣的名聲只要有點腦子的，都不會傳出去。

所以思前想後，只有她先跑，才是上上之策。儘管結下樑子，最起碼不至於輸得太慘，被人說不懂事，總比被人打板子要強得多，蔣夢瑤向來知道權衡利弊，想著反正和祁王的樑子已經因為頭上這頂花冠結下了，也不在乎多加一條禮數不周了。

蔣夢瑤沒敢直接回到戚氏那裡去，便在孔家花園裡找了一處僻靜的花叢鑽了進去，確定周圍沒有祁王派出來抓她的人之後，才從花叢裡鑽了出來，整理了頭髮和衣服，生怕自己身上沾了什麼惹戚氏懷疑，四周一看，只見不遠處有一處水塘，蔣夢瑤便往那兒走去，想借水面照一照。

可還沒走到水塘邊，就見旁邊的假山跳下兩名少年，穿著統一勁裝，腰間束著土黃色的腰帶，掛著的玉牌上清楚寫著個「御」字。

蔣夢瑤轉身拔腿就想跑，卻發覺後面也被人包圍了，她就算再野，也不會認為自己真的能夠從這四個會武功的少年手中逃脫，乾脆站在原地不動了。

高博一臉陰沈地從假山後走出，冷哼一聲說道：「哼，怎麼不跑了？」

蔣夢瑤看著他，深吸一口氣，二話不說，把頭上的花冠摘了下來，托在掌心給高博遞去，說道：「行了、行了，本來也不值錢，王爺若是喜歡，拿去便是。」

兩個侍衛給高博讓路，高博來到蔣夢瑤面前，看了一眼她手上的花冠，卻是不接，說道：「這花冠於妳不是等同衣裳嗎？怎麼如今妳倒肯把妳的衣裳除下給本王了？」

這個熊孩子！

蔣夢瑤努力讓自己冷靜下來，看了看四周，識時務地說道：「這種情況，王爺就是要我的小命我也沒辦法，命都沒了，還要衣裳做什麼？」

蔣夢瑤真後悔剛才為了躲他，自己藏到這麼偏僻的地方來，現在倒好了，就是想叫救命也沒人聽得見。

聰明反被聰明誤，說的就是蔣夢瑤這種行為！悔不當初，後悔莫及，誰能郵寄兩盒後悔藥和腦殘片給她？後悔藥自己吃，腦殘片就給面前這叛逆期提前來臨、中二病超前發揮的熊孩子吃！

見高博繼續冷笑，蔣夢瑤就覺得這個小哥哥真的是很奇怪啊，明明才一丁點大，卻好像看什麼都不順眼，對誰都有敵意，這樣的孩子一般不是家庭不幸福，就是父母教育不行；可是照道理說，他娘是華貴妃，專業受寵十餘載，他是皇上最疼愛的兒子，甚至這麼小就封王，這樣的人生贏家，就算不是溫潤如玉，最起碼也不會是現在這個樣子吧。

攔路堵截一個五歲多的小女孩，手段真是太低下了！

高博一個眼神，蔣夢瑤身後的兩個少年就架住她的小胳膊，蔣夢瑤欲哭無淚。「王爺，我都說把花冠給你了，你還想要什麼呀？」

喂，小子，你再這樣，我可真的哭了啊。

高博對她掉在地上的花冠翻了個白眼，一腳踢開，對那兩個少年使了個眼色之後，蔣夢瑤就被俐落地押到了水邊，高博的意圖已經很明顯了，可是蔣夢瑤卻不懂，他們之間什麼仇、什麼怨，讓他不過初見就要殺人滅口？

「蔣國公剛剛回朝，妳就想挑撥他與皇家的關係，委實可惡！」高博一下子就給蔣夢瑤定了個罪名。

蔣夢瑤一個頭兩個大，真是兩輩子都沒見過這麼不講理的人，想了想，就明白了，這個祁王是怕了！因為他自己也知道先前對她爹的評價不該說出來，而她又好死不死威脅他，說要去告訴國公爺，他怕蔣夢瑤真的去說，所以才在這裡堵截她，不知他是只想威脅她一番，還是真的想弄死她了。

蔣夢瑤偷偷扭頭看了一眼旁邊碧清的水塘，確定她不想下去，又回頭看了一眼面無表情、似乎做這種惡事已經習以為常的高博，蔣夢瑤惡向膽邊生，突然對他展顏笑了出來。

高博一愣，只聽蔣夢瑤以甜甜的聲音對他說道：「祁王哥哥，你說的挑撥是什麼意思呀？」

一般五歲的孩子還真不知道挑撥的意思吧！希望裝純能逃過一劫。

高博卻不上當，除了被蔣夢瑤一聲甜美的哥哥和剎那的笑顏震驚了一下之外，其他倒是出奇冷靜。「管妳知不知道，總要叫妳不敢開口才是，推她下水，看她今後還敢不敢嘴尖舌巧威脅人。」

蔣夢瑤感覺自己被凌空抬了起來，心思飛快運轉，她不會游泳，要真是下了水，結果可不好說，沒準兒真就栽在這小兔崽子手裡。因著求生意識爆棚，蔣夢瑤突然鬼使神差地喊了一句。「祁王哥哥我有話說，那日我聽見國公爺爺在府裡談論你了。」

「等等。」

一句話成功引起高博的興趣，只見他也來到水邊，對蔣夢瑤蹙眉問道：「聽見他說什麼了？」

蔣夢瑤被抬著，對高博傻傻地笑了笑，然後高博又是一揮手，抬著她的少年就把她放了下來，並鬆開了箝制，蔣夢瑤揉著自己被擒得有些疼的胳膊。

高博不耐煩地說道：「妳說不說？」

縱然表現得再冷靜理智，高博終究只是個七歲大的孩子，對於權謀正處於一知半解，但是再小他也明白，一個皇子能否在朝中站住腳，那就免不了要有臣子輔助，而蔣國公手握兵權，只要不是傻的，誰都想拉攏投靠他，高博也不例外，就算他是聖上最寵愛的兒子也一樣。

說時遲那時快，蔣夢瑤猛地動手抓住了高博的前襟，然後腳跟一抬，猛踹一腳！

高博在掉下水的那一瞬間簡直整個人都呆住了，他手下的四個少年也驚呆了，直到「撲通」一聲後，他們才慌了手腳，一個接著一個跳下水救人。

蔣夢瑤乘機轉身就跑，再不顧水塘中的混亂，一路跑到孔家的女眷所，喘息不定的她突然冷靜下來，深吸一口氣，將髮髻和衣裳整理妥貼之後，才裝作氣定神閒地走入了廳內。她走到戚氏身旁，戚氏正在和一些夫人說話。

戚氏回頭看了蔣夢瑤一眼，見她雖神色無異，動作卻十分僵硬，臉色也有些不對，不禁伸手在她額前摸了摸，問道：「妳去哪兒玩了?不是讓妳去園子裡找哥哥、姊姊們嗎?」

蔣夢瑤盯著戚氏好一會兒，然後才張口用低若蚊蚋的聲音說道：「娘，咱們回家吧。」

戚氏又將女兒上下打量了一遍，見她雖然穿戴整齊，可是頭上的花冠不見了，神色又頗為慌張，不禁擔憂，卻也不多問，果斷地站起身，與同桌說話的夫人們行禮告別。「小女似乎有些身體不適，我去與主人家說一聲，帶她先回去歇著了。」

夫人們也紛紛立起，與戚氏告別。

戚氏帶著蔣夢瑤找到正在招呼客人的孔氏，將先前的緣由說了一遍，孔氏也故作擔憂摸了摸蔣夢瑤的額頭，對戚氏說話寬慰道：「額上未發燒，想來是玩累了，原想與嫂嫂一同坐席，卻是不巧了。要不要我派車馬送妳們？」

戚氏搖頭，說道：「無須煩勞弟妹，外面有車候著，我去前院找夫君傳個話就直接回了，待會兒就不來與弟妹辭行了，煩弟妹替我向主人家道賀。」

孔氏圓滑地接話。「嫂嫂說的哪裡話，快回去找個大夫替阿夢看一看，女孩家的身子可得從小就調理好。」

戚氏謝過之後，二話不說就帶著蔣夢瑤往門外走去。

蔣夢瑤被戚氏牽著手，周身被濃濃的安全感包圍著，想著自己今日有可能給家人招禍，就覺得自己真是太衝動了。

戚氏走出大門，此時賓客都已來齊，主人家還未開席，府外長街上停滿了馬車，戚氏找到了自家的，讓平安去府裡前院找蔣源報個信，然後就讓老劉先載她們母女倆回去，待會兒再來接蔣源便是。

因為是來參加別人家的喜宴，所以並沒有帶趙嬤嬤和虎妞她們，馬車裡只有母女倆。戚氏見蔣夢瑤坐入車子之後，便趴在車窗旁不時往車子外頭觀望，待馬車行走好一會兒之後，戚氏才對她問道：「到底是怎麼回事？妳頭上的花冠呢？」

蔣夢瑤放下車簾，看著戚氏平靜的臉龐，不管她娘胖還是不胖，給予蔣夢瑤的安全感都是一樣的，想起先前發生的事情，蔣夢瑤一下子就趴到戚氏懷裡，眼淚撲簌簌地往下掉。

戚氏見狀也不免緊張，摟著她給她擦眼淚，焦急地說：「到底怎麼了？妳別哭，告訴娘，有事還有爹爹和娘親頂著呢。」

女兒自小聰慧至極，從來都不需要蔣源和戚氏擔心，戚氏還是第一回看見這樣的蔣夢瑤，心中不免更加擔憂。

蔣夢瑤哭了一會兒後，便坐直了身子，把先前發生的事情，對戚氏一五一十地說了。

「就這樣，我把祁王踹到水裡去了。娘，妳說他會不會派兵把咱們家給平了呀？」

戚氏聽完這些之後，沈默了一會兒，然後才撫著蔣夢瑤的頭說：「倒也不至於吧。妳先別急，咱們出來的時候，也沒聽見孔家有什麼異動，待會兒我再讓平安跑一趟，問問他祁王的情況，若是按妳說的，他身邊還有四個護衛，他應該不會有事才對。」

見蔣夢瑤依舊害怕，戚氏也不知道怎麼安慰了，只說：「先不要多想了，做都做了，想也沒用，還不如坦蕩蕩地接受好了，等妳爹回來，咱們再問問他該怎麼辦。」

蔣夢瑤點點頭，大大呼出一口氣來。

在家焦急地等了兩個時辰，蔣源終於從孔家回來了。

蔣夢瑤躲在門後，眼巴巴地看著他，蔣源的樣子倒是還好，對戚氏問道：「閨女怎麼了？先前聽說她有些不舒服，現在又躲在那兒幹什麼？做錯事，被妳罰了？」

戚氏不去管躲在門後不敢出來的蔣夢瑤，直接對蔣源問道：「孔家沒出什麼事吧？」

蔣源挑眉。「嗯？孔家能出什麼事？一切都好好的呀。」

得到蔣源這個回答，蔣夢瑤在門後才鬆了口氣，走了出來，走到蔣源身旁，抱住了她爹的大腿，仰頭看著自己爹爹，求抱抱。

蔣源被她那眼神看得無奈，只好將她抱到手臂上，蔣夢瑤像是終於找到強大倚靠般，將小腦袋靠在蔣源肩膀上，摟著自家親爹的脖子，卻是與平常截然不同的無精打采狀。

蔣源看她這樣，不禁對戚氏問道：「她怎麼了？」

戚氏把蔣源和閨女拉入房間，然後才將今日在孔家發生的事情對蔣源又重新複述了一遍。

蔣夢瑤坐在蔣源腿上，越想越後悔。

不過，聽戚氏講完之後，蔣源的反應也不是多麼強烈，只是沈思片刻，然後便對蔣夢瑤說道：「我看這事也不一定有妳們想像的那麼壞，先前我在孔家並未聽說祁王出事，這麼長的時間，若是祁王殿下出了什麼事，或者真的想把事情鬧大的話，我想他早就鬧了。可是孔家風平浪靜，如果妳們說的都是真的，那這件事也沒什麼好擔心的，一旦追究起來，錯還是偏向祁王多一些，不說其他，就說他身為皇子，肆意談論加一品國公府家事，這件事擺上檯說，他總是沒理的，顯然祁王殿下也是明白箇中利害，才會選擇息事寧人。」

蔣夢瑤經由蔣源這麼一開解，頓時覺得豁然開朗，臉上終於有了笑意。「那麼爹，你的意思是我沒事了？」

蔣源見她又活潑起來，不禁在她額頭上敲了敲，故意板起了臉，說道：「這回沒事，不代表下回沒事，經妳這麼一鬧，咱們蔣家大房和祁王的關係就算是鬧僵了，將來的事情都不好說，他畢竟是皇子，又封了王，若是今後想在什麼事情上拿捏妳老爹，我也是沒辦法的。」

蔣源見自己成功把女兒嚇住了，終於有了一點身為人父的成就感，但又不忍女兒擔心，於是說：「阿夢也無須太過擔心，好在妳爹我身上一無官位，二無品級，縱然是祁王想要拿捏我，那也是沒有機會的。不過啊，這次的事情，妳可得引以為戒，下回做事之前，首先要想想後果，有時候適當地示敵以弱才是真本事，知道嗎？」

在「示敵以弱」這件事情上，蔣源有絕對的話語權。蔣夢瑤做了錯事，也沒有膽子反駁，只好繼續無精打采地點頭領受教誨，暗自祈禱祁王那貨別死了才好。

蔣源雖然那麼安慰蔣夢瑤，但心裡多少還是有些擔心，於是就讓戚氏帶著蔣夢瑤去白馬寺住段時日，一來可以讓蔣夢瑤徹底反省自己今日這魯莽行為的厲害，二來也知道今次的事情嚇壞了從未受過罪的蔣夢瑤，去白馬寺居住，正好也能讓她稍稍緩解一下緊繃的心情。

第二日，戚氏便收拾了東西，帶著蔣夢瑤往白馬寺去了。

白馬寺是安京最大的寺廟，隸屬皇家，卻也對百姓開放，只有在皇家要在這裡做特殊祭典的時候才會謝絕百姓入內，待祭典完事再解令。

蔣夢瑤也是第一次來這裡，戚氏從前倒來過兩回，所以對寺廟中的沙彌、和尚多少有些熟悉，添過了香油錢之後，兩個小沙彌就帶著戚氏和蔣夢瑤去後院女眷的禪房歇息。

這回來白馬寺，戚氏只帶了趙嬷嬷前來，虎妞因為年紀小，也不能幫著做什麼事，就被戚氏安置在家裡讀書認字。

趙嬷嬷打來熱水讓戚氏和蔣夢瑤兩人洗手潔面，洗完之後，便有小沙彌送來了五盤素菜和三碗白米飯。蔣夢瑤看著眼前這比她爹娘減肥時吃得更要樸素的菜色，失望到不能再失望。

戚氏見她嫌棄，不禁說道：「快吃吧，寺廟裡只有這些，看著雖然寡淡，但味道還不錯。」

蔣夢瑤噘嘴。「能吃出肉味嗎？」

戚氏瞪了一眼，說道：「佛門淨地，休要胡言，快吃。」

吃了兩口飯，蔣夢瑤就沒什麼興趣了，戚氏給她換了一身素淨簡單的褙子，讓她先去裡面睡一會兒午覺，下午起來再隨她一起去大堂聽解佛經。

蔣夢瑤預感接下來的日子一定會無聊得想死，可是這一切結果都是由她而起，如果不是她不知輕重挑釁了祁王，又擔心那凶暴的臭小子報復，她爹又怎麼會讓她到這裡來反省呢？

蔣夢瑤向來是一個能夠聽得進別人意見的孩子，也是一個做錯事敢勇於承擔的人，所以，她在後來的日子裡不斷地跟自己說：再無聊也得受著，這就是不理智的代價！

白馬寺的日子是封閉的，戚氏顯然是不肯讓她下山玩；而因為她是女眷，所以在寺廟裡能走動的地方也不多，蔣夢瑤在這裡倒是真的修養出了一些耐性，如今的她已經能夠撐著精神，聽法師講一堂半個時辰的佛法課了。

這日陽光太好，蔣夢瑤吃過了索然無味的早飯，便和戚氏說了聲，就跑到禪房後院的樹下去曬太陽。

可曬了一會兒，蔣夢瑤還是覺得有些無聊，把手裡的佛經捲了起來，抬頭看了一眼這棵兩人身子粗細的青檀樹，不由想起了前世在姥姥家後院裡爬過的那一棵。別看她兩世都是女孩，上一世身體還很弱，可是爬樹的本領，大多靠的是天分，蔣夢瑤自問對爬樹還是很有天分的，絲毫不比男孩子差。

雖然這輩子來了還沒展露過技能，但是橫豎無聊，乾脆爬一爬樹，反正這後院禪房又沒有人，也沒有誰看見她這個小姑娘不知禮數，蔣夢瑤向來是個行動派，這麼想了，就直接做了。

蔣夢瑤穿的是一身窄袖褙子，只要把裙襬一束，將佛經別在腰帶後頭，攀爬起來也是很方便。

說做就做，蔣夢瑤彎下腰，捧著裙子就爬上了青石壁，踩著青檀根部往上一躍，整個人就趴在樹幹上，尋找好著力點，手腳配合之後，不一會兒工夫，她就爬了上去，小心翼翼地抱著樹幹，坐在一根很粗的枝椏上，這才敢大大呼出一口氣。

看來爬樹這種技能真的是天生，縱然時代不同、環境不同，可是技能依舊是滿點滿級，想不炫耀都難。

倚靠在樹幹上坐著，蔣夢瑤這才把腰間的佛經拿了出來，感覺坐在樹上看書，可比坐在樹下看書刺激多了，心情也好了不少。

一刻鐘以後，覺得樹上有些冷，蔣夢瑤就想要下去，可是，她剛把身子趴回樹幹上，還未往下，就突然看見不遠處走來一個男孩，她下意識僵著身子不敢動，就那麼維持趴在樹上的姿勢，準備等那人走過之後再下來。

可是，有句話怎麼說來著？世事不如意者十有八九。

蔣夢瑤想讓那個人趕緊走，可是那個人卻不偏不倚坐到了樹下——之前她坐著看書的位置。

蔣夢瑤趴在樹上，連大氣都不敢喘一個，生怕那人突然抬頭看見她，她是個姑娘家，還穿著裙子，要是被他從下往上看一眼，那可真丟人丟到家了。

可是那人手裡拿著本書，一頁又一頁地看著。蔣夢瑤在樹上都趴了整整半個多時辰，他竟然還沒有要走的意思！

她的手腳出了汗，已經被樹上的風吹得冰涼，再這麼吹下去，她明天不感冒才怪，可是下頭那小子就是不走！

蔣夢瑤只覺得手腳有些發軟，稍稍移動一下，都覺得胳膊痠疼得厲害，她不禁發出嘶嘶聲，樹下之人似乎聽見了什麼，突然站了起來，往四周看了兩眼，蔣夢瑤以為他這就要走了，心中一陣激動，可誰知，他就只是站起來看看，沒一會兒工夫，就又坐了下來。

蔣夢瑤一不做、二不休，因手腳僵硬而摔死和被人看見的醜態之間，她果斷選擇了後者，在生死面前，所有的面子問題都可以丟棄不顧，這是原則！

樹下之人終於發覺聲音是從樹上傳來的，抬頭一看，就被一本書砸中了臉，他被砸到偏過了頭，低頭看了看砸自己的是什麼東西，撿起來之後才發現是一本佛經，然後，就見一個美麗的小姑娘從樹上滑了下來，那潑悍敏捷的姿勢，讓他完全被這種風采折服，拿著那本砸到他的佛經呆呆地看著她。

蔣夢瑤小小的身子從樹上跳下，轉過去面向青石壁整理了一番之後，才轉過身，來到那驚呆的小夥伴面前對他伸出了手。那小夥伴從她的臉癡癡地調轉目光到她的手，卻是站著半天不動，蔣夢瑤這才不耐煩地說道：「書！把我的書還給我！」

小夥伴這才反應過來，連連點頭，把手裡剛砸到自己的那本書遞給她，蔣夢瑤這才看清他的長相。

不是特別出色，卻很容易讓人有好感，很有親和力，笑起來臉上還有個酒窩，只見他指了指青檀樹，問道：「妳是誰家的姑娘，怎麼爬上樹了？」

他看起來十一、二歲的樣子，蔣夢瑤剛被人看見醜態，心情不好，對他也就沒好氣了，說道：「我是誰家的姑娘跟你有什麼關係，我為什麼上樹又跟你有什麼關係？你好端端地在樹下看那麼長時間的書幹麼呀！」

雖然這句話說出來，蔣夢瑤也覺得自己有些蠻不講理，不過，這小子讓她在樹上趴了半個多時辰，她也夠冤的。

那男孩一揚眉，像是驚訝似的，對蔣夢瑤的無禮刁蠻也不在意，他笑著抓了抓頭，說道：「我不知道妳在樹上，要是知道，就不會坐那麼長時間了。」

蔣夢瑤看著他的笑容，朗朗如日月入懷，縱然心裡還有脾氣，此時卻也發不出了。她低頭看了看自己有些縐的衣服，想著回去又要被親娘說教了，心情就怎麼也好不起來，嘟著嘴悶悶不樂地走了。

那男孩似乎從來沒有遇見過這樣的姑娘，黑亮的目光一直追隨著她到轉角才肯收回，然後才走到青石壁前，從盤根錯節的樹根上撿起了一方手帕，剛才他就是看到了這手帕，才知道樹上有人，並且還知道是個姑娘家，他是故意在樹下看了那麼長時間的書，就是想看看樹上的人能撐多久才下來。

原以為是個大姑娘，可誰知等她爬下來一看，卻是個不過五、六歲的小姑娘，眉眼如畫，生得極其漂亮，那粉嫩嫩的臉蛋帶著怒氣，別提多可愛。

悄悄將帕子收入袖中，又看了看蔣夢瑤離去的方向，他這才往前院走去。

另一廂，蔣夢瑤一身髒污回到禪房，免不了要被戚氏盤問，要被趙嬤嬤囉嗦，不過，她為了少聽一些教育的話，咬定自己只是摔了一跤，要是被戚氏知道她現在膽子大了，敢爬樹，那說不定她的白馬寺教育旅行的天數還得翻倍，這種淡出新境界的日子，她可是過一天怨一天，可不能再多了。

幸好，蔣夢瑤那天在樹下遇到的男孩，之後便沒有出現過，這段插曲也很快被她遺忘在腦後。

十多天之後，蔣源終於派平安傳來了特赦令，讓戚氏帶著蔣夢瑤回家去，這才結束這段痛苦旅程。

蔣源自從國公爺回來之後，幾乎都泡在西郊軍營之中，與營中軍士一同操練，每天忙得很，也只有早、中午回來吃一頓飯，其餘時間基本上都不在家。

蔣顏正對蔣源也沒有特別照顧，軍士們怎麼練，他就怎麼練，不過短短半個多月時間，充足的運動量讓蔣源又瘦了一些。

第十二章

這日蔣源吃過了早飯，正要動身去營裡，蔣家小院外卻突然來了一個不速之客。

自從國公爺回來之後，蔣家大房重出江湖，在蔣家總算有了一席之地，不過，誰都知道，這一席之地也是因為國公爺看重才有的，因此並沒有誰真正把大房放在心上，除非府裡有事才會派人來請，一般日子，蔣家小院裡是不會有人來的。

一輛奢華的馬車停在蔣源家門前，老劉站在門外候了半天，車簾才被人從裡面掀開，兩名僕人自馬車後頭搬來刷著金漆的木墩子，十幾個護衛自車馬兩旁羅列而來，預示著馬車裡要走出來之人的貴重身分。

蔣源在門口看了半天，就看見一個小男孩從車裡鑽了出來，在兩旁侍衛的攙扶之下，走下木頭墩子，在蔣家門前站定，只見他面容冷得與他的年齡一點都不符。

蔣源走到門邊，就聽見老劉在跟前與那孩子身旁的侍衛對話。

「請問這裡可是蔣家大公子的居所？」

老劉點頭。「是啊，敢問這位貴客是……」

蔣源看見那奢華馬車的車身上寫著一個十分明顯的「祁」字，心中一凜，慌忙走上前去，單膝跪下行禮道：「不知祁王殿下駕到，還望恕罪。」

本以為這件事就此揭過了，誰知正主竟親自找上門來了！

「蔣賢郎請起。」

祁王高博態度雖冷，但對蔣源說話時倒還規矩，因蔣源無官職在身，因此不得以官名稱呼，而賢郎一般用作對平輩或晚輩的稱呼，因高博是皇子，地位超凡，對蔣源這種無官職的草民這般稱呼，不僅不算貶低，反而有抬舉之意，這一點倒是讓蔣源很是意外。

站起身之後，蔣源便請高博入內，高博也不客氣，蔣源說了「請」之後，他便抬腳跨入蔣家小院的門檻，目不斜視，由蔣源一路帶至主院的會客花廳之內。

戚氏得知高博的身分，也愣了好半天，行過禮之後，心中不免驚慌，生怕這位是專程上門來尋自家閨女晦氣，已經在腹中考慮該如何替閨女脫罪了。

「賢夫人安康，小王叨擾了。」

高博彷彿換了一副腔調般，一改那日囂張跋扈、冷酷無情的態度，對待蔣源和戚氏倒是平和。

戚氏和蔣源交換了一記眼神，她的眼神彷彿在說：這不挺好一個孩子嗎？怎麼被你和閨女黑成了閻王，太不厚道了。

戚氏趕忙去廚房燒水沏茶，蔣源則請高博坐主家位。高博的貼身太監安公公將他抱上了太師椅，高博便端端正正地坐在椅子上。

蔣源站在一邊，這才問道：「不知王爺今日駕臨寒舍，所為……何事？」

蔣源也很擔心這王爺是上門找閨女麻煩的，不免有些抗拒。

哪知剛坐上太師椅的高博，突然從上面又跳了下來，走到蔣源跟前，二話不說，便對蔣源抱拳作揖，直言不諱道：「想必本王那日無心之言早已傳入蔣賢郎之耳，本王甚感悔意，故今日特來賠禮。」

祁王高博突然來這麼一手，把蔣源完全給打懵了，他曾經在腦中預想很多種情況，這個傳說中性情暴虐的熊孩子會給他什麼刁難，卻從來沒有想過他竟然來跟自己作揖賠禮。

他口中所謂的無心之言，恐怕就是那番大房是破落戶的言論。關於這個，蔣源還真是沒有放在心上，因為曾經這麼說過的人實在是太多了。

高博見蔣源愣著不動，抬眼看了看他，蔣源立刻雙膝跪地大呼不敢，高博才收回手，再次被安公公抱上了椅子。

戚氏親自端來兩杯香茶，恭敬地給高博敬上之後，高博看了一眼，卻是沒有伸手，戚氏將托盤擺好之後，便也隨蔣源一同端立旁邊。

高博目不斜視，對戚氏和蔣源抬了抬手，說道：「那日本王還與蔣小姐有些誤會，希望賢郎夫婦可替本王向蔣小姐傳達一番歉意。」

終於聽見對方提起自己的閨女，蔣源連連點頭，說道：「王爺多慮了，小女年幼，今年不過五歲，行為舉止外放難收，這是我們做父母的沒有教導好，請王爺放心，今後她再不敢那樣放肆了。」

蔣夢瑤帶著虎妞在花廳外偷聽，卻是不敢露臉，聽自家老爹說得這麼謙虛，她忍不住發出一聲小小不屑。

高博冷淡的目光往門外瞥了一眼，也沒點破，就繼續維持著端正的姿態與蔣源說話，那姿態就真的好像是一個禮賢下士的賢王般，完全不同於在孔家的表現。

日光西移，轉眼就到中午，戚氏已經去廚房，蔣源和高博一大一小竟然還頗有話題，聊了這麼長時間還未冷場。安公公到門口瞧了瞧日頭，便到高博耳旁低低提醒了一聲。

高博走到門邊，卻是未看日頭，而是往門邊看了看，蔣夢瑤是何等猴精，早就在他起身的時候，就已經帶著虎妞躲到房門後頭去了。

高博的眼中閃過一陣失望，回頭對蔣源又是一揖，說道：「今日聽蔣賢郎一番見解，實為之幸，下回若有機會小王再來聆聽，今日便告辭了。」

蔣源亦對著這個身高到他胸下的孩子回禮，說道：「正值午膳時間，殿下若是不嫌棄，亦可留在寒舍用膳，寒舍菜餚雖不及宮中，家常便飯，聊表心意。」

高博沒有立刻回絕，倒是他身邊的安公公率先尖聲細氣地說道：「蔣賢郎客氣了，我家殿下吃不慣外面的食物，還是早早回宮得好，娘娘也省得掛念。」

可是老天彷彿要和安公公置氣一般，只聽安公公的話音剛落，天外就傳來兩道驚雷，劈得猛地一震，隨即便有豆大的雨點落下，不過瞬間就變成傾盆大雨，鋪天蓋地的落了下來。

眾人站在廊下，蔣源趕忙請高博入內，高博看了一眼安公公，只見後者也很無奈，戚氏動作很快，立即準備好最高規格的待客菜餚，叫吉祥和如意分別提了兩只食盒撐傘走入廳中。

一桌子的菜餚擺開來，花廳中洋溢著鮮美香郁的味道，蔣源請高博入席，高博猶豫，安公公為難，但蔣源請得真摯，高博只猶豫了片刻，便被蔣源請入席。

見請他入席的蔣源還站著，高博一抬手，對他說道：「蔣賢郎也請入座。」

蔣源稱是後，就坐在下首處，正要替高博布菜，卻聽高博突然又說：「請賢夫人與小姐一同入席，本王不拘泥。」

蔣源一愣，這才說道：「她們自有去處，不敢冒犯了王爺。」

高博卻果斷回了一句。「無妨。」

蔣源放下筷子，這才起身去外面，不一會兒，只見戚氏牽著嘟嘴的蔣夢瑤走了進來，母女兩人給高博行過禮之後，在蔣源兩邊的下首處坐下。

蔣夢瑤坐下之後，偷偷抬眼瞧了瞧高博，卻看見後者也在看她，兩方眼光接觸，原本應該相互避開，可是誰都好像不願先退讓，就那麼四目相對，想用意念讓對方先退。

戚氏在桌下掐了掐蔣夢瑤的腿肉，蔣夢瑤這才蹙眉收回目光，回頭看了一眼戚氏，雖然戚氏面上毫無波瀾，但隨意瞥來的一記目光卻是警告意味十足。

想起白馬寺的教育之旅，蔣夢瑤覺得自己還是乖一點比較好。

蔣源給高博挾了一些菜，邊挾邊推薦道：「這是內子的拿手菜，味道雖不比御廚，但也是尚佳，請王爺品嚐。」

高博看著面前那泛著油光的菜色，動了動嘴角，卻是不動手，只見安公公接過下人手中的一雙銀筷子，將菜餚左右翻看之後，才挾起一筷子送入自己口中。

蔣夢瑤坐在一旁驚訝地瞪大了雙眼，難道……這就是傳說中的——試毒？

安公公嚐過之後，才放下筷子，將另一雙經過擦拭的銀筷子遞給了高博，高博這才動手就著安公公嚐過的那一碟明顯已經冷掉的菜餚吃了起來。

吃了一口之後，高博就放下筷子，對戚氏點頭說道：「賢夫人手藝確實很好，堪比御廚。」

戚氏趕忙放下筷子，站起來謝過。

接下來的過程還是和剛才一樣，每一道菜餚，高博只吃一口，並且吃這一口之前，還要讓安公公試毒反覆檢查。

蔣夢瑤這頓飯吃下來沒做別的，就是目光在安公公和高博身上來回轉就夠了。她仔細記了記，高博這一頓飯看起來雖然挺折騰，但他吃進肚子裡的總共不會超過八口，雖然蔣夢瑤不是吃貨，可是就她這個五歲的女孩子，還能吃一小碗米飯呢，何況是他這個七、八歲還在長身體的男孩子，可看他的樣子又不像是偏食，吃得這樣少？

最鬱悶的是，他們家跟著高博後頭，也不能多吃，他吃過什麼，他們才能接著動筷子。

高博一頓飯吃得很安靜，席間也沒有人敢說話，突然他將筷子放下，抬眼看向蔣夢瑤，出聲問道：「妳總是看著本王做什麼？」

蔣夢瑤沒想到這人會突然開口說話，愣了愣，然後習慣性地反駁道：「你不看我怎麼知道我看你？」

高博眉頭一蹙，戚氏就出聲對蔣夢瑤呵斥道：「阿夢，不得無禮，再放肆，妳就回房去，別吃了。」

蔣夢瑤見戚氏真的有些生氣，頓時不敢再說話，抿著嘴表示自己再也不說話。

高博見她這般，眼中不易察覺地閃過一絲笑意，表面上卻還是裝作一副酷到沒朋友的樣子，蔣夢瑤看得牙根直癢癢，卻又不敢造次。

趙嬤嬤端了一盤金黃香脆的東西上桌，蔣夢瑤一見，眼睛就亮了，顯然這東西是她想吃的，可是高博不動筷，他們就不能動手。蔣夢瑤盯著那菜餚，又看了看高博，心裡焦急，因為趙嬤嬤端來的是炸香蕉，就是要趁熱吃才好，要不然涼了，外面的酥皮化開就不好吃了。

高博見蔣夢瑤這樣，他就越是不急，他越是不急，蔣夢瑤就越急，可是就算急，蔣夢瑤也不敢明面上催促，高博見她這樣，終於抬起他尊貴的手，指了指那盤金黃香脆的東西，安公公立即舉箸，一番撥弄之後，確定沒毒才遞給高博。

見高博吃了一口後，蔣夢瑤飛快地給自己挾了一塊放入碗裡。

高博覺得這東西酥脆爽口，外面不知道包裹了什麼東西，配上內裡軟糯的甜味，竟十分美味，難怪她愛吃。縱然高博覺得這東西不錯，卻也極其克制不會要吃第二次。

蔣夢瑤倒是不客氣，一連吃了三個，最終還是在戚氏的眼神制止之下，才戀戀不捨地放下筷子。

吃過晚飯之後，大雨依舊未停，蔣源又留他喝茶，喝茶倒是沒那麼麻煩，卻也要經過試驗，而後用他們自帶的巾布，將茶杯擦拭兩遍之後，安公公才放心交到高博手中。

喝完了茶，雨勢才漸漸小了，又過了一會兒，天才放晴，高博又提出告辭，一家三口全員出動將高博送到了馬車前，看著他上了馬車，絕塵而去。

「唉，也是個可憐孩子。」戚氏看著高博絕塵而去的馬車，突然說了這麼一句話。

蔣夢瑤抬頭看了看她，說道：「娘，妳也覺得我可憐啊，我都沒吃飽。」

「妳可憐什麼呀？跟他比起來，妳幸福太多了。」

蔣夢瑤不解。「跟誰比起來？」

「比祁王。」蔣源也不賣關子，直接說道。

蔣夢瑤嘴角抽搐。「爹，你沒搞錯吧？」

戚氏接過話頭，說道：「妳一頓飯沒吃飽，就覺得自己可憐，但是他呢？從懂事開始一定都沒有吃飽過。」

蔣夢瑤想起高博先前動口的次數，覺得他真的有可能沒有吃飽，可是嘴上卻不想就這麼承認。

「他沒吃飽是他自找的，每一道菜只吃一口，每一樣東西都要別人翻來覆去地檢查，再好吃的東西，也給撥弄得沒味道了吧。」

聽了蔣夢瑤的話，蔣源決定好好跟女兒上一堂政治課，說道：「他之所以這樣，一來是因為皇家確實有這分講究，但也不至於像他小心成這樣，這就說明他的周身環境多麼沒有安全感，也許是伺候他的人太小心，也許是曾經用毒害過他的人太多，以至於讓他漸漸養成這種習慣，對什麼東西都不敢放膽去吃。」

蔣夢瑤覺得老爹說得有點道理，她卻還有很多不明白的地方。

「他不是最受寵的皇子嗎？誰敢給他投毒？」

蔣源諷刺一笑。「最受寵？我看不見得吧。」

蔣夢瑤堅持自己聽到的。「是真的，他娘是妃子裡面最受寵的，他是皇子裡面最受寵的，這些話我都不止聽一個人說過了。」

而且皇上還破例在他這麼小就封了王，若不是真的寵，那是什麼呢？

可是，蔣源似乎對這一點有著很深的懷疑。「妳還小，不懂這其中的道理。所謂帝王的寵愛，並不是要看他把你捧得多高，而是要看他把你藏得多深，成為眾矢之的，永遠都是站在最高位置上的人。如果他的處境真的不錯，又怎會紆尊降貴，來到咱們這個窮鄉僻壤的地方，安撫我這個連九品官位都挨不著邊的人呢？」蔣源一語驚醒夢中人。

蔣夢瑤愣住了，以至於戚氏和蔣源雙雙回了院子她還一個人站在門外，呆呆看著高博離去的方向，傍晚的餘暉射入她的瞳眸，發出琥珀般的光澤。

她兩世為人，懂得蔣源話中的道理，帝王的愛永遠都是夾雜著這世上最惡毒的嫉妒，這種嫉妒包含了名利、財富、虛榮，在這幾樣慾望的驅使之下，人心會變得多麼醜惡，使出的手段就沒有道德的底線，被嫉妒蒙蔽雙眼的人，才不管你是老人還是孩子，只要你成為他們眼中的絆腳石，那麼無孔不入的殘害終將把你逼入無底深淵。

蔣夢瑤不知道皇上對待高博這個兒子到底是真寵，還是假寵，但既然已經把他捧到最受寵的高臺上，就勢必會讓高博生活在那樣惡劣的環境之中，所以他才會小小年紀就用冰冷的外表偽裝自己，對誰都不苟言笑，對待不順從的人就諸多暴虐；而她和他之間的那件事情，也許他一開始真的只是覺得她頭上的花冠很漂亮，想看一看罷了，卻沒想到她會不順從，這才有了後面的事。

正如蔣源所說，如果真的是一個受寵的皇子，即便是恣意評論了大臣一個不成器的孫子，那也不是什麼大事；可是高博不辭勞苦，親自到這個不成器子孫外面的宅子來道歉，雖然這很有可能是想做給國公爺看，不想讓國公爺因為這件事情而埋怨他，但如果他是個真正受寵的皇子，那又何必做到這種地步呢？

這麼一想通，蔣夢瑤恨不得舉雙手雙腳贊成戚氏的意見，高博的確是個可憐孩子，可憐得都讓人感到愧疚了。

夏末之後，戚氏便被喊回國公府，原因是十一月底是國公爺六十大壽，國公爺常年在外，生辰一事從未大操大辦，這一回，老太君想趁國公爺在家時，好好替他慶賀一番，戚氏身為大房長媳，理應回來一同商議幫忙。

老太君自從被允許出了佛堂之後，便在府裡修身養性了好些時日，對於當初趕大房出府的事，即便心裡還有不服，但總不敢在老國公的眼皮子底下再說三道四，她原本就不是個有主見的女人，趕蔣源出去，是她這輩子做過最有魄力的事情了，誰想還被夫君責怪。

召回戚氏，說是商量，其實也只是來擔個責任，所有事情孔氏全都安排好了，請客、宴客、採買之事，全都由她一手包辦。吳氏因為剛生產，體力還未完全恢復，就只被安排負責招呼當日來客的女眷；就這工作孔氏還生怕吳氏做不好，特地請了娘家一些姑嫂前來，美其名曰幫一幫吳氏，其實就是看著吳氏別出亂子，吳氏氣在心中，卻也不敢托大，再看看戚氏被分到的工作，她心裡才稍微好受一些。

戚氏被分到的是管理後廚倉庫和清點東西的事情，只要做過清點和倉管事情的人都知道，這樣的事情特別繁瑣，前後要調停不息，最是累人，可關鍵是，這種事情做好了是應當，做不好還會被人說安排不周全、沒能力，孔氏也許是有心給戚氏來個下馬威。

妳不是要做事嗎？好哇，我就給妳做，讓妳做個夠，做到怕。

孔氏這麼分配任務到底是什麼意思，戚氏不清楚，她只知道既然國公爺回來，替他們找回大房的場子，那不管怎麼樣，國公爺的面子是一定要給的，反正都是盡孝，也不拘泥於怎麼盡孝了，管倉庫就管倉庫，多做事、少露臉也沒什麼，橫豎她也不是愛出風頭的人。

既然領受了任務，戚氏從今日開始也得跟著大夥兒一同做事了，每天回西郊確實有些麻煩，老太君這回倒是清醒了，直接就讓戚氏搬回來住；戚氏沒有拒絕，因為拒絕了，就說明她還在意被趕出去的事，多少雙眼睛就等著她拒絕呢！她索利地答應了，反而叫人出乎意料，就算有人嘴裡酸溜溜地說了幾句「鬧了半天，還不是想巴著大府撈些油水回去」諸如此類的話，對於這些惡言惡語，戚氏則選擇漠視。她向蔣源告知一聲之後，就帶著蔣夢瑤一同回國公府了。

蔣源則依舊住在西郊的小宅子裡，因為他每日天未亮就要去軍營裡和將士們一同操練，有的時候連國公爺都覺得不方便而不怎麼回府，更別說是他了。

蔣夢瑤回到這個依稀有著記憶的地方，倒沒覺得有什麼不適應，反正大房是大房的院子，二房是二房的院子，兩處的院子不分大小，大房除了冷清些，倒也十分清靜。

更何況，他們家現在的處境可不比前幾年，前幾年他們被困在這府裡，進退無路，如今出了一趟門，就好像出國深造了一番，身上多了不少資本，從前擔心入不敷出，現在卻沒有這方面的困擾了。戚氏在城內暗暗連開了四、五家珠寶鋪子，那是賺得盆滿缽滿，就連國公府裡的孔氏、吳氏之流，想必如今也會在荀芳閣裡買珠寶首飾，如果她們知道風靡京城的荀芳閣老闆就是她們從前最看不起的戚氏，不知那臉色又該如何奇妙了。

戚氏手裡有了雄厚資本，四、五家荀芳閣日進斗金，與波斯的珍珠買賣則由蔣源和戚氏夫妻倆一同操控，自從荀芳閣研究出怎麼鍛造好看的珠寶首飾之後，他們就再也不用以珍珠向波斯換新奇款式的首飾了，可是波斯商人卻不能不購買他們的珍珠，這又是一筆不小的進帳，更別說他們還租賃給魯家村那麼多田地。

總之，戚氏現在是包租婆加大富婆，再也不是從前那捉襟見肘的可憐胖子了。人的資本不同，心境自然也就不同了。

她們既然已經回到國公府，大房和二房的見面機會自然也就多了。戚氏和孔氏、吳氏她們湊在一起，蔣夢瑤就和蔣璐瑤、蔣纖瑤她們在一起。

吳氏上個月才剛生下她第四個孩子，是個女娃，取名叫蔣毓瑤，還是個奶娃娃。

如今府裡的孩子，二房的長媳吳氏生了三女一男，分別是蔣璐瑤、蔣纖瑤、蔣顯文和蔣毓瑤，還有個孫姨娘生了個庶出女叫蔣晴瑤。蔣晴瑤和蔣纖瑤差不多大，也是個能說會道的女孩，最關鍵的是她有個能幹的娘親，孫姨娘的口才和人品遠勝過吳氏。

二房的次子子嗣則是侍妾的天下，孔氏並未生下一兒半女，反倒是蔣昭的四名侍妾分別生下孩子，其中蔣顯傑、蔣顯泰、蔣顯嘉這三個庶子年齡差不多，都是五歲上下，還有一個庶女叫蔣月瑤。如果拚人數，倒也還勢均力敵，可若是拚嫡庶，那次子可就是完敗收場啦。

不管嫡庶，同住在一個屋簷下，只要家裡的女人們聚在一起，那這些平素見不到面的孩子們勢必會在一起。

蔣夢瑤跟著戚氏進入商議廳中，家裡的女人們差不多都齊聚了，有的見過戚氏，有的卻是未見過，彼此打過招呼之後，便去了內間。

蔣夢瑤不在家的時候，就數蔣璐瑤年齡最大，是家裡所有嫡子嫡女、庶子庶女的姊姊，蔣璐瑤把弟弟妹妹一一介紹給蔣夢瑤認識。

這麼多孩子裡面，看得出來蔣璐瑤最老實，對誰都不敢高聲，而蔣晴瑤是侍妾孫姨娘的女兒，和蔣纖瑤差不多大，小小人兒卻十分有涵養，可見孫姨娘平日對她管教得很不錯，最起碼不會像蔣纖瑤和次房姨娘生的蔣月瑤那樣，將對她的輕視與厭惡擺在明面。

府裡如今有六個女孩了，蔣毓瑤剛出生，還太小不列計算，五個女孩兒全都出落得很標致，蔣夢瑤清麗脫俗，最為出挑；其次是蔣璐瑤，雖然性格古板，但一張臉生得很不錯；蔣月瑤生得也好，眉心有一點天生的朱紅，看起來就多了幾分妖豔；蔣晴瑤氣質出眾，進退有禮；蔣纖瑤在這五人中，容貌最為普通，可是一張小嘴能說會道，性格又刁鑽，常常壓得幾個姊妹啞口無言。

幾個姑娘坐在一起喝茶吃點心，蔣纖瑤和蔣月瑤湊在一處，蔣夢瑤讓虎妞捧著個小盒子進來，從她手裡接過之後，蔣夢瑤便將盒子遞給了蔣璐瑤。

蔣璐瑤不知道盒子裡是什麼，好奇地接過，打開一看，竟然是一頂金光燦燦的花冠，與上回蔣夢瑤所戴的不同，似乎還要貴重些，因為這花冠不僅鏤空，上頭的花朵竟然都是立體的，以晶瑩剔透的粉瓣水晶直接雕刻而成，再以金絲背面固定，花瓣栩栩如生，精雕細琢，巧奪天工，小小的花冠看起來竟然有一種袖珍花園的感覺。

蔣璐瑤看著蔣夢瑤，說道：「姊姊，這……」

蔣夢瑤對她微笑著說道：「上回說過要送妳一個，只可惜我尋遍城內的店鋪，卻找不到與那頂一模一樣的，荀芳閣的掌櫃說，這個比那個還要貴重些，妹妹若不嫌棄，便收下吧。」

蔣璐瑤看著手裡的東西，心裡也明白蔣夢瑤說的是真的，手裡這個的確看起來比她那回戴的寶石金花冠貴重，有些難以置信。

「這麼貴重的東西，如何使得？」

蔣夢瑤替蔣璐瑤把盒子蓋上，推到她手中，見蔣纖瑤和蔣月瑤也正好奇地盯著她們在幹什麼，蔣夢瑤才對她和善一笑，溫柔似水地說：「纖瑤妹妹，上回我問妳說要不要那金花冠，妳說不要，我便只送妳姊姊了，下回若妹妹想要什麼，也可以來跟我說。」

蔣纖瑤這才知道，原來蔣夢瑤送的是金花冠，目光不自覺又看了看蔣璐瑤手裡的盒子，想起自己上回確實口快說過不要的，那是因為她根本就不相信蔣夢瑤真的會送這麼貴重的東西給她們，可如今東西已經給了蔣璐瑤，卻沒有她的分，心中不免又是不快，撇了撇嘴，故作高傲地說道：「哼，不過是一個破花冠，本小姐才看不上呢！我們國公府裡要什麼沒有，才不稀罕妳送。」

蔣夢瑤聽了這丫頭的言論，也不說話，只是笑了笑，便轉過身子，不再看她。只見蔣月瑤湊近了蔣纖瑤，好奇地問她那盒子裡到底是什麼，上回孔家喜宴，蔣月瑤沒能一起去，所以沒見過蔣夢瑤那天所戴的花冠，並不瞭解盒內之物的價值。

就在這時，戚氏和孫姨娘率先從內間出來，因孫姨娘主動要求幫戚氏一同承擔清點倉庫和管理後廚一事，兩人細細盤算了下，確定有很多事情要做，就先告辭出來了。

蔣夢瑤和蔣晴瑤迎了上去，四人走出商議廳，與孫姨娘母女分道揚鑣之後，戚氏在花園路徑上對蔣夢瑤說道：「娘親這些天都會很忙，妳自己待著和妹妹們一塊兒玩耍，不許惹事，知道了嗎？」

蔣夢瑤點點頭，說道：「娘，那我可以出門玩嗎？」

戚氏停下腳步，低頭看了看她，在她臉頰上捏了一把，才說道：「出門倒也不是不行，但妳不能一個人出門。帶上虎妞，再讓吉祥、如意也跟著，最多在外面待一個時辰，一個時辰之內，必須回來，回來就去庫房和我報到，若是做不到，下回妳就別想出去了。」

蔣夢瑤有些不滿。「啊？才一個時辰啊。」

看見戚氏挑眉，蔣夢瑤趕忙又說道：「哈哈，好吧，一個時辰就一個時辰，反正天天可以出去，我計算著玩就好了。」

戚氏見女兒一臉精明的模樣，不禁失笑，又在她頭頂摸了摸，這才以左手將好多帳本全部拿好，騰出一隻手來，牽著蔣夢瑤一同走。

蔣夢瑤對戚氏說道：「娘，我覺得晴瑤妹妹被教養得很好，想必孫姨娘也是一個知進退、守禮儀的人，有她幫妳的忙，娘一定會輕鬆不少。」

戚氏點頭，對女兒說出了內心的想法，根本沒有把女兒當作是一個五、六歲的小丫頭糊弄。

「是啊！孫姨娘的確很好，我從前一直以為，侍妾都是只懂阿諛諂媚，依附男人才能生活，孫姨娘有自己的想法，做事也不錯，關鍵是我沒想到她會主動提出來要幫我。」

「有人幫妳，總是好的。」蔣夢瑤忽然想到一件事。「對了，娘親，之前讓妳給我找的花冠，我送給璐瑤妹妹了。」

戚氏想起來是有這麼回事，說道：「哦，既然答應要送她，那就一定要送，做人最重要的就是誠信，說出去的話，潑出去的水，斷沒有收回的道理。不過，妳只送璐瑤，其他的妹妹卻沒送，她們不會有意見嗎？」

蔣夢瑤嘿嘿一笑。「嘿嘿，我有數的，娘就放心吧。」

戚氏知道這女兒的肚子裡鬼主意多，她是一點都不擔心她會在其他人手裡吃虧，只是希望她不要惹上像上回那樣的麻煩就好，思及此，又不禁叮囑道：「妳想要送什麼，就派吉祥或如意去荀芳閣取，不需要報姓名，只要說是金掌櫃要的就行。」

蔣夢瑤知道娘親是不願這麼早暴露她是荀芳閣大掌櫃的事實，也明白她不想多事的心，自然不會反對，於是她點點頭，母女倆就回到大房的院子裡去了。

蔣國公六十大壽，對於整個安京而言絕對能算是一件大事。

先不說蔣國公位高權重，手握重兵，就是他加一品的官位也足以傲視群臣，收到壽宴請柬的人必會前來，縱然是沒有收到請柬的人，也是削尖了腦袋想擠進來共襄盛舉，瞧一瞧這王朝地位最高的權臣壽宴到底是個什麼樣子。

壽宴中來的人非富即貴，甚至包含了皇家，帝后會不會親自出席還未可知，不過幾位皇子和公主倒是已經確定會出席，再加上其他重臣將軍，大官小官，粗略統計了一下，三十桌是必然要有，這還只是朝中同僚的席位，再加上這些官員的內眷和子女們，想必這一頓下來，八十桌是肯定少不了的。

八十桌的菜餚，要買多少東西，要記錄多少，每天將用的、領的全都一一記錄在冊，晚上還要進行貨物盤點，戚氏每天忙得連枕頭都沾不上。蔣夢瑤這才明白，原來戚氏之前說會忙只是個相當保守的說法，她這工作強度，都快堪比一個小型會計事務所了，每天那個算盤打得噼哩啪啦響，光是看著，就有一種她手指快抽筋的既視感。

蔣夢瑤去戚氏那裡看她，也被抓去幫忙，好在她還看不大懂帳本，戚氏也不會把那種頭疼的東西交給她，只是讓她坐著記錄她算出來的數字。

一天下來，蔣夢瑤的手指都有點快廢掉的感覺，便下定決心，之後一定要教會戚氏用阿拉伯數字計算，九九乘法表也可以背一背，最起碼算起帳來要輕鬆一點。

在她們沒日沒夜的記錄、盤點和估算之下，終於迎來了壽宴的前三天。

因為客人數量龐大，所以有好些遠親早幾天已經到了國公府，也是這些天，讓蔣夢瑤見識了一下鐘鳴鼎食的蔣家到底有多少旁支，光就安京附近而言，便有三脈較近的旁支，他們的父親、祖父與蔣家是一脈祖宗，蔣顏正有五個兄弟，他是最小的一房，成親之後，六個兄弟就分了家，蔣顏正憑著自己的努力，一路飆升做到國公的位置。上位之後，也不忘提攜本家，現在除了已故的兩個兄弟，剩餘三個也做到了一州之長、一縣之令，因此，蔣顏正雖然輩分不是最大，家族裡卻一致推崇他做家長，在族裡的地位最高。

蔣顏正的壽辰，這些旁支自然是要來的，除了他們，還有很多平日裡不甚走動的親戚也會藉機來此聚一聚，順便將兒孫帶出來遛一遛，看能不能在這裡替兒孫鋪一條康莊大道出來；有女兒的則更是盛裝出席了，畢竟像這種群英聚會，高富帥、官二代一抓一大把的機會裡，若是能攀上什麼高枝，那也是祖上積來的福分，時來運轉是也。因此，各家帶來的兒女皆為家族中最出挑、最出色的那幾個。

遠親尚且如此，更別說近親了。孔家、吳家、戚家，三個孫媳婦的娘家，全都派出了最強陣容，一副勢必要藉此機會結交所有京中的貴女、貴子，為家族以後謀新的出路。

幸好蔣家地大房多，要不然還真承受不住這麼多人拜訪，人多了，招呼起來就很困難，令蔣夢瑤沒有想到的是，像她這樣被嫌棄的人，竟然還能分到十幾個人招呼，更別說蔣璐瑤、蔣纖瑤她們這些「受歡迎」的嫡女了，幾乎被身邊的人群淹沒，孔家、吳家和戚家這些稍微親近些的小姐，手裡也都能分到幾個需要招呼的小客人。

一場盛宴就此開幕。

第十三章

蔣夢瑤和蔣晴瑤這幾日一同招呼的是幾位遠道而來的官家小姐，年齡大多比她們要大一些，說話動作就像是經過訓練般，十分刻板。也許是被家裡人交代過不許亂說話，所以那些小姐們來了就坐下，坐下了就只顧喝茶，有人跟她們說話，她們就應兩聲，沒有人說話的時候，就捧著茶杯左右看，然後對蔣夢瑤和蔣晴瑤詢問那邊是誰、這邊是誰，跟她們在一起的又是誰，一番攀比之後，心裡再暗自記下。

蔣夢瑤對這些人根本不熟悉，蔣晴瑤認識的人都比她多，所以那些小姐更願意和知道情報多一些的蔣晴瑤說話。蔣夢瑤正坐在那裡感到無趣，卻不想孔真竟來找她說話。

「夢瑤妹妹，別來無恙，那日我聽說妳自孔家離開之時，身體抱恙，現在可好了嗎？」

孔真是個大家閨秀，待人謙和，禮數周全，蔣夢瑤站起來與她回話。「謝謝姊姊惦念，那日在貴府不知怎地突然有些不適，回去睡了兩天，也就好了。」

孔真點點頭，湊近蔣夢瑤說道：「其實我是特意跑過來的，今日人太多，看得我眼花撩亂，有幾個我熟識的人家都還未到，我又不好意思去找姑母，見妳在這裡也是無聊，妳帶我去蔣家院子裡逛逛吧，若是可以，帶我到妳的院子裡清靜清靜也是好的。」

蔣夢瑤看著孔真，知道她定是被人吵得煩悶了，想來也是，孔真的父親是兵部尚書，想要巴結的人一定不少，若是一、兩個應付應付也就完了，可是像這種場合，又豈是應付一、兩個就可以的。

蔣夢瑤莞爾一笑，回頭看了一眼正好奇看著她和孔真的蔣晴瑤，對她說道：「晴瑤，快來見過孔家姊姊。」

蔣晴瑤一聽「孔」字，便知道這位是當家主母孔氏的娘家姪女，不敢怠慢，趕緊站起來，有模有樣地對孔真行了個禮。

蔣夢瑤對孔真說道：「這是二房的三小姐蔣晴瑤，是蔣璐瑤和蔣纖瑤的妹妹，與纖瑤同歲。」

兩人見過禮之後，蔣晴瑤去招呼其他客人，蔣夢瑤就帶著孔真往花園走去，正巧遇見孔真的好友青雀公主，三人便相攜一起遊園。

經過一片假山之時，突然假山後竄出一隊人來，為首之人是面帶怒色的高博，他走得極快，差點把高青雀撞倒。

高青雀也不客氣，對他說道：「你做什麼呀！莽莽撞撞的，真是失禮於人！」

高青雀是長公主，年齡比高博大，所以，自然有資格對高博這樣說話。

高博冷冷瞥了她一眼，正要開口，眼角卻突然掃過孔真和蔣夢瑤，張開的嘴又閉上了，抬手將高青雀推到一邊，繼續往前走去。

高青雀被推了一把，當場就不樂意了，左看右看，並沒有其他人在場，就乾脆抓著高博的胳膊不讓他走，說道：「你什麼意思？別以為我不敢打你！總是這樣目中無人，如今你是有父皇照應著，旁人不敢說你，可若是哪天父皇不照應你了，我看你這脾氣該如何收場！」

這句話像是點燃高博身上的炮竹引線，他突然對高青雀很大聲地說：「我就是有父皇照應著，妳看著不爽，不看便是，或者妳有能耐，讓父皇別來照應我。」

高博這樣子，別說高青雀是個十歲的女孩，就連蔣夢瑤也覺得這小子忒欠打，原以為他就此走了，沒想到他走了兩圈又回來了，目光冰冷地看著高青雀，說：「有空在這裡管教我，妳還是先管教好妳的奴才！下回若再被我聽見他們在背後說三道四，休怪我拔了他們舌根，哼。」

高博的樣子和語氣都不像是說笑，那凶惡的模樣好像他下一秒真的會這麼做，讓孔真都不覺驚叫出聲。蔣夢瑤替孔真順了順氣，高青雀也是滿臉緋紅，被氣得上氣不接下氣。

「拔誰的舌根？我身邊哪個奴才嚼你的舌根了？嚼你什麼舌根了？」

高博被當面這麼問，反而不說話了，他身後的小太監乾著急，想拉著他一點，卻被高博當即狠踹了一腳，臉上就寫著一句話：誰勸誰倒楣。

「妳的人妳去問！我又不是妳的奴才，憑什麼向妳彙報？」

高博顯然今天是不打算給高青雀這個姊姊面子了，言語中全是挑釁之言，態度囂張得不可一世。

蔣夢瑤綜觀全程，在腦中想了想，高博如今七、八歲，這個年紀的小孩就是那種見樹都要踢兩腳的叛逆，對世事似懂非懂，最容易產生性格反差，進而變得暴躁偏激。這樣的性格不是自主形成，就是被寵成這樣的。

她想起之前蔣源和她說過的話，她爹說別看祁王如今表面受寵，若皇上是真的寵愛，又如何會這般對待，這就好像是從前在歷史書上看到的——捧殺！真的把你捧到了至高點，然後再摔下來，那樣的話，不死也會去了半條命，今生再蹦躂不起來。

雖然這樣意淫一個寵愛兒子的父親有點不對，可是，這就是蔣夢瑤此時的感覺，尤其在聽見祁王同父異母的姊姊都這樣評價他時，心裡就更加覺得祁王可憐了。

也不知他有沒有這分自覺，有沒有為自己謀劃過退路，真的用他這暴虐的脾氣把所有人都得罪光了，將來若是他有點事情，那可就是一方有難，八方點讚了，誰都會上來給他補一刀、踢一腳，恨不得他能死絕、死僵了才好。

「有時候我還真希望你被害死算了！那麼多人，怎麼就害不死你呢？這般目中無人的性格，縱然長大，只會暴虐成性、禍害人罷了，也就父皇稀罕你。」

高青雀對這個弟弟本來就沒什麼感情，兩人母妃不同，更談不上親情，有的不過是一些名分上的牽絆罷了，所以她會說出這番話來，蔣夢瑤一點都不覺得奇怪。

高博冷哼一聲。「哼，妳擺什麼高貴？不過是我母妃身邊一個下三等的賤婢所生，如今竟也敢教訓我了？」

高博此語一出，簡直就是使出了挑釁界的殺手鐧，高青雀瞬間就狂暴了，衝上去就要和高博扭打，幸虧有蔣夢瑤和孔真趕緊拉著，否則她可真就衝上去了。

兩人正鬧得不可開交之際，一道溫潤的聲音橫插進來。「大庭廣眾之下，你們還要不要天家顏面，竟如市井之人般在這裡逞口舌之利，貽笑大方！」

眾人回頭，蔣夢瑤眼睛瞪得老大，原本聽聲音就知道來了一個不得了的大人物，可是一看這長相，她瞬間僵立了。

這……這不是那日她在白馬寺遇到的那個樹下少年嗎？聽他的口氣，似乎和高博是一家？

當蔣夢瑤震驚之時，高青雀已經走到那少年面前，說道：「大哥，不是我挑事，是高博他……」

這人竟是帝后的皇長子高謙？蔣夢瑤努力在腦中回想當日自己對他的言詞，似乎，也許，可能，大概……不那麼有禮貌吧。

高謙左右掃了一眼，發現周圍也就只有孔真和蔣夢瑤兩個外人，目光不免在蔣夢瑤身上多看了一眼，不易察覺地眼睛一亮，然後又繼續板著臉說道：「夠了！他固然有錯，可妳身為他的姊姊，妳就沒有錯嗎？」

高青雀有些委屈，指著高博說道：「可是，大哥你不知道他說我什麼，他說我是下、下……總之，他侮辱我的母妃，難道我這也不能與他爭辯嗎？」

高謙深吸一口氣，對這個蠻橫的弟弟很是無奈，反觀高博，在看見高謙的那一剎那，似乎眼中的恨意更甚，兩隻拳頭捏得更緊，黑白分明的大眼睛狠狠盯著高謙，卻是一句話都沒有再說。

「爭辯不爭辯，回宮再說！我們今日是來國公府參加國公爺壽宴的，你們若在此生事，成何體統？」

高謙這句話說完之後，高博便重重冷哼一聲，然後頭也不回地離開這裡。

高青雀見他這樣，就更是生氣，指著他的背影，對高謙說道：「大哥，你看他這個樣子！如今年紀還小便這般可惡，若是年紀再大些……」

「住口！」

高謙比高青雀大一歲，又是皇長子，性格溫和，在皇子中十分有威信，在高博的襯托之下，他簡直就是一代賢王的楷模，穩重皇子的典範。

所以高謙一開口，高青雀就不敢再說什麼，嘟著嘴，拉著孔真和蔣夢瑤往宴席所走去。孔真臨走前還不忘對高謙行禮告別，蔣夢瑤也依樣畫葫蘆，跟在孔真後面迫不及待地行禮，扭頭就走，並且故意低著腦袋，生怕高謙認出她來。

高謙看著三個女孩離去的背影，目光落在那最小的身上。其實在看見她的第一眼，他就認出來了，雖然那慌張的模樣和那日在樹下的跋扈截然不同，卻同樣可愛，他不覺勾唇笑了笑，就朝高博離去的方向走去。

三人一路無話，因為高青雀被高博惹得十分不高興，孔真和蔣夢瑤知道她在氣頭上，也不好開口。

此時，蔣璐瑤帶著兩個舉止文雅的姊姊走了過來，看見蔣夢瑤便說道：「姊姊帶著客人去哪裡了，讓我們好找。」

蔣夢瑤笑了笑，說道：「就是帶客人去園子裡轉了轉。」

蔣璐瑤給青雀公主行過禮之後，便將身邊的兩位文雅女孩介紹給她們認識，戚薔是戚家的嫡長孫女，戚芙是她的嫡親妹子，兩人皆是婀娜多姿的美人，十歲上下，看著挺好。

蔣夢瑤與她們算名義上的表姊妹，可是很明顯，戚薔和戚芙對孔真和青雀公主明顯要更加有興趣一些。

她們也是受過訓練，對如何介入話題與展開話題有著很高的造詣，不過幾回，就成功地把孔真和高青雀拉去她們的小團體。

蔣璐瑤帶著蔣夢瑤一同回到她們的小交際圈中，蔣璐瑤不愛說話，就和蔣夢瑤坐下來，並替蔣夢瑤倒了茶水，就聽旁邊禮部尚書家的千金說：「我今兒見著大皇子，斯文俊秀，一派賢王風範，對誰都很好的樣子。」

此言一出，立刻有姑娘附議說：「是啊，我也見著了，這般溫潤恭謙的男子，縱然不是皇子，也是夠沈穩出挑的，比之皇家另一個……」

那姑娘說話只說了一半就不再往下說了，畢竟大家都是明白人，有些話根本無須說得太分明，大家也都明白。

「是啊！嫁人當嫁大皇子那般如玉如蘭的男子。」

此言一出，一桌的姑娘全都露出「你懂我懂大家懂」的神情，蔣璐瑤湊近蔣夢瑤說道：「姊姊，妳見著大皇子了嗎？我沒見著他，只聽說他性格好得很，一點都沒有皇子的架子。」

蔣夢瑤點點頭。「見了，的確如此。」

就是彼此印象有點偏差，這世上真是沒有後悔藥吃，早知道他是大皇子高謙，她就是在樹上趴十個時辰也不會下來的！

只能說，天意弄人。只希望這個大皇子，真的像他看起來那般寬容大度，不要跟她計較才好。

一場壽宴辦得熱鬧非凡，蔣家也是多年未曾有過這般空前的排場，蔣顏正也破天荒在府裡待足了一天，與老友同僚把酒言歡。

蔣家子弟也盡數露面，蔣源這個從前最不出彩的大房子孫得到蔣顏正的親自提攜，這一次聚會倒也吸引不少人的注目，再加上他和戚氏身材容貌上的極端轉變，大家能聊的話題也就更多了些。

男人們在前院，女人們在後院，所談的話題不同，卻都是同樣熱鬧。前院聊的大多是子孫前程大事，後院聊的大多都是兒女親事，不過，對蔣夢瑤這些小朋友來說，宴會中除了交幾個談得來的朋友，倒是沒啥大事發生。

壽宴過後，眾人各回各家。

蔣夢瑤後來統計出來，蔣國公府這場壽宴過後，訂下親事的人家，她報得上名字的就有二十家有餘。這哪裡是來赴壽宴，這根本就是來參加「非誠勿擾」相親宴的吧。

戚氏一直在庫房裡忙，也只有吃飯的時候才來跟戚家的人敬酒，打了招呼，閃瞎了一堆對她身材變化表示驚詫的戚家人，不過，戚家人也只是驚詫而已，對戚氏的態度卻不見改變。

對戚家來說，戚氏是他們從前急於拋出去的燙手山芋，因為戚家早就是平安郡主的地盤，偏偏戚柔——這個前女主人的女兒在跟前晃蕩，於戚昀而言，戚柔是心中的刺，看見她就不由自主想起原配夫人；於平安郡主而言，更是眼中釘，時刻提醒著她，她是鳩占鵲巢的續弦；於戚家子孫而言，戚柔更加是格格不入的存在。儘管大家都姓戚，畢竟不是從一個娘胎裡出來的，自小看慣娘親厭惡她的表情，這些同父異母的兄弟姊妹又如何能對戚柔另眼相看，培養出感情呢？

戚氏對這些戚家人自然沒多少感情，敬過酒後，也就回到後面庫房，不再搭理前院事宜。

總的來說，這場壽宴舉辦得相當成功，孔氏的確是有些能力，就算有好些事情並沒有提早估算，但一番運籌帷幄之後，也能盡快解決。

而戚氏那裡也交出一份令人滿意的答卷，整場壽宴的花費與清算結餘，她事無鉅細地陳列而下，支出差額不超過三十兩，要知道一場這麼大的壽宴，除了前院的招呼之外，後廚方面能順利也是成功要素之一，若是後廚管理不好，前院即便招呼得再好也是沒有用的。

孔氏坐在當家主母的座位上，仔細翻看戚氏做出來的帳，幾個帳房也從後院盤點回來，一一對帳之後，確認戚氏沒有出錯。

孔氏合上帳本，對戚氏笑道：「我就知道這件事交給嫂子準沒錯，嫂子心細，就連一些小帳目都做得十分妥貼，做帳十多年的老師傅也不過就是這樣了。」

戚氏沒有說話，只是笑了笑，然後便去到一旁。

這個時辰，老太君已經先回去歇息了，善後工作全權交給了孔氏，孔氏將大家召集起來，羅列了一番這幾天壽宴時發生的問題，與各人出的錯。其中吳氏那裡就占了兩條，第一條是對賓客不熟悉，喊錯人家名字，記錯人家品級，把高一級的官眷安排在低一級的客圈中，這是主人家最要不得的錯誤；幸好孔氏及時發現，提前將人給移去，要不然肯定會遭人埋怨。第二條則是吳氏粗心，將分發給客人的東西也搞錯級別，客人把東西拿到手之後，發覺不對，孔氏只得幫她收拾補救，白白多花了不少銀兩。

吳氏一張臉脹得通紅，對孔氏說道：「好了好了，錯就錯了！妳偏要在大家面前說出來，存心叫我難堪嗎？」

孔氏勾唇說道：「嫂子莫怪，我這個人自然是有事說事的，嫂子做錯了，就是做錯了，若是我隱藏不說，那下回嫂子還會繼續錯……」

孔氏目光一轉，指了指正在一旁喝茶的戚氏，說道：「妳看大嫂，她做得就是十分好，這麼細的帳目，分毫不差，可比嫂子那些活兒要難得多了，她做得讓我無法挑剔，我自然是不會多言的。」

戚氏正喝著茶，就聽見孔氏在那挑撥的言語。她放下杯子，也不生氣，張口說道：「吳家弟妹做的事與我不同，如何能做比較？孔家弟妹這般言語，我們這些家裡人聽了自然是明白妳的苦心，可就怕有心人聽了，還以為孔家弟妹是故意挑撥呢。」

孔氏臉色一變，吳氏的臉色也不好看，孔氏表情冷了冷之後，又恢復了笑顏。「大嫂說笑了，這些都是我的肺腑之言，也是想讓嫂子向大嫂妳學習。」

戚氏也不甘示弱，繼續回道：「自古長幼有序，妳們敬我是大房嫂子，但學習什麼的太不敢當了；吳家弟妹與妹妹妳同為二房孫媳，才應該互相學習、互相扶持不是嗎？」

戚氏的意思已經說得很明顯了，就是對不起了吶，我是大房，妳們是二房，我可不摻和妳們的內鬥，以前妳們漠視我，現在也請別抬舉我了。長幼有序，妳個二房的小媳婦，在這裡得瑟什麼呀！

孔氏的臉終於掛不住了，吳氏卻聽得高興，對孔氏白了一眼，然後沒好氣地說道：「時辰不早了，我該回去瞧瞧閨女了，她才剛出生，離不開娘。」

吳氏走了兩步，卻又突然回頭，對孔氏挑釁意味分明地說：「哦，對不起了妹妹，我忘了妳沒做過娘，所以不知道這是什麼感覺。」

好吧，如果說剛才孔氏只是冷下了臉，現在，她的臉已經徹底黑了！

戚氏見狀，暗自搖了搖頭，只覺得當初相公用計搬出去果然是正確的，這兩個女人就像是鬥雞，只要湊在一起，那就是唇槍舌劍，鬥個不停。

論手段、論口才，吳氏絕不是孔氏的對手，不過，孔氏也有一個硬傷死穴，那就是沒孩子。所以，不管前期孔氏如何用手段和言語逼迫吳氏，吳氏都可以用一句話來堵死她，戚氏兀自在心中想著以下小劇場。

孔氏說：「我有手段，能幹事！」

吳氏回。「我能生孩子。」

孔氏說：「我家世好，娘家給力！」

吳氏回。「我能生孩子。」

孔氏說：「我精明漂亮，是府裡的當家主母！」

吳氏回。「我能生孩子。」

所有的挑釁全都能在一瞬間化作渣子，再蹦躂不起來。

戚氏回到大房的院子，以為蔣夢瑤已經睡下了，可誰知道，她只是趴在床上看她小寶庫裡頭的寶貝。

聽見戚氏回來，蔣夢瑤爬了起來，戚氏走過去在她臉頰上捏了捏，說道：「怎麼還不睡？妳這小財迷有多少寶貝，每天都看，不嫌膩啊？」
蔣夢瑤嘿嘿一笑。「嘿嘿，沒事幹啊。娘妳把帳交了？嬸嬸可有說什麼？」
戚氏搖頭。「做得挺好的，她不能說什麼。妳爹呢？我今天一整日都沒看見他，妳看見了嗎？」
「看見了。」蔣夢瑤自己在床上坐好，對戚氏說道：「今天中午吃過了飯，在花園裡看見他和曾祖父說話。」
戚氏點點頭，面上突然染上憂愁，蔣夢瑤見狀，不禁問道：「娘，妳怎麼了？我爹和曾祖父走得近不好嗎？」
戚氏嘆了口氣，說道：「不是不好，只是……算了，橫豎這都是他的志向。」
蔣夢瑤見自家娘親這樣，眸光一閃，突然問了一句。「娘，曾祖父什麼時候離京啊？」
「嗯？」戚氏一愣，然後才想了想。「聽說是下個月吧。也不知過不過正月。」
蔣夢瑤這才了然地點頭。「哦，那娘一定是擔心，這回曾祖父會把爹爹帶去邊關吧？」
戚氏瞪眼看了看蔣夢瑤，瞪了一會兒，才洩氣地呼了口氣，說：「妳呀！就妳聰明！」
蔣夢瑤一看她娘的表情，就知道自己肯定猜對了。
母女倆正說著話，蔣源便從外頭回來了，看見她們母女倆正坐在床邊聊天，也走過來，將馬鞭和腰帶解了放在桌上，滿面春風地倚靠在屏風上，對她們說道：「喲，這大半夜的，母女倆不睡覺在這兒聊心事呢？」

戚氏起身替他解外衣，蔣源也不客氣，就那麼張開手臂讓她伺候，看見妻子近在眼前的容顏，蔣源突然對蔣夢瑤說道：「閨女，爹爹和娘有話說，今兒妳睡隔壁去唄。」

蔣夢瑤無語地看著這個越來越厚顏無恥的爹，真是夫妻進了房，媒人丟一旁，他就不能稍微含蓄一點，也不想想他倆能像今天這麼恩愛，歸根結柢是誰的功勞。

小時候還留她在房裡和他們一起睡，現在好了，他們感覺來了，就要把她當電燈泡一樣趕出去。

嘆了口氣，蔣夢瑤像個小大人一般，自己下床穿鞋，走到這對夫妻身邊搖了搖頭，感嘆一下世風日下，人心不古，在他爹娘要笑不笑的神情中，被淒慘慘地丟到門外。

房門砰的一聲關上，蔣夢瑤的心情真是五味雜陳！

第十四章

第二天一早，戚氏就拿著蔣夢瑤今日要換的衣服走進來，虎妞已經打來了熱水，給蔣夢瑤洗臉。

蔣夢瑤看了看戚氏，原以為會看見一個被愛情滋潤的美美小娘子，卻見戚氏臉上並無笑容，還多了幾分落寞。

「還愣著幹什麼，快換過衣服，去給國公爺和老太君請安，咱們今天就回去吧。」

蔣夢瑤被拉到梳妝檯前坐好，問道：「娘，咱們今天就回嗎？我和璐瑤還約好了今天去西城看梅花呢。」

戚氏一邊給閨女梳頭，一邊說道：「待會兒去和她說一聲，咱們得快回去，妳爹……過幾天就要出門了，得回去給他收拾行裝。」

蔣夢瑤猛地回頭，看著戚氏，頓時就明白過來，說道：「爹真要走啊？什麼時候？去多久？不會也跟國公爺一樣，好幾年不回家吧？」

蔣夢瑤一連好幾個問題，問得戚氏更加落寞，垂頭喪氣地替她梳頭，幽幽嘆了口氣，說道：「橫豎這是他的志向，五日後出發，什麼時候回來……還不知道。行軍打仗總不是三、兩天的事，說不準的。」

也難怪戚氏心情會不好了，她與蔣源雖說成親這麼多年，可是一半的時間都是在隔閡之中度過的，真正交心的就是這些年在外面的時光，更別說，這兩年他們的主要重心還放在減肥這件事上。

如今兩人的感情才剛剛進入升溫期，蔣源卻突然決定離家，而且歸期不定，這叫戚氏如何能開心得起來？

蔣夢瑤不禁在心裡埋怨了一番自家老爹，嘆了口氣，梳妝完畢，隨意吃了些早飯，她就和戚氏一同向老太君辭行。老太君對戚氏和蔣夢瑤本就無甚好感，自然不會要求她們住在國公府裡，粗淺地囑咐了幾句，就答應了。

母女倆回到西郊的小院後，戚氏一個人鑽入房間，說是給蔣源收拾東西，卻都不讓人進去。

蔣夢瑤知道她心裡難受，也不去打擾。這種事情旁人說再多都沒用，還是得靠她自己想通才好。其實，依她的角度來看，她爹現在出去倒也沒什麼，畢竟爹娘還年輕，她爹若是留在京城做生意，雖然也是一條出路，可是畢竟與門風不符；他身為熱血男兒，自然也是有一番闖蕩天下、成就事業的野心，此時去闖闖，見識一下大漠風沙，多經歷一些事情，他回來之後，才會更加珍惜眼前人。

縱然去個幾年，他們也不過二十幾歲，在現代也是上大學談戀愛的時候，到那時，兩人再好好地談一場成熟的戀愛不是挺好嗎？

蔣源今日特地很早就回來了，將馬交給老劉之後，就見蔣夢瑤坐在院子裡看書。他試探地往後院看了看，才坐到蔣夢瑤身旁小聲問道：「妳娘呢？」

蔣夢瑤指了指後院，蔣源搓了搓手，俊逸的臉龐上露出些許擔憂之色，經過這陣子老國公的特訓，蔣源終於恢復了本來面貌，清俊儒雅，滿身的貴氣，挺直脊梁一站，活脫脫就是一位貴公子的模樣。

見蔣夢瑤不說話，蔣源也料想到妻子已將自己的想法告訴女兒了，他與戚氏一樣，對這個女兒，從未當她是孩子就有意隱瞞或敷衍，呼出一口氣後，開口說：「閨女，妳……生爹的氣嗎？」

蔣夢瑤抬頭看了一眼蔣源，搖頭說道：「好端端的生你氣幹麼呀！」

蔣源指了指緊閉的房門，說道：「妳娘沒告訴妳啊？」

「告訴我什麼？你要去邊關的事嗎？」

蔣源看著女兒一副無所謂的模樣，心裡有些懷疑，這丫頭是不是不知道「去邊關」這個詞語是什麼意思，要不然，哪有一個女兒聽見父親要去邊關打仗，會像她這麼平靜？

「去吧！男兒志在四方，應該出去的。你放心，家裡我幫你看著，娘親那邊，我幫你開導，幫你保護，你且放寬了心，安心去闖就行了。」

蔣源心情沈重地聽了一番女兒這般平靜的說詞，簡直懷疑，自己面前的是他娘，根本不是他閨女！

蔣夢瑤將書本合上，指了指房間，說道：「我沒事，你走之前還是多陪陪娘吧。這兩天也別去軍營了，就在家裡陪她，寸步不離，也許把她黏得煩了，她就會主動趕你走了。」

蔣源看著蔣夢瑤，覺得這個丫頭十分古怪，還想再問些什麼，卻被蔣夢瑤推著去到房門前，他似乎聽到了一絲絲抽泣的聲音，對蔣夢瑤瞪了瞪眼，像是在說：妳娘在哭，妳也不來安慰？

蔣夢瑤對他比了個手勢，像是回道：你妻子，你自己哄，我不行。

儘管蔣源最後幾天，就如蔣夢瑤所言，真的是在家裡寸步不離跟著戚氏，等到他真要走的那一天，戚氏還是哭得唏哩嘩啦，直到蔣源說給她十天一封家書，最多半年就回來一趟，戚氏才忍下難過，帶著閨女親自送丈夫和隊伍到城門口。

母女倆站在城牆上，看著漸漸遠行的馬隊，戚氏又難過地擦了擦眼淚。

在城牆的另一角，也有一個送親人的背影矗立著，蔣夢瑤起初還沒注意到，直到那個背影轉過身來時，她才拉了拉戚氏的袖子，戚氏回頭一看，竟也驚呆了。

蔣國公這回在京裡待了近一年多，三百多人回來，五百多人帶出去，除了蔣源之外，還另外從士族家挑選了一百多人帶去邊關，這其中，竟然還破天荒包括一個令所有人都意想不到的人——步擎元。

病秧子步擎元，竟然也被蔣國公帶去邊關，這一時成為京裡的笑話，人人都在說，會不會病秧子這麼一去，連邊關都還沒到，就死在半路。

寧氏的眼角含著淚光，身上穿的是陳年舊衣，顏色已經不那麼鮮亮了，不過，她卻將自己拾掇得相當精神整潔，花白的頭髮一絲不苟地攏在腦後，一雙厲眼掃過戚氏和蔣夢瑤，竟然向她們走了過來。

戚氏把蔣夢瑤護在身後，以為寧氏要為難她們，可是寧氏卻只是在她們面前站定，用古板到近乎不近人情的聲音說：「蔣顏正肯提攜擎兒，不管他接不接受，我是欠他一個情，妳們今後若有什麼難處，儘管來找我，我能幫得上的，必定不會推辭。」

戚氏和蔣夢瑤對視一眼，蔣夢瑤從趙嬤嬤口中也聽說過步家寧氏是個什麼樣的狠角色，現在一看，冷酷只是她的外表，內在也許並不是那麼可怕。

深吸一口氣，戚氏勉強對寧氏露出一抹笑容，說道：「多謝老夫人，既然我家相公與貴府公子一同出門，那咱們就無須客氣了，今後自然是要相互扶持，日後老夫人若有難處，也可以來找我們，能做到的，我們也絕不會推辭。」

寧氏嚴厲地將戚氏上下掃了兩眼，然後才強硬地轉過身去，留下一句。「我沒有什麼難處要妳幫忙。」一說完，就頭也不回地走下了石階。

蔣夢瑤看著她離去的背影，心道：唉，這老太太，真不會聊天！

蔣源離開之後，戚氏必須要一個人肩負起所有的生意，幸好蔣源離開之前，已經出了一批珍珠，現在河裡除了一些準備精養、成色好一點的蚌殼，其他的都是剛剛投入水的小蚌，一時半刻也產不出珍珠，所以收珍珠這件事，戚氏倒是可以暫時不用擔心。

荀芳閣的生意本來就是她在打理，店鋪裡的事情大多都是金燕出面洽談，而她做幕後決策，五家店鋪每半個月就要上報一回收入與支出帳本，銀錢每月底交接，每一筆開銷，都需要從戚氏這裡撥出銀兩。

五家店鋪，半個月的帳目，戚氏要一條條核實，一條條清算，每每都會忙到深夜。

這日，蔣夢瑤推門而入，就看見自家娘親趴在桌面上睡著了，她從床上拖了一條薄毯子蓋到戚氏背上，戚氏都沒有醒來，可見這些天到底有多疲累。

蔣夢瑤看著這些帳本，隨手翻看了幾頁，覺得這些帳本上的數字全都是用漢字寫成，讀起來麻煩，寫起來費勁。蔣夢瑤爬上一張太師椅，趴在桌子上，拿起一枝最細的狼毫筆，用抓鋼筆的方式，把帳本的其中一頁翻譯成阿拉伯數字，發現這些數字裡面，有很多都是重複記錄的，如果把這些直接乘除，一定會省下不少時間。

看了看娘親熟睡的模樣，蔣夢瑤嘆了口氣，既然她答應了爹爹要好好照顧娘親，這話就不只是說說，當然要加以實際行動才行啊。

翻開了一本她娘還沒看到的帳目，蔣夢瑤拿來平日自己練字的宣紙，在上面把帳目的數字，一個個翻譯出來，然後相同的乘一下，記錄數字，做好記號，再加後面的，如此這般計算還不到半盞茶的時間，一本帳本就看完了，她把最後得出的數字，寫回漢字，夾在帳本最後一頁，然後就著手看下一本。

戚氏猛地從睡夢中驚醒。

她……她怎麼睡著了，哎呀，還有那麼多的帳本沒算完，再拖幾天，金燕又該送下半個月的來了。

看了看桌面，油燈還繼續亮著，可是窗外已經是墨藍一片，不知不覺竟睡到了凌晨。

捏了捏眉心，戚氏將算盤拿過來撥正，翻開帳本，正要繼續清算的時候，突然發現這帳本的每一頁，她專門留著寫總結數字的地方都夾著一張紙條，上頭寫了一串數字。戚氏覺得奇怪，便翻看其他帳本，發現每一本都夾著這樣的紙，她拿起一張紙，前後看了看，腦中閃過一個念頭，將紙放在一邊，算盤打得噼啪作響，好一陣計算之後，看著算盤上的數字，再對照紙上寫的，竟然分毫不差。

戚氏又照樣算了兩本，得出的結果也是和紙上寫的相同。

回想昨晚自己累得趴在桌上睡著了，她的房間只有趙嬤嬤和閨女能進，趙嬤嬤只認識些粗淺的字，根本不會算帳，可是閨女……更加不可能會呀！

戚氏一番核實數字之後，屋外已是魚肚白了，院子裡漸漸有了聲響，沒一會兒，就聽見門外傳來趙嬤嬤的敲門聲。

趙嬤嬤走進來一看，見戚氏披著薄毯坐在桌子旁，她端著熱水走過去，不禁埋怨了幾句，說：「哎喲，我的夫人，妳這麼早起來幹什麼呀！帳一天不算又不會跑掉。」

戚氏將肩上的薄毯遞給趙嬤嬤，對她問道：「這不是妳給我披的嗎？」

來。

趙嬤嬤搖頭。「不是，夫人妳是怎麼了？」

戚氏盯著趙嬤嬤看了好一會兒，然後才納悶地咬了咬唇，既然不是趙嬤嬤，那麼……

戚氏梳洗完畢之後，就去蔣夢瑤的房裡，發現虎妞正守在門外，看見戚氏趕忙站了起來。

戚氏指了指房裡，問：「小姐還沒起來？」

虎妞不會說話，就點點頭，戚氏又問：「小姐昨晚多晚回房的？」

虎妞想了想，對戚氏比了個「三」的手勢。

「三更天？可是從我房裡出來的？」

虎妞連連點頭。

屋裡傳來蔣夢瑤的喊聲，戚氏接過虎妞手裡的熱水，讓她先下去忙，然後自己端著熱水推門走入女兒的房間。

戚氏親自擰了熱毛巾給她擦手敷臉，這丫頭被她從小這麼伺候慣了，如今養成這毛病，睜眼前非要先用熱毛巾敷一敷臉。自家的閨女，從小是她帶大的，戚氏做起來總是比其他人要輕柔熟練得多。

蔣夢瑤舒服地伸了個懶腰，這才肯睜開眼睛，看見自家娘親坐在床邊，她還小小意外了一下，以濃濃的鼻音撒嬌般問道：「娘，妳怎麼來了？虎妞呢？」

戚氏將她扶著坐了起來，又替她擦了把臉之後，才說道：「起來，我有話問妳！」

蔣夢瑤心上一凜，當然知道戚氏想問什麼，一邊穿衣服，一邊腦子運轉飛快，走出屏風時，便已想好對策，對戚氏展顏一笑，說道：「娘，我都忘記跟妳說了，妳替我準備一份可以送給青雀公主的禮物吧。她上回到咱們大房院裡做客，教了我很多宮廷裡的新鮮東西，幫上了大忙，我可得好好謝謝她。」

戚氏一聽，想起似乎壽宴那日，的確有那麼回事，閨女帶著孔家的一個小女娃和青雀公主回大房院子坐了半天，可一直沒聽閨女提起過，自己也忘了問，如今她提出來，倒是提醒了她。

「教了妳什麼宮廷的新鮮東西？既然是要回禮的，妳怎麼不早些與我商量，此事若是怠慢了，可就讓公主平白記了咱們不懂事。」

蔣夢瑤俏皮地吐舌一笑，對戚氏說道：「青雀公主教我的是宮廷算師的演算法，這種方法是宮廷算師新發明出來的，還未通行，不過，她教我之時，試了很多例子，的確是好用的。」

見戚氏一臉不解，蔣夢瑤乾脆不賣關子，故作驚訝地說道：「娘，妳不會沒看見我昨晚給妳算好的那些數字吧？」

戚氏正要問女兒這個問題，沒想到她就自己說了出來，前後一想，問道：「那些算出來的數字，就是青雀公主教妳的？」

「是啊！就是她教我的。」

蔣夢瑤一口咬定這個說法。

戚氏沈下了眉眼，卻還是很美，嘆了口氣，說道：「妳覺得妳娘我看起來像傻的嗎？」

別說她根本從未聽過宮廷中有什麼奇特的演算法，縱然有新的演算法，青雀公主一來不管帳，二來不算錢，她學這算術做什麼？好，再退一步說，就算青雀公主會，可是她如何能在半日的時間，就把這本事隨意教給妳了？

不知道閨女在打什麼鬼主意，戚氏總是一萬個不放心。

蔣夢瑤聳了聳肩，說道：「既然娘親不相信，那女兒也沒辦法，反正方法就是她教的，我昨晚也就是用這個方法替娘把帳都算好啦。」

「妳這孩子……」戚氏對這女兒簡直不知道該怎麼辦，打又捨不得打，罵又捨不得罵，說又說不過她，真是讓人狂躁不已。

蔣夢瑤嘿嘿一笑，跑過去抱住戚氏的胳膊，賴皮般笑道：「哎呀，娘，妳管方法是誰教的呢，好用不就行了？待會兒我把那算帳的方法教給妳，妳以後就自己用新方法記帳算帳，能省下很多時間，妳就可以去做其他事情啦。」

戚氏還想抓著她說什麼，卻被蔣夢瑤從她掌下溜掉。蔣夢瑤一路小跑出了房間，摸著肚子，喊起了趙嬤嬤。「嬤嬤，早飯好了沒啊，我餓了！」

「……別跑！不把話說清楚，不許吃飯！」

戚氏跟著追出去，她就不信治不了這無法無天的小丫頭。

母女一番糾纏的結果就是，蔣夢瑤罰跪半個時辰，然後乖乖坐下來教戚氏新的計算記帳方法，首先就從認識阿拉伯數字來教。

戚氏學了半天，也只是把一到十這幾個數字依樣畫葫蘆寫了幾遍，越發不信女兒什麼資質，能半天就學會，可是這丫頭嘴緊得很，無論她怎麼問，怎麼威逼利誘，她就是咬死是青雀公主教她的，不信去問云云。

真不知道自己和相公這般的品行，如何教出女兒這潑皮般的性格來。由於對蔣夢瑤無可奈何至極，戚氏也只好由著她去了。

戚氏的學習能力已經算快的了，再加上她天生好學，對數字敏感，所以她很快就學會蔣夢瑤的那一套加減乘除法。戚氏從一開始的不信任，再到後來熟悉之後的便捷，短短十幾日的工夫，就對這套演算法與記錄方法佩服得五體投地，連帶忘了向女兒追問這套方法到底是怎麼得來的。

她將金燕送來的帳本，邊練習邊實踐，越學越覺得這門學問的妙處，足足提高了她六、七成的工作效率；而且她將算出來的結果，用這數字謄寫入帳本，看著也方便，既省紙張又省氣力，還能一目了然，旁人縱然拿去，也只當天書，看都看不懂，當真是安全到了極點，妙到了極點。

這日，蔣夢瑤在院子裡看著老劉給她新做的木桶刷油漆，這是她的新想法，還不知道成不成，她覺得蒸三溫暖的時候，都要燒不少水、用很多柴才能燒到溫度，如果可以做一種簡易且只須供一人蒸的方法，就會方便很多。

只是老劉不像蔣源那麼聰明，會舉一反三，蔣夢瑤和他說了好多天，他才勉強做出兩套木桶，一大一小，小的上面全是兩指粗細的洞孔，將兩個疊在一起，再加以隔膜，不知道能不能用爐子的原理，燒出蒸氣來。

戚氏的馬車在門口停穩，蔣夢瑤和虎妞便奔到門口去迎接戚氏，誰知道趙嬤嬤下來之後，嘴裡罵罵咧咧的，將戚氏扶下馬車之後，嘴裡還在不停地念叨。「這些挨千刀的混球，那一個個嘴巴髒得厲害，要不是夫人攔著，老婆子我非得上去撕了他們那張臭嘴不可！」

戚氏的臉色也有些不好，卻還要安慰趙嬤嬤。「算了，女人家拋頭露面的總是不好，若再與他們爭執，指不定會引來多少圍觀，息事寧人算了。」

蔣夢瑤聽到這裡，不禁問道：「娘，怎麼了？妳們遇見誰了？」

戚氏還未回答，就聽趙嬤嬤在一旁忍不住倒豆子般說了出來。「大姑娘，您是不知道那幫地痞有多可惡，他們攔著夫人的去路，掀了她的紗簾，還出言調戲，用詞極其下作，夫人都嚇壞了！」

蔣夢瑤蹙眉。「地痞？娘，妳沒事吧？」她趕緊去到戚氏身旁，將她上下打量一番。

戚氏搖搖頭，也是一副驚魂未定的模樣，說：「沒事，吉祥、如意和趙嬤嬤都在幫我擋著，他們沒碰著我。」

蔣夢瑤這才放心地點點頭，誰知趙嬤嬤卻還是不停歇，說道：「什麼沒碰到，夫人妳看，妳這衣袖都給他們扯破了，好在今日咱們人多，他們不敢肆意妄為，若是咱們人少，說不定夫人妳就被他們拖入暗巷裡，那後果可是不堪設想的。哎喲，我想想就覺得害怕！快快快，我給夫人燒一鍋熱水，咱去洗個澡，去去那身晦氣！」說著，戚氏就被趙嬤嬤推搡著去浴房。

蔣夢瑤又對吉祥和如意問道：「果真沒事？」

吉祥和如意對視一眼，說道：「反正都跑了，那幫人真的太可怕了。也不知怎地，他們竟然知道咱們車裡坐著位美貌娘子，一上來就掀咱們夫人的紗帽。」

如意接著補充說：「就是！掀了紗帽，就口出惡言，夫人當場都被他們說得快哭了。」接著，又是一番憤憤謾罵。

蔣夢瑤看著吉祥和如意離去的背影，心裡突然生出一個很可怕的想法來。

像是為了印證自己這個可怕的想法，吃過飯後，蔣夢瑤就喊上虎妞，走出門外。

蔣夢瑤特地選擇下午出來，就是為了印證自己心裡的那個想法。她在家門前的路邊撿了一根廢枝，一路從家門口走到那條穿梭林間的官道上。她邊走邊拿樹枝在一旁的草叢中撥弄著什麼，卻是一無所獲，虎妞跟在她身後，表示看不懂小主人的行為。

蔣夢瑤走到官道之上，左右顧盼一番，忽然眼尖地看見不遠處一棵小樹上似乎沾著什麼東西。

走近一看，是樹幹上刻了三條劃痕，蔣夢瑤不動聲色繼續往那頭走去，大概又走了兩百多步，果真又在另一棵樹上發現和剛才一樣的三條劃痕。她心裡已經有了數，便不再向前，帶著虎妞回家去了。

戚氏已經洗過澡，換好了衣服，看見蔣夢瑤從外面回來，不禁問道：「妳去哪兒了？別亂走，知道嗎？」

蔣夢瑤看著戚氏，突然奔到她面前，拉著戚氏的手就往房間裡走去。「娘，妳過來，我有話跟妳說。」

戚氏被她拉著走，急道：「冒冒失失的，有什麼話非得進房說呀。」

大概半個時辰之後，蔣夢瑤才從戚氏的房間出來。

當天晚上，大家吃過晚飯，很早就熄燈睡覺了。

亥時三刻，正是夜深人靜、萬籟俱寂之時。

蔣家小院後的門閂突然被一把泛著亮光的刀鋒給挑開，幾個男人呼應而入，然後小心翼翼地把門給關起來，落下門閂。

一番打探之後，為首者就把人直接招呼去後院，指了指最東面的廂房之後，幾個鬼鬼祟祟的人影，就一路搓著手，往東廂房走去。

用挑開院門的方法，主臥房的門也給打開了，所有動作輕得就像是貓步一般，幾乎沒有聲音，這些人都是一些做慣雞鳴狗盜之事的下三濫，其他本事沒有，偷雞摸狗卻是一把能手。

幾個人進房之後，就把門給關起來，兩個人二話不說去了床邊，其中一個人拿出藏在衣袖中的一支小竹筒，相視一笑，這裡面是能夠把牛都迷暈的迷藥，只要吹出去，就沒有不暈的道理！

兩人迫不及待地點點頭，其中一個人比了比掀被子的動作，另一個人則準備好吹迷煙。

可是那人的手剛碰到被子一角，被子裡的人突然動了，一下子彈坐起來，把蓋在身上的被子全都掀到兩個人身上。

「哪裡來的小賊，敢在爺爺的地盤上撒野！」

老劉年輕時也是個江湖中人，手裡有些功夫，對付這兩個小賊還不成問題。

跟在後面的人一見情況不妙，立即回身，想要開門出去，可是房門才一打開，兩盆燒得滾燙的水就潑到他們臉上和身上，頓時燙得他們直往後倒。

幾個人躲在一起，背靠背，站到房間中央，一張大網從天而降，把他們全數罩在裡面。

房間的燈火驟明，從角落裡走出兩男兩女，手裡皆拿著手臂般粗的木棍，不由分說，就朝網中的賊人劈頭蓋臉一頓好打，直打得他們哀號，求饒不斷。

吉祥、如意是女孩子，不過打了幾下，手裡就沒什麼力氣，老劉搶過一根棍子繼續打，趙嬷嬷也把手裡的水盆丟在一旁，拿起另一根棍子，學著老劉的樣子，一下一下打在那些想要做惡事的人身上！

大概打了兩刻鐘，蔣夢瑤和戚氏才從外面走進來。

看地上的人已經奄奄一息，戚氏也是憤怒不已，卻竭力讓自己冷靜下來，坐到凳子上，對網中之人問道：「你們到底是誰？誰派你們來的？」

她的聲音很輕，聽起來並沒有什麼威懾力。

而網中之人顯然對她並不懼怕，吐了一口帶著血絲的痰之後，就潑皮無賴地說：「老子是誰需要跟妳說嗎？賤貨！趁早把我們放了，否則明天要你們好看，反正妳家沒男人，到時候我要你們一家老小一個都跑不掉。呸！」

戚氏頓時發怒。「你！再給我打！」

那網中之人卻突然大喊威脅道：「誰敢打！我告訴你們，老子就是西街的李霸，除非你們今晚打死我，否則只要留我一口氣在，老子明天就帶人來燒了你們！」

吉祥和如意嚇得捂住了嘴，眼裡滿是驚恐，戚氏也有些害怕他們報復，只有老劉說道：「夫人莫怕，待會兒我就把他們送去官府，看他們還怎麼報復！」

網中的李霸突然笑了。「官府？哈哈哈哈，衙門的師爺就是我親舅舅，儘管去送，老子就願意見官！哈哈哈。」

跟著李霸闖房的人像是被他激勵了士氣，全都笑了起來，這下連老劉都有些拿不定主意，看向了戚氏。戚氏也是第一次遇到這種事情，一時也不知道該怎麼辦。

蔣夢瑤原本一直在看戲，可是戲看得好好的，突然就被反派逆襲了，這可怎麼得了？

她從戚氏身旁走出來，壯著膽子走到被打得鼻青臉腫的李霸身旁，甜甜一笑，說道：「好端端的報什麼官呀！這些小事，咱們在家裡私了不就得了，如何要驚動官府呢？」

李霸看著這個眼中毫無畏懼、直接蹲在他面前的小不點兒，卻見蔣夢瑤突然站了起來，對老劉說道：「把他們四個都綁起來，綁結實點，帶到柴房去，怎麼說上門都是客，咱們總要盡一盡主人家的責任嘛。」

老劉看了一眼戚氏，見她沒反對，自己也就吩咐平安、富貴動手，反正麻繩一開始就準備好了，這些人也被打得不輕，就是想反抗也沒多少力氣。

被綁結實的李霸一夥人被拽入柴房，嘴裡依舊喋喋不休地謾罵著，用詞極其難聽，老劉見蔣夢瑤跟著走了進來，不禁說道：「大姑娘，這裡髒，您還是別進來了。」

虎妞卻給蔣夢瑤搬了一張椅子過來，讓蔣夢瑤就此坐下，然後虎妞真的像個護衛一樣，站在她身旁。

蔣夢瑤對老劉說道：「劉叔，去讓趙嬤嬤燒兩鍋熱水來，從頭到腳澆一遍，去去死皮，打起來更舒服！」

老劉愣了愣，也不知道小主人想幹麼，但是他對今夜這幫痞子的行為也十分氣憤，這群人竟然存了那齷齪心思，把主意打到夫人身上，打死都活該！

確定這些人手腳都給捆結實了，大姑娘沒有危險，老劉就去外頭喊趙嬤嬤去了。

李霸沒想到一個小丫頭會這麼惡毒，竟然想用開水燙他們，不禁也有些畏懼，嘴上卻不肯鬆動，依舊惡言惡語地說道：「哼，小丫頭挺毒啊！有本事你們今天就弄死我！只要我還有一口氣在，這個仇，我就一定會報！」說完這些，像是又想起什麼，追加道：「別以為你們弄死我就完了，我的兄弟多得是，他們見我們明日沒有回去，自然就知道我們今晚來了哪兒，到時候，你們一個都跑不掉！」

蔣夢瑤勾唇一笑，說道：「你們這些人也真好笑，我什麼時候說要弄死你們了？放心吧，就是脫脫皮，打兩下，你們都是鐵錚錚的漢子，這些事對你們來說，小菜一碟！」

李霸被蔣夢瑤嗆得說不出話，蔣夢瑤對一旁拿著棍子的平安、富貴說道：「還愣著幹啥，好好招呼這些頂天立地的大英雄啊，給我打，別打胸腹和頭，就著手腳打，手腳打斷了，也死不了人，沒事的。」

「臭丫頭！妳敢動我試試，我扒了妳的皮！」

蔣夢瑤掏掏耳朵，一副無所謂的樣子。「扒皮啊，這倒是好主意，不知道一會兒燙過了之後，皮是不是好扒一些，嗯，待會兒試試吧。還愣著幹什麼？打呀！」

平安、富貴再次收到命令，你看我、我看你一眼，便決定聽從小主人的吩咐，揮動棍子繼續把這幾個人打得在地上翻滾，打了幾下之後，蔣夢瑤又喊停，走到李霸跟前兩步蹲下，笑得像是純潔的幼童一般甜美可愛。

「幾位英雄，你們可想好了，如果不告訴我們是誰指使你們來的，那可就別怪我對你們不客氣了。」

李霸剛被打了兩下，心裡怎麼會服氣，看那小丫頭最多也是色厲內荏的，有些話只是說說，未必敢對他們真的怎麼樣，便啐了一口血水，說道：「誰指使？沒人指使，誰讓妳娘長得漂亮呢？老子就是在街上看見了個漂亮的，想快活快活，就來妳家，妳個臭丫頭知道什麼叫快活嗎？把妳娘叫來，老子現在就告訴妳，什麼叫快活！」

蔣夢瑤聽了這些也不生氣，倒是平安、富貴還有虎妞怒得上氣不接下氣。

蔣夢瑤保持微笑站了起來，語氣平緩地說道：「你們不說就算了！反正我也沒玩夠，既然你們強烈要求快活一點，那好吧。咱們就不說瞎話了，早早玩完，早早收工，對吧？」

蔣夢瑤讓虎妞去把老劉喊了過來，在老劉耳邊說了幾句話之後，老劉便略加遲疑地出去了。

趙嬤嬤提來了兩壺開水，面上也有些驚懼，對蔣夢瑤說道：「大、大姑娘，真……真要潑啊！」

剛問出來，就聽李霸突然對趙嬤嬤暴吼道：「死老太婆，妳要是敢潑，老子一樣饒不了妳！」

蔣夢瑤不等趙嬤嬤反應，直接一聲令下。「潑！」

趙嬤嬤卻怎麼樣也下不了手，把水壺交給前來看情況的吉祥手中。

李霸那雙眼睛瞪得老大，像銅鈴一般，吉祥也怕得不敢上前。李霸看這些女人都下不了手，表情十分得意，態度囂張地笑了起來，其餘地痞也跟著笑了，一時間就顯得蔣夢瑤這幫人的氣勢弱了。

身後的虎妞卻一馬當先，搶過吉祥手裡的水壺，很快把熱氣騰騰的開水倒進盆子裡，二話不說，就往那幫被捆得動彈不得的地痞身上潑去，頓時這些人慘叫不已，趙嬤嬤和吉祥都嚇得抱頭避過了眼，平安和富貴這兩個男人都覺得這手段太殘忍了。

蔣夢瑤卻對虎妞的給力十分讚賞，虎妞指了指另一壺水，對蔣夢瑤比了個手勢。

蔣夢瑤搖搖頭，好整以暇地說道：「哎呀，真是爽呆了吧。這水潑得可舒服？再來一壺？」

「不、不，不要，不要……哎喲，哎喲……饒了我們吧，饒了我們吧，我們下回再也不敢了，再也不敢了！」

不等李霸開口，他身後的嘍囉就受不了了，他們本以為今天晚上能爽快幾把，沒想到卻栽在這個心狠手辣的小姑娘手裡。這荒郊野外，叫天天不應，叫地地不靈，除了求饒，他們就沒有主動說話的機會了。

蔣夢瑤蹲在地上玩柴，聽見那些小嘍囉求饒，面不改色地說道：「最後再問一遍，誰讓你們來的？」

小嘍囉們對視了兩眼，一致看向李霸，只見李霸滿臉通紅，被開水燙得火辣火辣的，再配上他一臉的猙獰表情，看起來十分恐怖。

只聽他怒吼一聲。「我殺了妳這個小畜生！」

面對李霸的怒吼，趙嬤嬤和吉祥嚇得躲到門外，平安和富貴也不敢上前，蔣夢瑤卻好像什麼都沒聽見，依舊笑嘻嘻地走到李霸面前，不由分說，一腳踩在他剛被開水燙過的臉上，那無所謂的樣子嚇壞李霸身旁的那些小嘍囉。

他們後悔啊，後悔莫及，早知道會惹上這麼個小惡鬼、小魔星，就是給他們一千、一萬兩他們也不來啊。

「我說，我說，我說……」

其中一個嘍囉實在受不了這眼前的龐大壓力，就要屈服，就聽李霸又是一聲怒吼，在蔣夢瑤腳底說道：「住嘴！誰敢說一個字，看老子出去之後怎麼咬死他！這丫頭最能幹的也就這些，她還敢殺了我們不成？她沒這膽子！」

蔣夢瑤移開了腳，突然笑了起來，對李霸說道：「喂，大英雄，你怎麼知道我沒膽子殺你們呀？我家這裡可是荒郊野外，殺兩個人埋起來，再用乾土一抹，誰會知道？不過就是壞風水罷了，可你們死也死了，風水壞就壞了吧，最多換間宅子，多大事啊，對不對？」

「老大，老大，咱們說吧。她敢，她真的敢！咱們出來的時候沒跟其他兄弟說，他們誰也不知道咱們來這兒，咱們就是死了也沒人知道啊，說吧！」

其中一個嘍囉嚇得都尿褲子了，一把鼻涕一把淚地在後頭求李霸，李霸的臉上也有些動搖，畢竟蔣夢瑤從頭到尾都是帶著笑，一個普通的小姑娘，別說是見了這些場面，就是大聲說幾句話，她們也嚇得不行，這個女娃眼裡卻透著股無所謂，正是這一股無所謂才更叫人害怕。

李霸感受到臉上熱辣刺骨的疼，看了看一旁的熱水，想著現在那水肯定沒那麼滾燙了，咬了咬牙，又決定再賭一把，說道：「有本事，就把爺兒們燙死！來呀——誰敢說一個字，我李霸就殺他全家！」

李霸既然是西城的霸王，身上自然是有些骨氣，蔣夢瑤冷眼睨視著他，就見老劉搬了兩只木桶走進來，正是蔣夢瑤白天讓他做成的簡易三溫暖房的模組，李霸他們警覺地看著木桶，不知道蔣夢瑤想幹什麼。

蔣夢瑤走到木桶旁，踮起腳來看了看，就走開了。說道：「水都不熱了，還燙什麼燙？把那個嘴硬帶頭的放進去，前幾日剛捉了幾條毒蛇，打算養著玩的，今兒就先讓給他們玩吧。哎喲，也不知被蛇咬了之後，這些人還活不活得了。」

老劉接著蔣夢瑤的話說了下去。「大姑娘放心，這些蛇都是彩色的，毒著呢，咬不死人，您還能接著玩兒。」

「哦，那太好了，還愣著幹麼？就那個帶頭的，快給我丟進去吧。」

老劉剛才已經去請示了一番戚氏，原本是想讓戚氏阻止一下大姑娘的行為，戚氏卻不阻攔，只說一切聽大姑娘吩咐，老劉這才拿東西過來配合蔣夢瑤逼供。

平安、富貴前來幫忙，止不住顫抖，兩人憋著一口氣將李霸抬了起來放入木桶裡，然後蓋上蓋子，只露出李霸的頭，肩部以下全都被罩在木桶之中。

李霸渾身毛孔都豎了起來，雖然身上還沒什麼觸感，可是耳旁卻真的聽見一些黏稠的滑動聲，嘶嘶的，好像真的是蛇信子，腦中忍不住腦補那恐怖的畫面，眼珠子忍不住亂轉，額頭上的冷汗幾乎是傾灑而下，突然，他感覺腳上似乎纏了什麼東西，涼涼滑滑，盤旋而上……

「啊——不要，不要，我說，我說！是水姑娘，我只知道她叫水姑娘，她給了我五十兩銀子，要我們……要我們壞了那個女人的名節，給那個女人一點教訓。我真的只收了五十兩，只有五十兩啊！不要，不要讓蛇咬我了，我錯了，小祖宗，我錯了！」

李霸的求饒聲環繞在整個柴房之中。他身後的那些嘍囉面面相覷，對於這突然逆轉的年度大戲有些無語，老大真是……沒有原則，剛還教訓他們不准說一個字，現在好了，不僅連人家的姓名，就連人家給多少錢都說出來了，真是太沒節操了。

對於這樣的老大，嘍囉們心裡只有一個想法——反正是要說，幹麼不早點說，害他們白白受了這麼多苦。

老劉和蔣夢瑤對視了一眼，老劉這才把李霸從桶子裡給拉出來，順手把纏在他腳上的東西給抹了下去。

平安壯著膽子往桶裡看了一眼，頓時傻眼了，這哪是什麼五彩毒蛇呀，明明就是前幾天剛買的鰻魚。他還想說，老劉竟然這麼一會兒工夫就找了好幾條毒蛇來撐場子。

李霸驚魂未定地趴在地上喘氣，雖然沒有被咬，可是那種無形的恐懼才是最讓人崩潰的，他有勇氣面對一切嚴刑逼供，可那些逼供都是看得到的，剛剛那種看不到、摸不到的才最讓人喪膽。

蔣夢瑤的眼珠轉了兩圈，想著她認識的人之中，似乎只有吳氏身邊的婢女姓水，她不動聲色地給老劉使了個眼色，冷聲吩咐道：「把他們衣裳都卸了，趁著天沒亮，有多遠送多遠，送去荒山野嶺最好，那裡野獸多，咱們就當是投餵食物去了，也算是做了件好事。」

眾人對於蔣夢瑤這做好事的理論十分無語，李霸一夥人簡直對她恨得牙癢癢，可是又無一不被她整人的手段嚇壞了，看了看那個裝滿毒蛇連李霸都承受不住的木桶，幾個人欲哭無淚、敢怒不敢言。

第十五章

蔣夢瑤回到房裡，戚氏正坐在那裡等她。

「怎麼樣？問出什麼了？」

相公才剛出遠門沒幾日，家裡就發生這樣大的事情，讓戚氏覺得十分不安，怒火中燒。

蔣夢瑤讓虎妞給自己倒了杯茶，然後對戚氏說道：「說是水姑娘給了他們五十兩銀子，要他們毀妳名節。」

戚氏恨得拍桌而起，拳頭捏在一起，咬牙切齒地說：「我不惹你們，你們偏來惹我，欺人太甚！」

蔣夢瑤自然明白戚氏此刻的氣憤，她在剛聽到這些話時也氣得很，恨不得現在就衝到國公府裡去，把吳氏和水清這兩個賤人掐死，雖然能這麼想，卻不能真的這麼做。

如今時機未到，就要忍，等時機到了，再一擊即中，才能有最大的效果、更好制住那些作亂的人。

她們現在只是憑著幾個地痞的話，知道是一個叫水姑娘的人指使的，可是天下之大，姓水的姑娘多了去，她們沒有其他證據，能夠指證水清的收買行為，所以她們只能先忍下來，等待最佳的反撲時機。

「娘，咱們還沒有證據證明那個人一定是水清，為避免打草驚蛇，我讓劉叔把那些只剩下半條命的地痞送到遠處去，這家怕是暫時待不了了，咱們另尋一個安全的地方去。」

蔣夢瑤這麼對戚氏說，其實她心裡早已有了想法，只是想先聽一聽戚氏怎麼看。

戚氏沈吟片刻後，便果斷喚來趙嬤嬤和平安、富貴、吉祥、如意，讓他們五個人現在就動手收拾行裝細軟，天一亮，就舉家搬回國公府。

蔣夢瑤也是這個意思，所以舉雙手贊成。

「最危險的地方，就是最安全的地方，咱們回去，回到她們的眼皮子底下，我倒要看看，她們要怎麼跟我算這一筆帳！」

看著親娘眼中燃燒的鬥志，蔣夢瑤就覺得熱血沸騰，她身體裡的暴力因子，若不是來自她爹，就是來自她娘。總之一句話，人不犯我我不犯人，人若犯我百倍奉還！

國公府的門房天亮出來掃場，一開門，就看見幾輛馬車徐徐駛來，停在門前。

門房幾人面面相覷，不知來的是誰，直到馬車停在門口，戚氏和蔣夢瑤從車上走了下來。

不管大房得不得寵，名分還是擺在那裡，門房自然是沒有權力阻攔。戚氏牽著蔣夢瑤的手，不去理會門房的僵立，就讓平安他們將東西運去側門，搬入大房的院子。

老太君還沒起床就聽下面的人回報，不禁從床上坐了起來。「她這才走沒多久就回來，那走了做什麼？不是瞎折騰是什麼？真是作怪！仗著國公爺給她們撐腰，如今是來去自如，沒有半點規矩了！去，去讓老二家的會會她，教教她規矩，既然住進來，那就守著她那一畝三分地，別給我三天兩頭的挪地方。」

錦翠應聲而去，老太君這才又躺回床帳。

至於再趕人這種事情，她可暫時不敢做了，相公臨走前囑咐過她，要她不得苛待大房，她若是這個時候趕人，那將來相公回來，還會和她算帳，得不償失，乾脆把燙手山芋丟到老二家的手裡，到時候就是她們小輩之間的事情，橫豎總惹不到她身上。

錦翠當即去了孔氏屋裡，孔氏正好起身了，聽錦翠這般一說，納悶道：「又回來了？可知所為何事？」

錦翠搖頭。「喲，這可不知道，反正聽門房的說，進來時臉色不好。」

孔氏若有所思地坐了下來，立刻就有兩名姨娘就近伺候她，一個端茶杯，一個拿熱巾，孔氏統御下的次房中，侍妾雖多，卻也被她治理得極守規矩，每個侍妾都在她身邊有其明確的分工，有端茶的、有遞水的，還有敲背敲腿的，過段時間，她還打算再招一、兩個搧風的。橫豎嫁進來做妾，就要尊她這個嫡妻，既然如此，若不善加利用這種資源，豈不浪費？

「行了，我知道了，待會兒用過早膳我便去瞧一瞧、問一問，中午的時候再去回老太君便是。」

錦翠退了之後，孔氏便靠在椅背上蹙起眉頭。

吳氏那個蠢貨，她只是旁敲側擊，讓她出頭去教訓教訓大房的那個女人，沒想到她心太大，直接把人家給惹急了，看來她這是要上門討個說法了。

眼珠子轉得飛快，孔氏猛地站了起來，嚇了旁邊伺候的侍妾一跳，只聽她立時說道：「來人，更衣去大房。」

她倒要看看，吳氏那個女人到底有多蠢！

孔氏去到大房的時候，戚氏正在指揮僕從收拾東西，而蔣夢瑤就坐在院子裡的石桌上，晃蕩著兩條腿，也不知是被人抱上去的，還是她自己爬上去的。

孔氏掃過一圈之後，逕自走到戚氏面前，說道：「姊姊這一來一回，原是回去拿東西了，不與妹妹提前說一聲，妹妹好派人去接應一番。」

戚氏溫婉一笑，與孔氏相比她也算是影后級的，只聽她對孔氏說道：「何須迎接呢？不瞞妹妹，相公突然跟著國公爺去了邊關，那鄉間宅院只剩下我和阿夢兩個人，住著頗為不安，想來還是投靠府裡，大家住在一起，我這心裡也能安心些。」

孔氏不動聲色地繼續說道：「自然是住在府裡安心些，大哥走後，我就一心想讓妳們母女倆住回來，又怕早早開口被妳們拒絕，如今妳們自己想通了，那是最好。只是……妳這天沒亮就回來，只怕有心人不知會如何猜想了。」

戚氏看著孔氏，目光中滿是審視意味。「猜想什麼？」

孔氏左右看了看，與戚氏低聲說道：「猜想姊姊是否在外惹了麻煩，這才躲入府裡。」

戚氏盯著孔氏看了好一會兒，才說道：「弟妹多心了。只是歸家心切，一早起來收拾東西，就趕回來了，並未在意什麼時辰，想著橫豎都是我們大房自己的事情，就沒有煩勞人向弟妹通傳，下回我會注意些，派人提早去跟弟妹稟報，我便在外等候片刻也沒什麼，就怕路上行人見了奇怪，要讓人以為弟妹想霸占整個國公府，竟連大房的事都在插手管了，這就不好。」

孔氏的臉色又變了一變，這回是徹底意識到，眼前這個戚氏已經不是兩年前那個任她欺負擺布的軟柿子，從前竟是她疏忽大意了。

「姊姊言重了，弟妹奉命掌管國公府內大小事宜，可也權力有限，管不了大房，怎敢煩勞姊姊通傳，只是這國公府進出都有規矩，縱然我管不了大房，卻要府裡之人都守規矩才行，若是有人壞了規矩，到時候也別怪我不講情面，公事公辦了。」

戚氏微笑接過孔氏丟來的唇槍舌劍，淡定自若地答道：「規矩自然是要守的，多謝弟妹提醒。」

孔氏沒有再說話，而是笑得若有深意地離開了，心中卻十分納悶，這戚氏言語間，竟然沒有提起半點有關吳氏的事情，難不成吳氏還未動手？又或者是戚氏有意隱瞞？

若是吳氏還未動手，那她就更瞧不起她了；若是戚氏有意隱瞞，那就是想暗地裡對吳氏出手，不想鬧到檯面上來，那於她而言，可就是一場隔山觀虎鬥的絕佳時機。

孔氏走後，蔣夢瑤從石桌上跳下來，來到戚氏身旁說道：「娘，我覺得吳家嬸嬸不像是那麼大膽的人，若是有人教唆……」

戚氏低頭看了蔣夢瑤一眼，沒有說話，不過唇角的一抹笑，卻讓蔣夢瑤明白她家娘親心裡已經有了掂量。

這邊廂，吳氏在聽說戚氏連夜回到國公府之後，整個人就在房裡坐立不安，喊來了水清，詳細問她找的那些人靠不靠譜。

水清拍著胸脯保證道：「少奶奶，您就放心吧。我找的是西城一霸，據說那個人要麼不接，接了就一定會替人把事兒辦好，縱然事跡敗露，也絕不會拖人下水，即使苦主告官，他自己在府衙裡也有人，師爺就是他親舅舅，有人好辦事，都不會牽扯上咱們才對，您就放心吧。」

吳氏還是心焦到不行，這些日子丈夫夜夜宿在孫姨娘房裡，弄得她孤枕難眠，越來越不安，心裡也就越來越虛。

「放心什麼呀！若是他們把事辦好了，戚氏又如何會連夜回國公府？她既然連夜回來了，那就說明事跡敗露了，誰知她有沒有從那些人口中問出些什麼，若是問出了，我該怎麼辦？」

水清被吳氏說得也有些搖擺不定，卻終究比吳氏冷靜一點，說道：「不會問出來的，即使問出什麼，她也沒有證據，更何況，咱們挑的還是那種有礙她名節的事，若是鬧大了、傳開了，對她有什麼好處？少奶奶您就別杞人憂天了，她回府，肯定是因為她自己覺得怕了，待天亮之後，奴婢就上街尋一尋那李霸，問問他到底怎麼回事。」

吳氏聽後，連連點頭。「好好好，妳趕快去找他，事情問清楚了，我才敢放下心來。」

水清領命之後，吃過早飯就上街去了，可是在街上尋了一圈又一圈，就是沒有人知道李霸他們去哪兒了，水清這才回來覆命。

吳氏整個人都呆住了，失魂落魄地坐在太師椅上，一個勁兒搖頭，說道：「完了完了，這回真的完了，真的完了。」

這樣的煎熬，一直讓吳氏持續了好些天，她每天都提心弔膽，生怕老太君什麼時候傳喚她過去；即使老太君傳喚她過去之後，吳氏也是謹小慎微，不敢多說一句話，直到平安無事回來她才敢鬆一口氣。

在路上若是遇見戚氏，能把頭低多矮，就低多矮，不敢看戚氏的眼睛，不敢跟她說話，就連平日裡最在意的孔氏挑釁她，她都表現得安靜多了。就這樣過了十幾天之後，吳氏緊繃的心情才稍稍放鬆下來。

因為，她終於發現府裡所有人的注意力，根本沒有放在她身上，倒是一個個都聚焦在孔氏管理的次房了。

也不知怎麼回事，從前井然有序的次房，接二連三發生雞飛狗跳的事件，先是趙姨娘的環佩丟了，在張姨娘的房裡找到，兩人對打；然後是張姨娘的金釵沒了，有人看見被趙姨娘的丫鬟撿去了，又是對打；再後來就是李姨娘得了新的香味，勾引相公多在她房裡待了一宿，眾人對打！

孔氏每天就在院裡處理這些狗屁倒灶的事情，已經疲累不堪，還要面對相公投來的不滿與厭煩，她自己是欲哭無淚，不禁也對相公發起了牢騷：當初是你要納妾，納妾就納妾，如今又嫌她們鬧騰，讓她們離開，可請神容易送神難，既然你想享受齊人之福，那就必須要忍受齊人之痛，給老娘忍著！

不過，孔氏也不是個笨的，一直以來，最讓她引以為傲的就是她管理房中侍妾的方法，她向來能做到公平公正，一碗水端平，中和各人之間的關係，可是這些素日聽話的侍妾，怎會一夜之間就變了呢？原本的公平，到底是被誰惡意打破了？

答案呼之欲出！

戚氏坐在大房主廳的軟椅之上，閉目養神，譚家娘子一臉諂媚地站在一側，對戚氏說道：「奴婢早就說過，大少奶奶是天外神仙，絕非凡人，來到人世那是度劫來的，不日定有飛升之日。哎喲，還真給奴婢說中了，您瞧您現在，通身的氣派，指縫間兒漏出點小財都夠咱們這些跑腿的吃上一年了。」

譚家娘子說完這番奉承話，又財迷般地將先前戚氏賞她的兩錠金元寶放進嘴裡咬了咬，看見黃澄澄的東西上那兩處牙印，心裡別提多美了。

從前她最不願意搭理大房的活計，說白了，就是因為大房拿不出賞錢來，縱然拿得出手，也不過就是幾吊小錢，拿去打個秋風也就沒了，誰還會真正記得她的好，真心替她辦事呀？

可是，自從這位大少奶奶從外頭轉了一圈又回來之後，不僅把從前那身驚濤駭浪般的贅肉給去掉，從一個大胖子變成了美嬌娘，就連出手都比從前闊綽了許多，簡直讓人懷疑，她是不是在外面挖到了什麼金礦銀礦。不管什麼礦，譚家娘子只知道，如今大房的這位才是她的金礦和財神爺。

戚氏對於譚家娘子不著邊際的誇讚也只是聽著，等她說完之後，她才慵懶地開口說：「譚家姊姊是各院的總傳話，我就知道，有什麼事問妳準沒錯，妳說是不是啊？」

「是是是。」譚家娘子的頭點得簡直要飛起。「娘子想問什麼儘管說，奴婢知無不言、言無不盡，絕對不敢有絲毫隱瞞。」

戚氏微微睜開了眼睛，稍微動了動胳膊，譚家娘子就殷勤地去到她的身旁，卑微地替她捏肩敲背，服務一條龍。

戚氏對她的獻殷勤也不拒絕，既然是你情我願的事情，那她姑且享受著好了，然後說道：「府裡也就兩房，大房不必說，剩下的還能說什麼呢？」

譚家娘子一聽考題，當即發動思考，口若懸河地說了起來。「是，如今這二房是次房的孔家娘子當家，長房的吳家娘子沒什麼本領，雖說是嫂子，可事事都得向次房通報；孔家娘子對長房也不是特別好，兩人素有嫌隙，吳家娘子在心裡可是恨極孔家娘子，只是苦於沒有機會報仇，一直忍著罷了。」
戚氏點點頭。「繼續說。」
「吳家娘子除了能生，其他的一概不行，就連長房裡的事情，還都得靠她身邊的丫鬟水清幫忙處置，在長房下人們心裡，水清的本事都比吳家娘子要高一些，不過，那水清也不是什麼好東西，背著吳家娘子做了不少上不得檯面的事情。」
戚氏似乎對這一條很感興趣。「哦？她做了什麼呀？」
譚家娘子是個有奶便是娘的人，既然收了戚氏的錢，那就斷沒有不告知情報的道理，當即就停下獻媚捏肩的動作，湊到戚氏耳旁說道：「水清那丫頭，其實早就爬上了舫公子的床，她是吳家娘子的陪嫁丫鬟，吳家娘子雖說脾氣不好，但對她總是不曾虧欠，這丫頭吃裡扒外，惦記著主子，這可上得檯面？吳家娘子是不知道這事兒，知道了還不得氣死呀！更別說這丫頭外面還有人……這些事可不是亂說的，有人親眼看見，她經常和馬房趙二進房，一去就是兩、三個時辰，孤男寡女，總不會是進去吟詩作對、下棋打牌吧……」
戚氏聽了這些爆料之後，也跟著笑了起來，譚家娘子見財神爺笑了，也跟著笑起來，戚氏笑了一會兒後，才對譚家娘子招了招手，說道：「有件事妳替我辦好了，我還有賞。」
譚家娘子一聽還有賞，那兩隻眼睛簡直就是在放光。「大少奶奶儘管吩咐。」
戚氏見她這般殷勤，也是笑了。讓她附耳過來，在她耳邊說了幾句話之後，譚家娘子便連連點頭。「是，是，是。大少奶奶放心，奴婢一定把這事給辦好了。」

譚家娘子退下之後，戚氏才收起臉上的笑意。

孔氏將所有的侍妾都召集在一起，如今安靜和平的相處模式被人徹底打破了，趙姨娘和張姨娘是徹底翻臉，縱然對面坐著也是互不相看，李姨娘也成為所有姨娘的公敵，被孤立在最外面。

「妳們到底怎麼回事？進門之初，我是如何與妳們說的？在府裡就要守府裡的規矩，妳們差不多時候進門，可別跟我說有誰還不知道規矩的。」

幾個姨娘對看了兩眼，趙姨娘小聲地說：「少奶奶，原事情也不是我挑起來的，是張姨娘拿了我的環佩，被我發現了還不承認。」

張姨娘一聽這誣陷之詞，頓時怒了。「胡說！明明就是妳的丫鬟偷了我的金釵！人贓俱獲了，妳還想狡辯嗎？」

趙姨娘也當場反擊。「我的丫鬟偷妳的金釵？別讓人把大牙笑掉了！妳那金釵值幾個錢？我的環佩可是相公賞給我的，價值千金！」

「哈，價值千金？我告訴妳，我去店鋪裡看了一下，妳那成色的環佩，不過就是一、二十兩的次貨，相公那是敷衍妳！反而我的金釵，真金實銀，比妳那破玩意兒值錢多了。」

「妳說什麼？」

張姨娘的話讓趙姨娘徹底怒了，妳這小婊子偷了我的環佩不說，還大言不慚說它不值錢，又多了一條仇怨！

一直被她們孤立在外的李姨娘站出來說了一句公道話。「兩位姊姊別吵了，既然東西都已經尋回，那就算了吧。咱們都是一房姊妹，可別為這傷了和氣。」

「我呸！」

李姨娘一開口，同時得到張姨娘和趙姨娘不約而同的唾棄，兩人瞪著這個喜歡裝成小白花的李姨娘，也沒客氣地說道：「就妳個心機女，少在這裡說風涼話！妳要真這麼高尚，有本事別用香勾引相公呀！說好了一人一天，妳憑什麼多留相公一晚？」

「就是就是，也不看看妳什麼姿色，顴骨高成那樣，我看妳將來可是要剋夫剋子的！」

對於張姨娘和趙姨娘這樣不加掩飾的謾罵，李姨娘也怒了。「妳們、妳們欺人太甚，我哪裡不如妳們，好歹我也是良家女，不像妳們青樓出身，髒得厲害，我還擔心相公在妳們那兒會不會染上什麼不乾不淨的病呢。」

「妳說誰有病？把話給我說清楚了。」趙姨娘已經開始撩袖子了。

「誰髒得厲害？我還是雛兒的時候，就被相公贖回來了；反而是她，誰知道她在青樓裡接了多少客。」

一場混戰就這樣展開了。

孔氏大喝一聲。「住口！全都給我站好！」

不管侍妾們怎麼鬧騰，但她們畢竟都是侍妾，誰罵了誰、誰打了誰，只要罵回去，打回去就好，可是對於孔氏，她們可不敢得罪，誰讓孔氏是正妻，又是府裡的當家主母，她一句話可以讓她們進門，再說一句話也同樣可以讓她們出去，所以侍妾們之間無論怎麼鬧都沒事，只要別惹著主母就行了。

三個侍妾在孔氏面前排列站好，孔氏呼出一口氣，冷面問道：「我且問妳，環佩是什麼時候丟的？還有妳的金釵，又是什麼時候發現沒有的？」

趙姨娘和張姨娘相看兩相厭地各自白了一眼，然後趙姨娘率先說道：「就十天前，水清來給我送布料之後，我在鏡子前比對，想看看那環佩和布料的顏色配不配，就發現東西沒了。然後我就去找，結果就在這個賤人的房裡找到了。」

張姨娘想爭辯，卻被孔氏打斷。「妳呢？妳的金釵什麼時候丟的？」

張姨娘想了想之後也說道：「也大概是十多天前的晚上，水清帶了飯菜來找我喝酒吃飯，吃完了之後，我有些醉，醒來東西就不見了，水清告訴我，就是她的婢女在我醉了的時候來過我這兒，不是她婢女偷的，是誰偷的？我就去找她的婢女理論，東西果真就在她身上！人贓俱獲！」

說完之後，張姨娘和趙姨娘又是一陣翻眼，孔氏卻聽出其中端倪，轉臉又問李姨娘。

「妳那香粉是誰給妳的？是不是水清？」

李姨娘吶吶地點點頭。「水清只說那是胭脂鋪裡新出來的水粉，沒想到相公他……他真的會喜歡。」

孔氏大大呼出一口氣。呵呵，搞了半天，原來關鍵在這裡！

她原以為這一切都是大房那個女人搞出來的，可是現在一盤問，竟然是水清那個小賤人！不對，吳氏可不像是能指使出這種花招的人，她沒那個腦子，可水清若不是受她指使，那又是受誰指使？

眼睛一眯，腦中已經有了定論。

戚氏！

看來，戚氏看穿吳氏之所以找她麻煩，是由於她的唆使，看穿了她是背後的主使者，所以就以其人之道還之其人之身，也利用吳氏和水清來打擊她！

哈！孔氏冷笑一聲，既然要鬥，那她就奉陪到底！

——未完，待續，請看文創風320《閒婦好逑》2

2015年8月出版

閒婦好逑

文創風 319～321

貴為國公府的嫡長孫女，
雙親卻是公認的「重量級」廢柴組合，怎不悲劇？
即使眾人都看衰他們大房，但她相信天助自助者，
來自現代的她還是有信心能幫襯爹娘，讓爹娘帶她上道……

寧負京華，許卿天涯／花月薰

親爹高富帥、親娘白富美……這都跟她穿越投胎沾不上邊，
想她蔣夢瑤一出世，雙親就是「重量級的廢柴雙絕」，
親爹雖是大房子孫，卻在國公府中受盡苦待，還遭逐出府。
好在這看似不靠譜的雙親很是給力，
親爹繼承國公爺的衣缽從戎去，親娘經商賺得盆滿缽滿。
好不容易他們一家人熬出頭，
不料，她的婚事卻被老太君和嬸娘們給惦記上，
她剛機智地化解一場烏龍逼婚、相看親事的戲碼，
受盡榮寵的祁王高博後腳就登門來求娶，
猶記兩人初見是不打不相識，之後竟還越看越順眼……
怎知才提親不久，高博就被聖上褫奪祁王封號、流放關外？!
也罷，既嫁之則隨之，脫離這繁華拘束的安京，
只要夫妻同心，哪怕是粗茶淡飯也是幸福的……

文創風 234-236

夫人幫幫忙

全套三冊

她發現，事情只要一涉及她，
無論對方是天大的官，夫君都敢揍，
可現在想動她的不是一般人，而是皇帝啊，
他總不會也想揍皇帝一頓，再撂下幾句話威脅吧？

輕鬆逗趣，煩惱全消／花月薰

自古以來君要臣死，臣便不得不死，
何況步家世代忠心，男丁幾乎都為國捐軀了，
原本步覃也是為家為國，死而無憾的，
然而，當君不君時，也休怪他臣不臣了。
皇帝屁股下那張龍椅是他和妻子幫忙坐上的，
如今椅子都還沒坐熱，皇帝竟就覬覦起他的妻子 ?!
為了保護妻子，他硬生生受了皇帝十多箭，險些喪命，
險些。
皇帝這回沒能殺死他，那就得作好心理準備了，
既然君逼臣反，那……便就反了吧！

2015年7月出版

相公換人做

文創風 314～318

美人尚未遲暮，夫君已然棄之，
多年來的萬千寵愛，到頭來更顯諷刺，
良人啊良人，原來亦不過是個涼薄之人……

莫問前程凶吉　但求落幕無悔／麥大悟

上一世，她嫁予三皇子李奕，隨著他登基後被封為妃，極受聖寵，
然而，數年的恩愛，最後換來的竟是抄家滅族的下場，
而她這個萬千寵愛的一品貴妃，則是加恩賜令自盡！
如今能再活一遭，她定不會聽天由命，再向著前世不得善終的結局走去，
雖然前世最後那幾年到底發生了什麼事，她一概不知，
但有一點她很明白——此生她不想再和三皇子有交集，她的相公絕不能是他！
她看得出娘親有意讓她嫁給舅家表哥，令兩家親上加親，
正好她也想趁此斷了三皇子對她的一切念想，
豈料，兩家正在議親之際，表哥竟突然被賜婚成了駙馬，
更沒料到的是，與三皇子兄弟情深的五皇子竟向聖上請旨賜婚，欲娶她為妃！
這……究竟是哪個環節出了錯？五皇子是何時喜歡上她的？
她此生最不想的便是與三皇子有交集，無奈防來防去卻沒防到五皇子，
而另一方面，三皇子對她竟是異常執著，不甘放手，
她向來知曉三皇子表面看似無害，實則城府極深，
卻不想仍是著了他的道，一腳踩入他設下的陷阱中……

2015年7月出版

生財棄婦

文創風 312～313

穿越到古代就算了，還得背負剋夫、被休棄的名聲？
不過誰說棄婦就只能悲慘度日？那可不一定。
且看她如何巧用前世知識，生財致富，逆轉悲劇人生！

清閒淡雅 耐人尋味 ／半生閑

這也太倒楣了吧 ?! 被陌生人撞下樓昏過去的秦曼，
一睜開眼竟成了剋死丈夫、被趕出門無家可歸的棄婦，
前途茫茫的她，聽從好心大嬸的話，想去大戶人家找份幫傭活計，
還沒尋到差事，竟先餓昏在姜府大門旁，幸好蒙姜府小少爺搭救入府，
而後藉著前世的幼教知識，成為小少爺的西席，總算有了安身之處。
但在姜府裡雖然吃得好、住得好，卻非久留之地，
除了姜家主人姜承宣懷疑她想圖謀家產，總對她冷言冷語外，
更有視她如情敵的李琳姑娘，想盡辦法欲攆她出姜府。
原本待西席合約到期，她便打算離開姜府，隨著商隊四處看看，
不料在離開前，卻誤陷李琳設下的圈套，引起了姜承宣天大的誤會。
心碎的她不想辯解，手裡捏著他羞辱人般撒在地上的銀票，
決意遠走他鄉，反正靠著製茶、釀酒的技術，她必有活路可走！

2015年7月出版

嬌女芳菲

文創風 309～311

如何從嬌嬌千金蛻變成審時度勢的聰穎女子？
只需重生一回，便能看清世態炎涼，還要明白——
也許這一生，只要保得家門安穩，
與夫君即使疏離但仍相敬如賓，便是幸福，
只是……為何心底總是空落落的呢？

絕妙橫生 精彩可期／喬顏

沈芳菲曾是將門嫡女、名門正妻，金枝玉葉非她莫屬，
孰料新帝登基後，一道通敵叛國的罪名，不但令娘家滿門抄斬，
那涼薄夫婿為怕惹禍上身，更要她自盡以絕後患！
所幸上天讓她回到十二歲那年，一切都還可以重來——
前世姊姊嫁給九皇子，沈家鼎力助他上位，卻難逃兔死狗烹的下場；
加上兄長癡戀表妹，嫂子因而鬱鬱以終，親家反成了敵人落井下石……
很多事看似不相關，其實環環相扣，一環錯了便滿盤皆輸，
而她是唯一能拯救沈家上下百餘口性命的關鍵之人，
誰說閨閣千金就一定無能為力，只能眼睜睜被命運牽著走？
她無論如何都要使出渾身解數，絕不讓前世的悲劇重演！

為流浪貓狗加油

和貓寶貝 狗寶貝 廝守終生(一定要終生喔！)的幸福機會

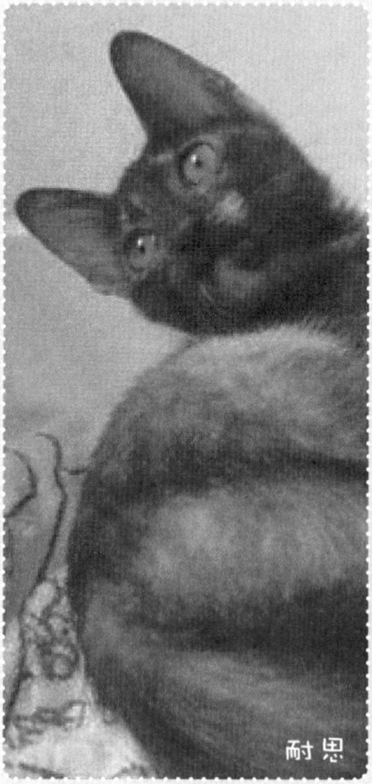

耐思

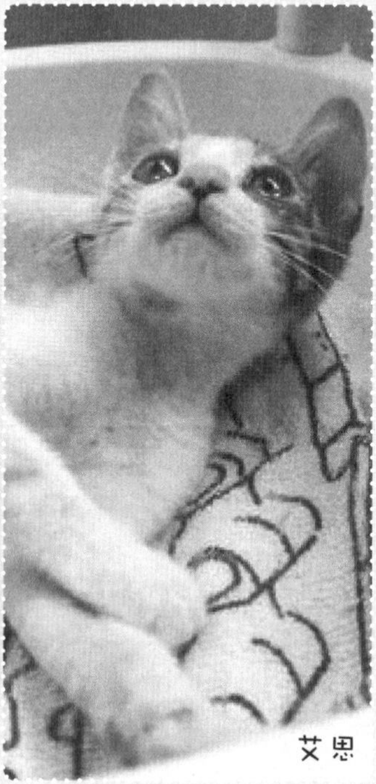

艾思

對人來說，貓寶貝狗寶貝只是生活的一部分，但妳（你）對牠們來說，卻是生活的全部，領養前請一定要考慮清楚——

▲ 擁抱光明的小天使——耐斯和艾思

性　　別：都是小女孩～
品　　種：玳瑁、三花
年　　紀：耐思2個月大，艾思約1.5個月
個　　性：耐思溫和親人，艾思活潑愛撒嬌
健康狀況：已體內外除蚤；洗過藥浴；貓瘟、貓愛滋、貓白血檢查都OK；心跳、體重、糞便、耳朵檢查OK
目前住所：台中市北屯區

本期資料來源：愛媽Alice

第258期推薦寵物情人

『耐思＆艾思』的故事：

7月初，開車前往台中市太平區的路上，我發現了耐思。那時小小的耐思瘦到皮包骨，甚至還有脱水現象。附近環境不易生存，也不知道這小小孩是如何存活至今，看著牠瘦骨嶙峋的身體實在很不忍心，想了想，便毅然決定救援牠。

幸好，補充足夠營養、調理幾天後，耐思身體狀況恢復良好，重現牠獨一無二的漂亮花紋！耐思個性很親人，也很溫和，還相當喜歡聽人説話，聆聽時動著耳朵的樣子，就像聽得懂似的，軟萌得讓人心生愛意～～

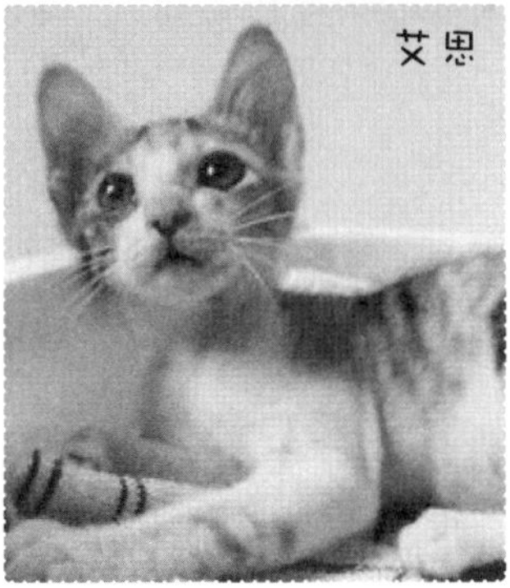

而在某廢棄屋頂上遇見艾思時，牠的情況比耐思還糟，除了瘦弱脱水還失溫，眼睛受到感染幾乎睜不開，根本是靠著意志力撐過一天又一天。緊急送醫後，艾思的小命保住了，但眼睛的情況卻非常嚴重，換了好幾間醫院，醫生都説可能要摘除眼球……後來不放棄繼續尋求幫助，終於找到願意動手術的醫生。更高興的是，動完手術，經過一段時間耐心調養，艾思奇蹟似地康復了！

現在艾思成了我們家最靈活的小胖子～～靠近牠，牠會跳進貓砂盆，伏低搖尾巴作勢跑出來嚇人，抓到牠之後，牠又會呼嚕撒嬌。現在的模樣和彼時相比儼然天國和地獄。見證了這般生命奇蹟，感動之餘，也衷心希望牠們能有個溫暖的家。兩個小小孩值得擁有最好的呵護，歡迎有意者來信 alice@chiahao.com，信件主旨註明「認養耐思／艾思」。

認養資格：

1. 認養者須年滿25歲，有獨立經濟能力，
   並獲得家人或同住室友或房東的同意。
2. 填寫愛心認養書，和貓咪合照！(接貓當天，請帶證件複檢及硬貓籠)
3. 同意送養人後續追蹤探訪(FB/LINE)。
4. 認養人定期PO貓咪照片到Alice的FB或是LINE都可以！

來信請説明：

a. 個人基本資料：姓名、性別、年齡、家庭狀況、職業與經濟來源等。
b. 想認養「耐思」或「艾思」的理由。
c. 過去養寵物的經驗，及簡介一下您的飼養環境。
d. 若未來有當兵、結婚、懷孕、畢業、出國或搬家等計劃，
   將如何安置「耐思」或「艾思」？

love.doghouse.com.tw 狗屋．果樹誠心企劃

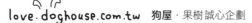

閒婦好逑 1

國家圖書館出版品預行編目資料

閒婦好逑 / 花月薰著. --
初版. -- 臺北市 : 狗屋, 2015.08
冊 ; 公分. --（文創風）
ISBN 978-986-328-480-2（第1冊 : 平裝）. --

857.7　　　　　　104010633

著作者	花月薰
編輯	黃鈺菁
校對	沈毓萍　周貝桂
發行所	狗屋出版社有限公司
地址	台北市104中山區龍江路71巷15號1樓
電話	02-2776-5889～0
發行字號	局版台業字845號
法律顧問	蕭雄淋律師
總經銷	知遠文化事業有限公司
電話	02-2664-8800
初版	2015年8月
國際書碼	ISBN-13　978-986-328-480-2
原著書名	**《蒋国公府见闻录》**，由北京晉江原創網絡科技有限公司授權出版

定價250元

狗屋劃撥帳號：19001626

網址：love.doghouse.com.tw　E-mail：love@doghouse.com.tw